文學研究叢書・辭章修辭叢刊

章法論叢

第十三輯

中華民國章法學會
國立海大文創設計系　主編

序

　　《章法論叢》的出版，迄今（2020）已經是第十三輯了。回首從前，二〇〇六年首度以「辭章章法學會籌備會」方式，舉辦了「第一屆辭章章法學學術研討會」，同年並出版《章法論叢·第一輯》。二〇〇八年，在已故前理事長陳滿銘教授的指導，以及蒲基維教授的大力奔走下，成立「中華民國辭章章法學會」。其後幾乎年年舉辦研討會，並持續出版《章法論叢》。二〇二〇年，陳滿銘教授仙逝，但是感謝顏智英教授的促成，仍於臺灣海洋大學海洋文創設計產業學系，舉辦「第十三屆辭章章法學暨文創設計學術研討會」，並且章法學會也賡續出版了《章法論叢·第十三輯》。陳滿銘教授雖已回歸自然，但是冥冥中知道章法學會仍然持續運作，對章法學、辭章學有興趣的學者，仍然持續耕耘這塊園地，相信也一定會感到安慰的。

　　《章法論叢·第十三輯》收錄了八篇論文，均經匿名雙審制度審查，通過之後，且需依據審查意見表之意見修改，然後方始刊登。其中有大陸學者——李義海教授共襄盛舉，其論文〈閩臺漢語辭章學研究的過往與當下福建辭章學人的學術走向〉觀顧海峽兩岸的辭章學發展。另有三篇論文則分從不同文本與角度，鑽研意象學領域，此三篇為陳佳君〈辭章意象異質同構的表現——以禪理詩為考察對象〉、楊雅貴〈儲欣評點之意象批評研——以朱熹《論語集注》為例〉、卜慧文〈若隱若現的情——論薛寶釵人物形象〉。此外，仇小屏〈論轉化格中「物性化」之內涵與意義〉、林淑雲〈文變染乎世情，興廢繫乎時序——從互文性視角談〈長安有狹斜行〉到南朝〈三婦豔〉的演

變〉兩篇論文，則屬於修辭學領域，前者為轉化的再深究，後者則與
「引用」相呼應。而謝奇懿〈溝通語言觀與素養觀下寫作測驗題型之
基礎及特點初探──兼論與傳統中文寫作題型之差異〉，則以嶄新的
觀點切入寫作測驗題型的探究，這也傳承了《章法論叢》一直以來對
國語文教學的關注與重視。最後，張晏瑞〈論續修四庫全書總目提要
的編纂與出版──兼論橋川時雄與張壽林的參與〉一文，又開拓出另
一條研究的路子。

　　《章法論叢》出版至今，承蒙許多師友的愛護，方能成長茁壯，
雖不能一一列舉，但是皆銘感在心。此外，要特別感謝萬卷樓梁錦興
總經理鼎力支持，並感謝《國文天地》總編輯張晏瑞先生周詳的策
劃，最後，還要感謝林以邠小姐承擔了許多庶務。展望下個十年，相
信定能同心合作、群策群力，繼續為章法學、辭章學的研究，作出一
點貢獻。

中華民國章法學會理事長仇小屏謹序

二〇二〇年十二月四日

目次

序 ⋯⋯⋯⋯⋯⋯⋯⋯⋯⋯⋯⋯⋯⋯⋯⋯⋯⋯⋯⋯⋯⋯⋯⋯⋯ 001

閩臺漢語辭章學研究的過往與當下福建辭章學人的

　學術走向 ⋯⋯⋯⋯⋯⋯⋯⋯⋯⋯⋯⋯⋯⋯⋯ 李義海　　1

論轉化格中「物性化」之內涵與意義 ⋯⋯⋯⋯⋯⋯ 仇小屏　47

辭章意象異質同構的表現

　——以禪理詩為考察對象 ⋯⋯⋯⋯⋯⋯⋯ 陳佳君　77

溝通語言觀與素養觀下寫作測驗題型之基礎及特點初探

　——兼論與傳統中文寫作題型之差異 ⋯⋯⋯ 謝奇懿　107

文變染乎世情，興廢繫乎時序

　——從互文性視角談〈長安有狹斜行〉到南朝〈三婦豔〉的

　　異動軌跡 ⋯⋯⋯⋯⋯⋯⋯⋯⋯⋯⋯⋯⋯ 林淑雲　131

論續修四庫全書總目提要的編纂與出版

　——兼論橋川時雄與張壽林的參與 ⋯⋯⋯ 張晏瑞　161

儲欣評點之意象批評研究

　——以朱熹《論語集注》為例 ⋯⋯⋯⋯⋯⋯ 楊雅貴　193

若隱若現的情

　——論薛寶釵人物形象 ⋯⋯⋯⋯⋯⋯⋯⋯⋯ 卜慧文　237

閩臺漢語辭章學研究的過往與當下福建辭章學人的學術走向

李義海

閩江學院漢語國際教育研究所

摘要

　　二十年來，代表著漢語辭章學研究最高水準的閩臺兩地學人，在思辯方式、學科定位、治學路徑的相同相近相似等因素共同作用下，積極開展學術交流與合作，達成了學科核心概念共識並完成了普通辭章學、小說辭章學和篇章辭章學學科體系構建，促成了漢語辭章學的發展與成熟並推進其走向繁榮。在這一學科背景下，福建辭章學人，基於當下研究情勢，面對兩岸學術領軍在總體上相向而行的學科發展規劃，依循兩岸學人學術研究的經驗、方法與路徑，確立了在「盤點學科家底」「明確研究方向」的基礎上「快速推出成果」的學術走向。

關鍵字：漢語辭章學、研究、走向

一 前言

由呂叔湘張志公倡建、初成於鄭頤壽的漢語辭章學，經過祝敏青、陳滿銘所創「小說辭章學」和「章法學」的推進，歐陽炯、許清雲的助力，實現了普通辭章學與眾多專門辭章學的發展、成熟並趨於繁榮。

二○一六年後，祝敏青榮退、鄭頤壽辭世，陳滿銘衹發表一篇副標題為「追思辭章學大師鄭頤壽教授」的《四六結構與誠美律》。[1]這三樁現實，逼迫著海峽兩岸從事漢語辭章學研究的中青年學人，面對鄭頤壽和陳滿銘對辭章學發展所做「相向而行」的規劃，[2]考慮學科發展與自身努力問題。

在這一背景下，閩臺兩地從事辭章學研究的十餘位中青年學人代表，聚首閩江學院，共商學科發展。

二 閩臺漢語辭章學研究的過往

（一）閩臺辭章學人攜手合作成果豐碩

以鄭頤壽和陳滿銘為代表的閩臺漢語辭章學人，通過學術的交流合作，共同促進了漢語辭章學的發展、成熟與繁榮。其主要成果表現在以下兩個方面：

---

1 陳滿銘：〈四六結構與誠美律——追思辭章學大師鄭頤壽教授〉，《南京曉莊學院學報》第4期（2018年7月），頁63-68。

2 李義海：《閩臺漢語辭章學交流合作與發展研究》（北京：開明出版社，2016年），頁293-299。

1 核心概念明確

（1）學科術語定於「辭章」

　　漢語言語作品的書面稱謂形式，自古就有「詞章」和「辭章」兩種；[3]與之相因，以之為研究對象的學科名稱，也有「辭章學」與「詞章學」兩種書寫形式。

　　以呂叔湘與張志公為代表的北京學者，一直是上述兩種形式兼用。呂叔湘《漢語研究工作者的當前任務》使用「漢語詞章學」，張志公著有《詞章學？修辭學？風格學？》《談「辭章之學」》《漢語辭章學與漢語語法》《建立和漢語語法相對待的學科——漢語詞章學》《漢語辭章學概說》《辭章學講話》；直到一九九六年，張志公《漢語辭章學論集》出版，纔統一到「辭章學」上來。

　　福建學者鄭頤壽認為：自古以來，「辭」與「情」「理」「事」「骨」等詩文「內容」發生關聯時，指的都是與它們相對的「形式」，是「辭章」的簡稱；唐詩宋詞的作品有人也稱為「詞章」；現代漢語中的「詞」，指的是「能自由運用的最小的語言單位」，雖然古代也用「詞章」來指稱「形式」，但在現代卻有著稱說的不便。因此，他自上世紀八〇年代初，就使用「辭章」這一書寫形式來稱說古人所說的「辭章」與「詞章」，他的《辭章學概論》《辭章藝術示範》《辭章學辭典》等，都不用「詞章學」。[4]

　　據仇小屏統計，陳滿銘出版發表的論著，就其名稱而言，一九九八年（含）以前，全部使用「詞章」；二〇〇三年以後一直採用「辭

3　鄭頤壽：《辭章學辭典》（西安：三秦出版社，2000年），頁78-79。
4　鄭頤壽：〈「辭章」之內涵、外延與「正名」〉，《畢節學院學報》第9期（2014年9月），頁1-5。

章」。[5]值得注意的是，一九九七年九月，她的碩士學位論文《中國辭章章法析論》，將其導師所用的「詞章」改用「辭章」來稱說，指的是綜合運用語言的藝術形式。這一稱說方式，應該是得到了陳滿銘的首肯，或者出於他的指點。考慮到學術成果正式發表相對於寫作時代的滯後性，如果我們說：陳滿銘當時決定（或傾向定名）於使用「辭章」稱說，應該是可以成立的。

無論學科術語使用的細節如何，「詞（辭）章學」研究者，大陸地區的在一九九六年以後，臺灣地區的在二〇〇三年後，都使用「辭章」來稱謂「作品」及與內容相對的「藝術形式」，用「辭章學」作為自己研究的學科名稱。也就是說，二〇〇三年後，「臺灣辭章學者與福建、北京等地辭章學者，在學科術語的稱說上，取得了一致。」。[6]

（2）聽說讀寫雙向互動

聽讀說寫「雙向互動」，是辭章學的普遍規律。「讀寫」從書面立論，「聽說」就口語而言，都是雙向互動的。

鄭頤壽《比較修辭》通過一九四六年六月十六日郭沫若改詩的故事，從「原文」「改文」對比的角度探討「讀」與「寫」之間的「互動」關係。[7]這雖是「投石問路」之舉，卻實際上隱含著「宇宙元⇌表達元⇌話語元⇌鑑識元」的「隱型四元六維結構」。

一九八六，鄭頤壽著《辭章學概論》，初步闡釋了在「客觀世

---

5 仇小屏：〈我所認識的陳滿銘老師〉，收入陳滿銘教授七秩榮退志應論文集編輯委員會編：《陳滿銘教授七秩榮退志慶論文集》（臺北：萬卷樓圖書公司，2005年），頁1-40。

6 李義海：《閩臺漢語辭章學交流合作與發展研究》（北京：開明出版社，2016年），頁265。

7 鄭頤壽：《比較修辭》（福州：福建教育出版社，1982年），頁1-4。

界」的基礎上「表達⇌承載⇌理解」這種雙向互動[8]的結構。

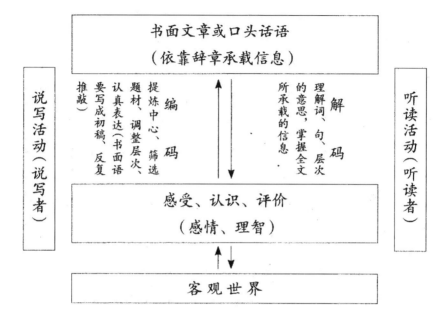

這個理論雛形，經過《「四六結構」與修辭三論》《漢語辭章學研究的回顧與展望》等文的深化、加工後，至《辭章學發凡》有了詳盡的表達。

就「表達元」與「話語元」而言，表達者要將自己對客觀世界感知的信息予以加工（如過濾、提純、改造、組合），然後以情意為統帥，以語體為指向，以辭篇的結構為框架，以組合為手段，把結構與組合結合起來，以形成話語，實現心志情意的成功表達。在這個過程中，表達者處於主動、支配地位，他的思想、智慧、感情、修養、能力，對語語的優劣起著決定性作用；同時，辭篇在功能、體式、篇幅、語法方面，又都要求言語主體亦即「表達元」要接受辭章的規範並符合辭章的要求。

8　高萬雲：〈鄭頤壽的辭章修辭學研究〉，《中文》第1期（2004年1月），頁103-110。

就「話語元」和「鑑識元」而言,話語的體制、結構形式、編碼規則,對聽讀者有指向、制導作用,聽讀不能超越這些進行理解,否則就會產生解碼的失誤。同時,「鑑識元」亦即聽讀者對「話語元」亦即作品的接受並非單純地被動接受,而是主動的、積極的,甚至是有選擇的、創造性的鑑識。從辭意關係上講,表達者經過「意成辭」環節轉化為「辭意相成」的話語作品,而鑑識者必須「披文入情」亦即先解其「辭」再得其「意」。這就是「話語元」與「鑑識元」之間雙向的辯證關係。

顯然,表達與理解之間的雙向互動,以是「作品」為媒介實現的。這種互動,鄭頤壽曾予以簡明介紹[9]:

> 寫作的人,是把思想感情運用語言表達出來;而閱讀的人,卻要通過語言來領會其中的思想感情。說、寫與聽、讀,是雙向的活動。因此,欣賞文學作品,一定要緊扣「語言」這一信息的載體,不僅要理解其表層的信息(即字面的含義),還要捕捉其深層的信息(即言外之意、弦外之音)。

寫作者與閱讀者之間這種「雙向互動」關係的研究,陳滿銘始於一九七六年《談詞章的兩種基本作法:歸納與演繹》,至二〇〇七年《章法結構原理與教學》有了「較為完整的論述。」[10]

9　鄭頤壽:〈前言〉頁8,收入鄭頤壽編:《冰心名篇賞讀》(福州:海峽文藝出版社,1999年)。

10　顏智英、蒲基維:〈辭章章法學座談會〉,《國文天地》第7期(2014年12月),頁14-28。

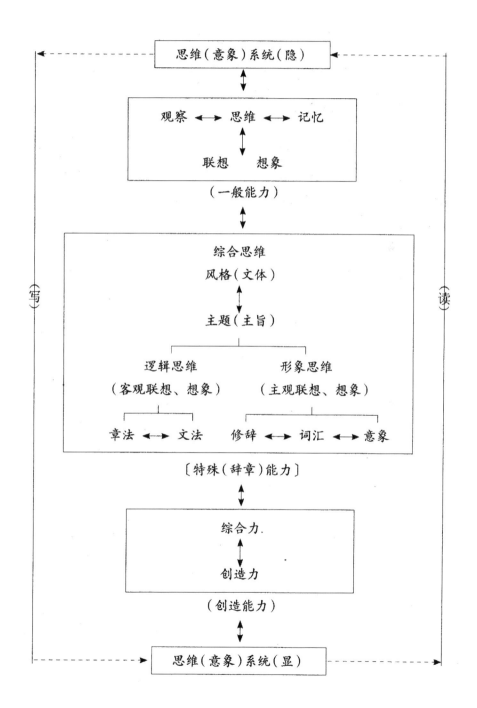

2 學科體系形成

（1）福建學者的普通辭章學體系

A 以「三九變化」為核心的語格理論

在《比較修辭》《修辭過程說》的基礎上，《辭章學概論》提出了以「三九變化」為核心的語格理論。它認為：運用語言的規律與方法時，有三種品格：常格、變格與畸格。與之對應的言語，則是按照字面意義理解、不能按照字面意義理解的言語及違反常格變格及其運用原則的言語。辭章運用中，語格的變化可歸納為三組九對。其中，由常格、變格或「畸格」變化為「畸格」這三種情況，是失敗的，應該避免的，需要轉化為「常格」或「變格」的。

B 以「誠」「美」統轄的八大「言語規律」

與語格理論相對應，鄭頤壽在《辭章學概論》中還提出了「內律」與「外律」這兩大修辭規律，[11]以及轉化「畸格」為「常格」的「化畸律」；[12]到《辭章學發凡》一書中，又將「得體律」自「外律」析出，與「化畸律」「合格律」合為「綜合律」；[13]二〇〇二年提出了言語活動「最高原則」——「誠美律」。[14]如此，形成了以「誠美律」為最高原則的八大言語規律：常格律與變格律，屬內律，是話語內部結構的規律；表心律和適境律，屬外律，是適切運用語言以收到最佳辭章效果的規律；得體律、合格律、化畸律，屬綜合律，是綜合運用

---

11 鄭頤壽：《辭章學概論》（福州：福建教育出版社，1986年），頁240。

12 鄭頤壽：《辭章學概論》（福州：福建教育出版社，1986年），頁266。

13 鄭頤壽：《辭章學發凡》（福州：海峽文藝出版社，2005年），頁295-298。

14 鄭頤壽：〈辭章活動的最高原則——「四六結構」與誠美律〉，收入鄭頤壽編：《辭章學論文集》（上）（福州：海潮攝影藝術出版社，2003年），頁8-31。

內律、外律以增強聽說、讀寫辭章效果、修辭效果的規律。後來，「表心律」和「合格律」，又分別修訂為「達心律」和「協風律」。

C 涵蓋主客內外的「四六結構」

受蔡元培《在杭州方言學社開學日演說詞》、呂叔湘《語言作為一種社會現象》、張志公《談「辭章之學」》的影響，鄭頤壽逐步提出了「四六結構」理論。

「四六結構」，是漢語辭章學「四元六維結構」理論的簡稱，它隱形於《比較修辭》，初成於《辭章學概論》，[15]簡要描述了「客觀世界（宇宙元）、說寫者（表達元）、話語作品（話語元）、聽讀者（鑑識元）」四要素之間雙向的互動關係。這一雛形，在《文藝修辭學·導論》[16]中予以簡化：

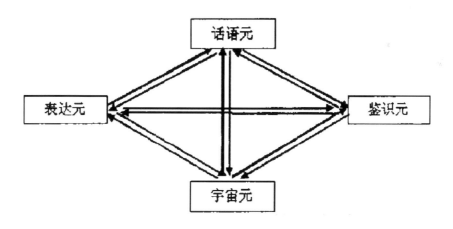

就圖表而言，「四元」之間，具有六種呈雙向的動態關係。「讀寫」「聽說」之間的互動關係因至為明顯而被強調為「讀寫互動」。

---

15 鄭頤壽：《辭章學概論》（福州：福建教育出版社，1986年），頁44。

16 鄭頤壽：《文藝修辭學》（福州：福建教育出版社，1993年），頁36-102。

（2）臺灣學者的篇章辭章學體系

在傳統的「陰陽二元對待」觀念影響下，陳滿銘出於教學的需要，自一九七〇年代起著手章法的整理與發掘，經過近四十年的持續探索，建立了篇章辭章學的理論體系。

A　章法理論

章法理論，是篇章辭章學的微觀理論。陳滿銘在一九九〇年之前，大約發現十幾對章法——「今昔」「遠近」「大小」「高低」「本末」「淺深」「插補」「賓主」「虛實（時空真假）」「正反」「抑揚」等。他一九九七至一九九八年發表的《談詞章章法的主要內容》，又新增了「高低」「貴賤」「親疏」「立破」「問答」「平側」「縱收」和「因果」等八種。至此，發掘出三十餘種類型，章法學體系大略完成。[17]

B　四大規律

一九九〇年之前，陳滿銘的章法學研究，還有「章法學三大原則」的提煉。一九九七至一九九八年，陳滿銘《談辭章章法的主要內容》一文，首度在三大原則（秩序、聯貫、統一）上，又加「變化」一大原則來規範章法。

這「四大規律」，經過仇小屏在陳滿銘指導下的研究，實現了內部結構的具體化[18]。仇小屏認為：[19]

秩序律包括：屬於時間者，順敘、逆敘、四季更迭；屬於空間

---

17 陳滿銘：〈卻顧所來徑——代序〉，收入陳滿銘：《章法學新裁》（臺北：萬卷樓圖書公司，2001年），頁8。

18 鄭頤壽：《臺灣辭章學研究述評》，《國文天地》第10期（2002年3月），頁99-107。

19 仇小屏：《文章章法論》（臺北：萬卷樓圖書公司，1998年）。

者,遠近、大小、高低;屬於事(情)理者,本末、淺深、貴賤、親疏、情緒變化等。

變化律包括:屬於時間者,倒敘或追敘、「今昔今」的結構;屬於空間者,遠近遠、近遠近、遠近相間、視角的轉換、插敘與補敘。

聯絡律,包括基本的聯絡與藝術的聯絡兩種。前者包括:聯詞、聯語、關聯句子、關聯節段。後者則又有「屬於方法者」和「屬於材料者」兩類。「屬於方法者」有:賓主、虛實、正反、抑揚、立破、問答、平側、凡目、縱收、因果。「屬於材料者」有事語、物材(包括「前後呼應者」與「首尾呼應者」)兩類。

統一律,包含「主旨的安置」與「綱領的軌數」。前者包含:主旨見於篇首者、主旨見於篇腹者、主旨見於篇末者、主旨見於篇外者;後者包含:單軌者、雙軌者、三軌者、四軌及四軌以上者。

二○○四年,陳滿銘〈論辭章章法的四大律〉一文,對「四大規律」予以新的解釋,標誌著章法學「四大規律」的成熟:[20]所謂「秩序」,是將材料依序加以整齊安排的意思。任何章法都可依循此律,形成其先後順序。所謂「變化」,是把材料的次序加以參差安排的意思。每一章法依循此律,也都可造成順逆交錯的效果。所謂「聯貫」,是就材料先後的銜接或呼應來說的,也稱為「銜接」。無論是哪一種章法,都可以由局部的「調和」與「對比」,形成銜接或呼應,而達到聯貫的效果。所謂的「統一」,是就材料情意的通貫來說的。一般而言,辭章要達成「統一」,非訴諸主旨(情意)與綱領(大都為材料)不可。而主旨又有置於篇首、篇腹、篇末與篇外的不同。一篇辭章,無論是何種類型,都可以由此「一以貫之」,形成統一。

在上述「四大規律」的作用下,三十餘種章法類聚成「四大族

---

20 陳滿銘:〈論辭章章法的四大律〉,收入鄭頤壽編:《辭章學論文集》(福州:海潮攝影藝術出版社,2003年),上冊,頁68-76。

系」：圖底、因果、虛實、映襯。陳尚梅的《論章法之族性》，[21]對章法四大家族的內涵及其特色進行了系統的梳理。

C　螺旋結構

二○○三年，陳滿銘推出「螺旋結構」這一章法學宏觀理論。[22]他認為：我們的祖先，「先由『有象』（現象界）以探知『無象』（本體界），再由『無象』（本體界）以解釋『有象』（現象界），就這樣一順一逆，往復探求、驗證，久而久之，終於形成了圓融的宇宙人生觀。而這種宇宙人生觀，各家雖各有所見，但若求其『同』，而不求其『異』，則總括起來說，都可以從『（○）一、二、多』（順）與『多、二、一（○）』（逆）的互動、循環而提昇的螺旋結構加以綜合。而這種『多、二、一（○）』的邏輯結構，如說得籠統、簡單一點，就是通常所說的『對立的統一』或『多樣的統一』，而可適用於哲學、文學、美學或其他的事類、物類等。即以文學領域中之辭章而言，在形成篇章的章法上，就呈現了這種邏輯螺旋結構」。[23]

章法及其結構「一律由『二元對待』所形成的，非屬於『調和』（陰柔），即屬於『對比』（陽剛），可徹上徹下，是為『二』，而以核心結構以外之結構為『多』、統合全文主旨與所形成之整體風格、韻律、氣象、境界等為『一（○）』。」「一篇辭章，無論是散文或詩詞，通常都由許多章法結構以『二元對待』呈現『層次邏輯』層層組合而成。而它必有一個『核心結構』，與兩個或兩個以上的『輔助結

21　陳尚梅：〈論章法之族性〉，收入鄭頤壽編：《辭章學論文集》（福州：海潮攝影藝術出版社，2003年），上冊，頁145-163。

22　陳滿銘：〈論「多」「二」「一（○）」的螺旋結構——以〈周易〉與〈老子〉為考察重心〉，《臺灣師範大學學報》第1期（2003年7月），頁1-19。

23　陳滿銘：〈辭章章法「多、二、一（○）」結構的理論基礎〉，《唐山學院學報》第4期（2003年12月），頁19-24。

構』。其中『核心結構』，不但是居於凸顯一篇辭章之主旨或綱領的關鍵地位，也是藉以形成其風格、韻律、氣象、境界的主要因素」。[24]

（二）兩地攜手合作與共同發展存有天然基礎

漢語辭章學之所以取得上述豐碩成果，在於兩岸學人之間有能夠交流合作的天然基礎：

1　思辯方式相近

《周易》的陽與陰、動與靜、生與克，乾與坤、震與巽、坎與離、艮與兌，《老子》的「有無相生，難易相成，長短相形，高下相傾，音聲相和，前後相隨」等，都是很精彩的辯證的哲學論，具有濃厚的文化底蘊，融進了我國的許多學科、各個領域和生活。

臺灣辭章章法研究，能充分運用我國傳統的辯證法。陳滿銘的《章法學新裁》一書，談篇章結構，就用了辯證法的觀點，如「今昔」「遠近」「大小」「虛實」「情景」「凡目」「先後」「本末」「輕重」「賓主」「正反」「順逆」「真偽」「抑揚」等。仇小屏的《篇章結構類型論》（上、下）也是全書用辯證法來建構體系的。這些成果，都具有濃厚的「中國風」「民族味」，煥發出中華傳統文化的光輝。

福建鄭頤壽談章法也強調開合、擒縱、放收、伏應、抑揚、奇正、長短、詳略、緩急、綱目[25]等辯證法；談話語（包括書面話語之文章，口頭話語之語篇等），總結了：客觀世界與話語作品、表達與鑑識等構成的「四元六維」結構，並用之來反觀古代的辭章論。這些，也都充滿著辯證法。

24　陳滿銘：〈辭章章法「多、二、一（○）」的核心結構〉，《阜陽師範學院學報》第6
　　期（2003年12月），頁1-5。

25　鄭頤壽：《辭章學辭典》（西安：三秦出版社，2000年）。

2 學科定位一致

臺灣學者把文章的題材、內容、主旨定位為「經」，把「章法」等定位為「緯」，這是對劉勰的「情經辭緯」說的引申與發展。陳滿銘的《談安排詞章主旨（綱領）的幾種基本方式》《談運用詞章材料的幾種基本手段》《談詞章主旨、綱領與內容的關係》《談詞章主旨的顯與隱》《談詞章主旨在凡目結構中的安排》等，具體、深入地分析了形式與內容的辯證法。例如，談「詞章材料」這一內容與運用的「幾種基本手段」，分成主旨「安置在篇首者」「篇末者」「篇腹者」「篇外者」；[26]即使談詞章主旨、綱領與內容，也落實在文字的表現形式、章節的安排上。又如，分析《左忠毅公軼事》，論析其「記……軼事」之敘述的表達方式，「讚歎的話」這一抒情、議論的表達方式；論析其「序幕、主體與餘波」「首尾圓合」的章法結構方式。[27]再如，論析《孔子世家贊》與李斯的《諫逐客書》兩文之「詞章主旨」，也緊扣章法之「『合』『分』『合』」的形式」。[28]這樣，就把章法、表達方式等辭章形式，與主旨、材料等內容的關係具體化了。

福建學者鄭頤壽在其《辭章學概論》中設一章《辭章與內容》（包含《辭章與題材》），置於全書之首進行論析。同時給「辭章」下了定義：從書面文章講，屬於「文章學的一個側面」（形式的一面），把「辭章」定位為「形式」；從包括書面語之文章、口頭語之「話篇」講，明確把「辭章」定位為「是有效、高效地表達、承載、並藉以適切、深入地理解話語信息的藝術形式」。這個定義的「中心詞」雖然是「形式」，但其前面帶了一長串的限制語「有效、高效地表

---

26 陳滿銘：《章法學新裁》（臺北：萬卷樓圖書公司，2001年），頁54-88。
27 陳滿銘：《章法學新裁》（臺北：萬卷樓圖書公司，2001年），頁194-197。
28 陳滿銘：《章法學新裁》（臺北：萬卷樓圖書公司，2001年），頁197-201。

達、承載並藉以適切、深入地理解信息」，把內容（信息）與形式
（辭章）揉起來了。在論析辭章之「言語規律」時，也是從字面（形
式、能指）與字裡（內容、所指）兩個方面的關係劃分常格、變格、
畸格，以概括萬象紛紜的辭章現象；分析文章風格與文學風格、流派
風格時，則從內蘊情志格素與外現形態格素來歸納、說明。這樣定
位，既區別於文章學，又區別於修辭學；充分體現了辭章學要綜合運
用語言學之各分支學科與相關學科的特點，體現了辭章不僅要講表達
得「通」「對」，而且要「好」，符合綜合語法、邏輯、修辭的要求。

3 多科融合同一

漢語辭章學具有鮮明的融合性、多科性，才能適切於實際運用的
需要。

「章法」因體而異。吳訥早就說過「文辭以體制為先」（《文章辨
體》)。不同文體有不同的章法。議論文，要用邏輯思維，多用演繹、
歸納等方法來論證事理。如陳滿銘在分析梁啟超的《最苦與最樂》
時，先分析「最苦」的章法結構，從「提出論點」「申說論點」「舉例
說明」講起，次講「最樂」，最後得出「結論」，[29]著重從邏輯學理論
來分析其章法。浮想聯翩，「觀古今於須臾，撫四海於一粟」，則重在
藝術思維，充分運用描寫抒情的藝法，仇小屏在分析李賀的七律《夢
天》詩、姜夔的《踏莎行·燕燕輕盈》詞時，則主要從亦「虛」亦
「實」「夢境」與「事實」形成的結構來分析。這就帶來了章法的多
角度切入，或從文章學、詩學、美學切入，或從邏輯學、風格學、修
辭學切入。從文章學角度論析的，如陳滿銘分析李斯的《諫逐客

---

29 陳滿銘：《文章結構分析》（臺北：萬卷樓圖書公司，1999年），頁44。

書》、[30]蘇洵的《六國論》；[31]從詩學「情景」結構切入的，如仇小屏分析杜甫的《蜀相》、[32]關漢卿的《大德歌‧秋》；[33]從美學切入的，如仇小屏的《時空設計美學‧古典詩詞篇》就十分重視美學與章法的關係；從邏輯學切入的，如陳滿銘分析彭端淑的《為學一首示子侄》，[34]從泛論、事證、結論的邏輯推理談章法結構；從風格學切入的，如陳滿銘分析陽剛之美的盧綸的《塞下曲》、岳飛的《滿江紅》，分析陰柔之美的李白的《玉階怨》、張可久的《梧葉兒》，[35]都著眼於風格結構，進行闡述；從修辭學切入的，如陳滿銘《國文教學論叢‧續編》概述了幾種修辭方法。[36]

辭章章法，不限於文章學，是多科相關理論、規律、方法的綜合運用。《章法學新裁》封底有句名言，「章法系修飾篇章的方法，也就是謀篇佈局的技巧」。前一句，從修辭學論章法；後一句，從文章學論章法，它抓住了辭章章法學的重點，與鄭頤壽所著《辭章學概論》的「章法」論不謀而合。

大陸也一樣，融會語言學的各個分支學科（語音學、文字學、詞彙學、語法學、修辭學）及其相關學科（語體學、風格學、文章學、邏輯學、心理學和美學）的原理、規律和方法，而建構起自己的學科理論體系。

現代漢語早期的修辭學以「積極修辭」的辭格為中心，而「消極修辭」顯得與之很不相稱。一九五一年，呂叔湘、朱德熙《語法修辭

30 陳滿銘：《國文教學論叢‧續編》（臺北：萬卷樓圖書公司，1998年），頁24。
31 陳滿銘：《國文教學論叢‧續編》（臺北：萬卷樓圖書公司，1998年），頁29。
32 仇小屏：《篇章結構類型論》（臺北：萬卷樓圖書公司，2000年），頁249。
33 仇小屏：《篇章結構類型論》（臺北：萬卷樓圖書公司，2000年），頁257。
34 陳滿銘：《文章結構分析》（臺北：萬卷樓圖書公司，1999年），頁59-61。
35 陳滿銘：《國文教學論叢‧續編》（臺北：萬卷樓圖書公司，1998年），頁390-393。
36 陳滿銘：《國文教學論叢‧續編》（臺北：萬卷樓圖書公司，1998年），頁469-470。

講話》講了大量的「消極修辭」，彌補了這一歷史的缺憾。一九五三年，張志公的《修辭概要》，講了用詞、當句、修飾（即修辭格）、篇章和風格，又是一大進步。一九六三年，張弓的《現代漢語修辭學》，除了講辭格之外，還新增了一章「語體」，這是更大的進步。尤其值得重視的是，一九六四年，陳望道在回答關於修辭學對象的問題時，增加了兩大類：一類是零點以下的——這就把修辭不好、語法不通、邏輯不對、文字詞語誤用、錯別音、語體文體失宜、風格卑劣等都列進去了。一類是文章的藝術手法[37]。這兩大類歸入修辭學，就是「廣義修辭學」。從這點講，「詞（辭）章學就是修辭學」是合乎實際的。鄭頤壽在此啟發下，結合自己在高校講授中國古典文學、現代文學、寫作學的過程，從自己寫詩、作文的親身體驗中，感到過去的修辭學確實如陳望道所講的「同實地寫說的緣分最淺」。[38]要讓修辭更好地為寫、說、讀、聽服務，必須擴大研究的範圍，而成為「廣義修辭學」——「辭章學」。[39]

一九九八年五、六月間，中國修辭學會全國文學語言研究會、華東修辭學會、福建省修辭學會在武夷山舉辦辭章學研討會。鄭頤壽在會上進一步表達上述觀點，並指出辭章學就是「廣義修辭學」。宗廷虎把這一觀點，寫進他為祝敏青《小說辭章學》作的序中。[40]此前，鄭頤壽在其《中國文學語言藝術大辭典》《辭章學辭典》《先秦修辭理論與「四元六維結構」》《言語風格與四六結構論》《四六結構與修辭

37 陳望道：〈關於修辭學對象等問題答問〉，收入氏著：《陳望道修辭論集》（合肥：安徽教育出版社，1985年），頁280-281。

38 陳望道：《修辭學發凡》（上海：上海文藝出版社，1962年），頁21。

39 鄭頤壽：〈辭章學及其新學科建設〉，收入中國修辭學會、玄奘大學中文系編：《修辭論叢》（第6輯）（臺北：洪葉文化事業公司，2004年），頁115-130。

40 宗廷虎：〈序〉頁3，收入祝敏青：《小說辭章學》（福州：海峽文藝出版社，2000年）。

三論》，以及為祝敏青《小說辭章學》所作序文等論著中，都把含語音、文字、詞彙、句法、辭格、章法、表達方式、藝術方法（技法）、語體、風格諸多部分之零點與零點上下的言語現象，含「審美」「致用」和兼及兩者的三大類功能，含「表達←→承載（話語）←→理解」[41]之三元雙向的話語活動，納入「廣義修辭學」（辭章學）的研究視野。[42]

4 治學路徑相同

臺灣與大陸的學者研究辭章學，都是在服務「行」——「語文（國文）」教學、言語教學需要的過程中總結出來的。

陳滿銘說，他從事「國文教學」三十多年，「由於教學、輔導或專業研究的需要，從各個角度研討了眾多問題」，陸續發表了《談詞章主旨的顯與隱》《談詞章主旨、綱領與內容的關係》《談詞章章法的主要內容》；承擔了「涉及課文的讀講、內容與形式深究、鑒賞、評量，以及作文例題、指引與批改」這些「牢籠了國文教學」「範圍相當廣泛」的「重要項目」。[43]他是在這樣的「行」（實踐）的基礎上獲得「知」（認識），總結出辭章章法學的理論。他又用這些理論指導「範圍極廣」的「國文教學」，「諸如範文、作文、書法等教學，以及課外讀寫、演講、辯論、吟唱等指導」，並通過教學以「有效地驗收範文教學的成果」。[44]仇小屏「以六十餘萬字的《中國辭章章法析論》

---

41 鄭頤壽：〈序〉，收入祝敏青：《小說辭章學》（福州：海峽文藝出版社，2000年），頁5-7。

42 鄭頤壽：〈辭章學及其新學科建設〉，收入中國修辭學會、玄奘大學中文系編：《修辭論叢》（第6輯）（臺北：洪葉文化事業公司，2004年），頁115-130。

43 陳滿銘：〈序〉，收入氏著：《國文教學論叢‧續編》（臺北：萬卷樓圖書公司，1998年），頁1-2。

44 陳滿銘：《國文教學論叢‧續編》（臺北：萬卷樓圖書公司，1998年），頁401。

取得碩士學位」，「在就讀博士班期間，又將原有章法的內容加以充實、擴充，並儘量包含各種結構類型，寫成《篇章結構類型論》（上、下）一書」。她「深知章法在鑒賞文章時的重要性，所以自然而然地會將章法的觀念帶入平日的教學活動中，可以說是『學以致用』；而且就在這學以致用的過程中，發現章法對於國文教學內容的豐富與提昇，可以起著非常大的促進作用」，因此，又寫了幾十篇有關「辭章章法」的論文，「談談自己從事章法教學多年來的感想」；[45]相繼又推出了《深入課文的一把鑰匙》（章法教學）、《下在我眼眸裡的雪》等專著；又通過教學實踐深入研究，完成博士學位論文《時空設計美學》。因此，辭章章法學，是從實實在在的「行」（教學實踐）中總結出來的「知」（理性認識），又用之於「行」（教學實踐），進行檢驗，進一步「充實」「擴充」，昇華為更高一層的「知」（理性認識），循環往復，使辭章章法的理論逐步地「由樹而成林」，建構了辭章章法論的系統。因此，這門新學科，既有較濃的理論色彩，又具有重要的實用品格。

　　大陸學者也是從教學的「行」中獲得「知」，寫成科研論文，又運用於教學實踐，從而豐富、創新、提昇了教學內容，也發現、檢驗了所總結理論的科學性或偏頗與失誤，再作補充、昇華，總結、歸納出更新、更系統、更科學的理論來。張志公在北京大學、首都師範大學是這樣做的，鄭頤壽在福建高校講《文選與寫作》《辭章學》《修辭學》《語體風格學》，在華東修辭學會廬山「修辭學研討班」講「辭章」之「語格」部分，對來自全國各地的一百多位副教授、講師、助教講演，反復進行教學、總結，沿著「行—知—行—知……」的道路

---

45 仇小屏：〈自序〉，收入氏著：《篇章結構類型論》（臺北：萬卷樓圖書公司，2000年），頁1-2。

前進。[46]

　　筆者在一九八○年代末從事中文專業「自考」輔導與「函授」教學過程中，針對「古代漢語」課程廣大學員普遍感到「難懂」「難學」「難考」、廣大教師感到「難教」這「四難」問題，在王力關於學生讀不懂古書的原因基本上在於不明詞義這一觀點[47]的指引下，確立了教學研究的「詞義」核心，經十餘年的努力，研發出「文言文釋義模式」。以之為核心主編的《古代漢語》教材，被黑龍江省高等教育自學考試漢語言文學專業「文言文精選講析」、嘉應學院「古代漢語」課程列為重要參考書；以之為核心編纂的「文言文閱讀理解」系列、「中學語文非常講解」系列、《文言文閱讀理解與名篇精講》《文言文閱讀理解與名篇精解》《學生文言文實用詞典》與《文瀾文言文詳解》，深受中學語文老師及中學生好評。筆者在教學過程中總結研發的「文言文釋義模式」，雖然未冠以「辭章」的學科名稱，但確實進行著鄭頤壽所說的「解辭」[48]實踐。

　　筆者攻讀博士學位期間，通過對郭沫若古文字資料考釋的復習，發現其古文字研究的「辭章視點」，並結合俞樾、楊樹達的治學經驗，進行古文字資料考釋，[49]曾兩度承蒙四川省哲學社會科學重點研

46　鄭頤壽：〈臺灣辭章學研究述評〉，《國文天地》第10期（2002年3月），頁99-107。

47　王力：〈教學參考意見〉，收入氏著：《古代漢語》（北京：中華書局，1999年），頁3。

48　鄭頤壽：〈辭章學新學科建設芻議〉，《肇慶學院學報》第1期（2011年1月），頁19-25。

49　李義海：〈郭沫若西周金文修辭研究及意義管見〉，《信陽師範學院學報》第2期（2009年3月），頁83-86；〈郭沫若對西周金文修辭研究的貢獻〉，《商丘師範學院學報》第8期（2009年8月），頁123-126；〈郭沫若西周金文修辭研究及意義管見〉，收入中國郭沫若研究會編：《郭沫若研究三十年》（成都：巴蜀書社，2010年），頁104-115；〈別白行文視點下的盠匜銘文補釋〉，《華東師範大學學報》第4期（2011年7月），頁137-140；〈體用同稱與西周金文釋讀舉隅〉，《中國文字研究》第2期

究基地「四川郭沫若研究中心」給予重點項目資助。

近年來，筆者將「漢語辭章學理論」運用於海外華文教育、華文教育師資培訓與外國留學生漢語教學，也取得了很好的成績，不久將在會議宣讀論文的基礎上修訂刊布其操作步驟及經驗教訓，以接受學界業界的批評與指點，更好地服務對外漢語教學與海外華文教育。

5 研究同源異派

辭章學是言語藝術的國學[50]，它是以幾千年來漢民族優秀的文化遺產為根基，根據漢語的特點、漢族人善於綜合思維和使用語言的傳統習慣及經驗而建立起來的。

漢語辭章學萌芽於先秦，經兩漢魏晉的發展，創建於梁朝。劉勰的《文心雕龍》，含有文體論、創作論、批評論、修辭論、藝法論、風格論等，被日本學者五十嵐力譽為「東方修辭學的鼻祖」。它的內容大大超出了「一般理解的修辭學」的範圍，應該是我國第一部相當全面而系統的古代漢語辭章學專著。[51]唐宋以後進入繁榮期，出現了史論、詩話、詞話、文評、曲語、筆記以及評點的文字等等，其中包含著十分豐富、精闢的辭章論。把「辭章」提到「學」的高度始於明朝。

一九〇一年四月十九日，蔡元培應邀參加杭州方言學社開學典禮，作了講演，指出「探理之學」（經學）、「探跡之學」（史學）和

（2010年10月），頁55-59；〈曾姬無恤壺銘文補釋〉，《考古與文物》第2期（2009年3月），頁66-70；〈先秦時期漢語合敘行文與銅器銘文釋讀舉隅〉，《修辭學習》第6期（2008年11月），頁51-56；〈郭沫若辭章視點金文考釋方法運用舉例〉，《郭沫若學刊》第3期（2013年9月），頁32-35；〈體用同稱與郭沫若辭章視點金文考釋的當下意義〉，《閩江學院學報》第4期（2011年7月），頁86-90。

50 鄭頤壽：〈把辭章學研究推向前進〉，《阜陽師範學院學報》第2期（2010年3月），頁1-6。

51 胡奇光：《中國小學史》（上海：上海人民出版社，1987年），頁221。

「辭章之學」乃「吾國舊學之菁英也」。他也講到「修辭學」，卻是廣
義的「修辭學」，即辭章學。它「於百物之定名，文白之成法，篇章
之熔裁，有以達意敘事，使觀聽者無所眩，而後持以譯西國之書，則
無節書燕說之患。」[52]

　　此後，蔡氏所說的「修辭學」研究，出現了兩種情況：一是陳望
道建立的「以語言為本位」的現代科學的修辭學研究；一是融合著修
辭學和文章學等學科的「廣義修辭學」，如龍伯純的《文字發凡》、王
易的《修辭學通詮》、湯振常的《修詞學教科書》、王夢曾的《中華中
學文法要略‧修辭編》等。

　　福建學者鄭頤壽和臺灣學者陳滿銘，在各自的學術研究中，或在
前人啟發下突破「辭格中心」的治學範式而進入「廣義修辭學」亦即
「辭章學」領域，或通過分析傳世書面文獻探尋「章法」現象、總結
章法規律、揭舉含有篇法的章法理論，都是對傳統「辭章」之學或
「廣義修辭學」的繼承與發展。他們從我國固有的哲學思想出發、依
據華人重綜合的思維特點、以相同的語料為載體、以和諧思想為指
導[53]，共守「辭章」這一共同祖產，論析辭章學，雖然其結論不盡相
同，但在整體上卻是「大同」而「小異」的。[54]這種「大同」，便於合
作攻關，互相借鑑、補充、提高；「小異」，說明大家的研究都有新
意、創意，有助於進一步地研究、開拓，推動學科繼續向前發展。

---

52 蔡元培：〈在杭州方言學社開學日演說詞〉，收入高平叔編：《蔡元培語言及文學論
　　著》（石家莊：河北人民出版社，1985年），頁48。
53 鄭頤壽：〈研究篇章藝術的國學〉，《國文天地》第4期（2006年9月），頁83-90。
54 鄭頤壽：〈臺灣辭章學研究述評〉，《國文天地》第10期（2002年3月），頁99-107。

三　當下福建辭章學人的學術走向

（一）閩臺漢語辭章學必然持續攜手合作與共同發展之路

1　閩臺領軍發展規劃下，兩岸學人必然攜手共同發展

　　閩臺辭章學研究，當下不僅有著取得前述成果的基礎，而且還具備在此基礎上持續合作的可能和條件，更重要的是，「相向而行」的學科發展規劃，決定了兩岸學術在互補中發展已是一種必然。

（1）鄭頤壽的學科發展規劃

　　經過六十年的學術研究，大陸地區構建了「普通辭章學」理論體系，在此基礎上產生了「小說辭章學」「史傳辭章學」「建構辭章學」「重構辭章學」等「專門辭章學」，並提出了「文藝辭章學」建設的設想。鄭頤壽自二〇〇四年起，多次以「四元」為中心對辭章學分支學科的發展做出預設、建議與規劃。[55]

A　以「話語元」為中心

　　以「話語元」為中心進行的研究，可以分為兩類：

　　一是以「話語文本」為視點。從話語文本角度，可構建「文本辭章學」（「本辭學」[56]）。以文本為構成單位，可以有「語音辭章學」

55　鄭頤壽：〈辭章學及其新學科建設〉，收入中國修辭學會、玄奘大學中文系編：《修辭論叢》（第6輯）（臺北：洪葉文化事業公司，2004年），頁115-130；〈把辭章學研究推向前進〉，《阜陽師範學院學報》第2期（2010年3月），頁1-6；〈辭章學新學科建設芻議〉，《肇慶學院學報》第1期（2011年1月），頁19-25；〈辭章理論的繼承與發展——紀念呂叔湘、張志公倡建漢語辭章學五十年〉，《平頂山學院學報》第1期（2012年2月），頁103-108。

56　鄭頤壽：《辭章學發凡》（福州：海峽文藝出版社，2005年），頁100。

「詞語辭章學」「篇章辭章學」。按照辭章的構成方法，可以有「藝法辭章學」和「表式辭章學」。其下位學科，有「敘述辭章學」「抒情辭章學」「描寫辭章學」「說明辭章學」「議論辭章學」和「辭章體裁學」「辭章風格學」等。其中「敘述辭章學」可與國外的「敘述修辭學」參驗，「辭章風格學」已具架構[57]。按照文章體裁，可建構「文藝辭章學」；其下位還有「詩歌辭章學」「散文辭章學」「小說辭章學」「戲劇辭章學」等。其中「小說辭章學」已由祝敏青創建。從體裁的歷史發展研究出發，可以建構「詩經辭章學」「楚辭辭章學」「樂府辭章學」「古詩辭章學」「律詩辭章學」「長短句辭章學」「新詩辭章學」等。

二是「語體功能」為視點。從語體功能角度，可以構建「語體辭章學」。其下位還可以建立許多分支學科，如口語辭章學、書語辭章學、電語辭章學。口語辭章學還可以分成演講辭章學、論辯辭章學、遊說辭章學。書語辭章學，按照審美與致用的功能，可以建構文藝辭章學（或稱文學辭章學）、實用辭章學與融合體辭章學。文藝辭章學還可分為詩歌辭章學、散文辭章學、小說辭章學、戲劇辭章學等。實用辭章學還可分為科技辭章學、公文辭章學、法律辭章學、應用辭章學、秘書辭章學等。介於文藝辭章學和實用辭章學之間的融合體辭章學，則有文藝政論辭章學、科普辭章學、科學詩辭章學、科幻小說辭章學、史傳辭章學等。電語辭章學可分成電話辭章學、電腦語言辭章學等。

以「語體功能」為視點的學術專著，有鄭頤壽《史傳辭章概論》、祝敏青《小說辭章學》、祝克懿《新聞語體探索》、匡小榮《漢語口語交談研究》。[58]

---

57 鄭頤壽：〈漢語辭章風格學概說〉，《福建師範大學學報》第3期（2009年5月），頁78-84。

58 匡小榮：《漢語口語交談研究》（福州：海風出版社，2005年）。

B 以「表達元」為中心

以「表達元」為中心的研究，根據視點的不同，可以分為兩類。

從說寫角度，要繼承、弘揚中華傳統文化的「建言修辭」「構章成篇」、練句、練字等理論，並借鑑國外建構語言學、建構主義修辭學的成果，寫成「建構辭章學」（簡稱「建辭學」）。[59] 鄭頤壽著有《詩詞創作對話：建構辭章學》。其下位還有「作文辭章學」「寫詩辭章學」「填詞辭章學」「譜曲辭章學」和「說話辭章學」「講演辭章學」「辯論辭章學」等等。張春榮著有《作文新饗宴》、仇小屏著有《詩從何處來：新詩習作教學指引》，都進入了「准辭章學」的領域。

以專人為研究視點，可以研究作家，也可以研究辭章理論家。在初始階段，應該研究既是作家又是辭章理論家的兩栖名家，從而建構專人辭章學，如：「陸機辭章學」「劉勰辭章學」「鍾嶸辭章學」「劉知己辭章學」「陳騤辭章學」「司空圖辭風學」「吳訥辭體學」「徐師曾辭體學」「魯迅辭章學」「茅盾辭章學」「葉聖陶辭章學」「郭沫若辭章學」等等。寫此類辭章學，最好是理論與實例的「應合」，如《冰心辭章學》應以冰心的辭章理論為體例，冰心的作品為語料。臺灣歐陽炯著有《楊萬里詩歌辭章學》。[60]

C 以「鑑識元」為中心

以鑑識元為中心進行辭章藝術解讀的理論體系及其規律、方法的辭章學，謂之「解讀辭章學」，簡稱「解辭學」。當代出版了大量鑒賞作品的專著、辭典，引導讀者欣賞作品，語文（國語、國文）教師引

---

59 鄭頤壽：〈「四六結構」與建辭學〉，收入鄭頤壽、袁暉編：《修辭學研究》（第9輯）（香港：華星出版社，2002年），頁175-184。

60 歐陽炯：《楊萬里詩歌辭章學》（福州：海風出版社，2005年）。

導學生解讀課文，其中的理論、規律、方法都有待於系統化、科學化，以建立一門新學科。

以「鑑識元」為中心的研究，根據視點的不同，可以分為四類：

依照辭體的特殊性，可以建構「詩詞解構辭章學」「散言解構辭章學」(獨白為主的散文、小說)、「戲劇解構辭章學」；實用體用了許多術語、圖表、符號、公式、數字，又有其特點，可以建構「實用解構辭章學」「圖符辭章學」。也可以根據電語、口語的特點，建構「電語辭章學」「網路辭章學」「口語辭章學」等。

按歷代文論、詩話、詞話、曲語、史論進行研究，可建構眾多分支學科，如：「鐘嶸《詩品》辭章學」「劉勰《文心雕龍》辭章學」「孔穎達『鑑識』辭章學」「劉知己《史通》辭章學」「李嶠《評詩格》辭章學」「王昌齡辭章學（含《詩格》《詩中密旨》）」「司空圖《二十四品》辭章學」「陳騤《文則》辭章學」「洪邁《容齋隨筆》辭章學」「楊萬里詩歌辭章學」「歐陽修《六一詩話》辭章學」「黃庭堅辭章學」等。臺灣的許清雲和歐陽炯分別著有《皎然〈詩式〉辭章學》和《楊萬里詩歌辭章學》。

按辭章學史來寫的，有通史、斷代史之分。林大礎、鄭娟榕著有《當代漢語辭章學史略》，李義海主編有《中國當代辭章學發展史研討會論文集》。

在解構的基礎上，以改寫為視點，轉向重構（文章修改屬此類），可建立「重構辭章學」。它是編輯人員、語文老師的「拿手貨」。張慧貞等人所撰《中學語文名篇修改示範：重構辭章學》，反映了鄭頤壽多年語文教學研究與實踐的經驗。

D　以「宇宙元」為中心

宇宙元包括自然界、人類社會、文化背景。以宇宙元為經、話語

元為緯，可以建立文化辭章學、文明辭章學、倫理辭章學等分支學科。

（2）陳滿銘的學科發展預期

A　由「章法學」向「跨界章法學」發展

　　與福建學者致力於建構「漢語辭章學」分支學科相反，臺灣學者陳滿銘則提出「要全力推動跨界章法學」[61]的主張：

> 如要挖掘種種蘊藏於「萬事萬物」之「層次邏輯」，將它們彰顯出來，則非靠此「方法論」不可。而這些「方法論」，對應於「章法三觀」，是由「二元」的「移位」「轉位」與「包孕」，產生「互動、循環、往復而提升」之螺旋作用，以構成其「微觀」（方法論：如「章法類型」）、「中觀」（方法論原則：如「章法規律」）而「宏觀」〔方法論系統：如「多二一（〇）螺旋結構」〕之體系的。所以多年以來，這種體系就陸續被跨界運用到「儒學」「佛學」「意象學」「詞學」「新詩學」「心理學」「美學」「風格學」「語文教學」「建築學」「評量學」……的論文或著作上。今天「卻顧所來徑」，驚歎之餘，蓦然覺得該是由「哲理章法」的研究來帶動「方法論」之開展、提升，以正式大力推出「跨界章法學」的時候了。真希望「章法學」的研究團隊忘記辛苦，繼續努力，能越來越壯大，呈現更多成果。

---

61 陳滿銘：〈論哲理章法──以〈中庸〉誠明思想為例作探討〉，臺灣師範大學國文學系、中國語文學會：《第三屆語文教育暨第九屆辭章章法學學術研討會論文集》，2014年。

B 以「章法學」為中心上下求索

陳滿銘也提出了以「章法學」為中心的學科發展願景[62]：

> 預定以團隊之力，繼續推出《辭章章法學史》《辭章章法現象史》《辭章章法哲學》《辭章章法美學》《比較章法》《辭章章法風格論》《辭章章法「變化律」研究》《辭章章法「統一律」研究》《圖底章法析論》《凡目章法析論》《平側章法析論》……等書。這種以「辭章章法學」為中心，下探其分支學科、上達「跨界辭章學」的學術研究，意義重大。

這樣做，不僅有助於「辭章章法學」研究的開拓與提昇，也可促進整個「辭章學」或「文章學」的研究與發展。[63]

漢語辭章學的發展，無論是鄭頤壽的規劃，還是陳滿銘的預期，都有可能最終形成鄭頤壽所說的「一個具有中華特色的『漢語辭章學派』」，也就是陳滿銘所說的那個「花團錦簇」的榮景。[64]

閩臺兩地辭章學領軍的學科規劃與預期，說明兩地攜手合作以追求共同發展，是學科發展的必然。

---

62 陳滿銘：〈自序〉，收入陳滿銘：《章法學綜論》（臺北：萬卷樓圖書公司，2003年），頁7。

63 陳滿銘：〈自序〉，收入陳滿銘：《章法學綜論》（臺北：萬卷樓圖書公司，2003年），頁7。

64 陳滿銘：〈迎接辭章學「花團錦簇」的明天〉，《國文天地》第6期（2004年11月），頁90-94。

2 兩地攜手合作共同發展有成功先例可循

（1）攜手合作下普通辭章學走向成熟

當代漢語普通辭章學研究，基於蔡元培關於「辭章」的論述，毛澤東、施東向關於寫作的講話，由呂叔湘張志公倡建，它在研究聽說讀寫規律時，吸取「修辭學」「文章學」「邏輯學」「語法學」等學科成果，突破上述學科藩籬，將之融鑄為一個富有溝通理論研究與教學應用的「橋樑」性學科，至張志公《辭章學講話》、鄭頤壽《辭章學概論》初成。

《辭章學概論》初構的「四六結構」雛形，不僅如前所述經過《文藝修辭學》的簡化，而且在兩地交流合作的過程中得到「細化」與「深化」，[65]對其進行更為詳細的論述、更為深入的理論昇華與開拓。代表性論文有：《論辭章學》《文藝修辭學・導論》《先秦修辭理論與「四元六維論」》《辭章學辭典・後記》《言語風格與「四六結構論」》《「四六結構」與修辭》《「四六結構」與修辭三論》《辭章活動的最高原則：「四六結構」與誠美律——「誠」論》《先秦修辭「雙向互動論」》《「四六結構」與建辭學》《大學辭章學・導論》《誠美兼論，辭章之圭臬》。專著有：《辭章學導論》《辭章學新論》《辭章學發凡》《辭章體裁風格學》《詩詞創作對話——建構辭章學》等，約計用百萬言的篇幅不斷進行闡釋，論析了「四六結構論」總的框架及諸多部件的理論；還用「四六結構論」論析了諸多派生的理論、規律和方法，如：「三辭三成說」「建辭說」「本辭說」「解辭說」，辭章學研究對象論，學科體系論、性質論、定義論，「四在效果論」「語境論」

---

65 鄭頤壽：〈實踐感悟 轉益多師——淺說「四六結構」的提出〉，《阜陽師範學院學報》第2期（2014年3月），頁1-5。

「結構組合結合論」,「誠美律」「達心律」「適境律」「得體律」「協風律」「常格律」「變格律」等等,所建立的這些新論,或對舊論作補充、開拓、糾偏。

在上述「新論」「補充、開拓、糾偏」之作中,應該有來自臺灣的影響或者兩地研究的討論或磨合。兩岸舉辦學術研討會、合編《大學辭章學》自不必說,普通辭章學理論的集大成之作《辭章學導論》《辭章學新論》的臺灣出版更是如此。

(2)專門辭章學大放異彩

A 章法學研究向辭章學擴展

陳滿銘在其「章法學」研究過程中,提出要把「章法學」擴展到「辭章學」上來:[66]

> 研究範圍應擴展到辭章學。這是由陳滿銘老師提出的,陳老師認為章法學處理的是「篇章意象的組織」,與其他領域都有關聯,因此這些領域也都應該研究,譬如處理「詞彙意象的形成」的是詞彙學,處理「篇章意象的形成」的是狹義意象學,處理「詞彙意象的組織」的是文法學,處理「意象的表現」的是修辭學,處理「意象的統合」的是主題學、文體學與風格學,而這些領域都屬於辭章學的內涵,因此研究範圍應擴展到辭章學。

---

66 仇小屏:〈章法學研究的五個廣度——側記第二屆章法學學術研討會〉,收入辭章章法學會籌備會:《章法論叢》(第2輯)(臺北:萬卷樓圖書公司,2008年),頁422-423。

這種研究範圍的向辭章學拓展，應該有著「辭章學」研究成果的影子。

B 文藝辭章學研究相互啟發

在普通辭章學建設取得重大成績的基礎上，鄭頤壽先後發表了《論「比」和「比喻」》《論文藝修辭學》《論藝術體素及其體素值》，推出專著《文藝修辭學》，其後，又發表《語體座標初探》《「格素」論》。

二〇〇二年，張春榮《修辭新思維》出版，鄭頤壽發表書評，[67]認為它新在「與創作接軌」，讓修辭理論「結合文學理論」；「新」在「修辭的擴大」，[68]寫成很有功力的「文藝修辭學」。稱讚它既重視對「以語言為本位」的「純修辭學」的開拓，又以「新思維」的證書領得了邁入「文藝修辭學」和「文藝辭章學」王國的護照；是「漫步向『文藝辭章學』百花園的佳作」；熟練地借鑑、運用文學理論之「陌生化」概念、突出「形象化」的特徵，來闡釋文藝辭章學「出乎意外」「合乎意中」「貴乎內蘊」的文藝辭章藝術之「三個標準」。[69]

二〇一一年，薛美秀《論文藝辭章學》刊行，不僅從建立文藝辭章學科的理論基礎、理論框架入手，概括地描述了文藝辭章學的研究範疇及學術價值；更是提出了建立「文藝辭章學的」構想以及研究的基本思路與方法。該文認為：

文藝辭章學以文藝作品的語言運用為研究對象，是對文藝語體、文藝文體和辭章藝術的歸納與總結，是漢語辭章學的一門分支學科，

---

67 鄭頤壽：〈漫步向「文藝辭章學」百花園的佳作──張春榮〈修辭新思維〉評介〉，《國文天地》第11期（2002年4月），頁72-74。

68 張春榮：〈自序〉，收入氏著：《修辭新思維》（臺北：萬卷樓圖書公司，2002年）。

69 張春榮：〈自序〉，收入氏著：《修辭新思維》（臺北：萬卷樓圖書公司，2002年）。

最能充分體現綜合運用語言的藝術。這一學科的建立，應在《文藝修辭學》的基礎上進行拓展豐富尤其在風格體裁方面要做進一步提昇，落腳點應在「文藝話語」的藝術形式上，要擺正「內容與形式」間對立統一的辯證關係，要以「話語」為本位，重視「表達承載與理解」。

文藝辭章學研究，要兼用「歸納」與「演繹」、拓展研究成果、注重多學科視角融合、理論實踐結合、簡述學科歷史。在研究思路上，應該通過實現辭章學理論具體化、再由實踐推演，發展辭章學理論，繼承發展陳望道「題旨情境說」，「兩大分野說」，使文藝辭章學不僅有科學的理論性，又有實用的品格；將文藝辭章學研究與「解構辭章學」「重構辭章學」等結合起來，發展《文藝修辭學》的研究成果，進一步拓展辭章學的研究領域，為辭章學的進一步發展而努力；應該與臺灣地區辭章學界合作攻關，促進兩岸學術交流，為文藝學習、辭章學習和語文教學開闢一條新路子。

兩地辭章學者通過互相啟發共同進步的學科發展事實昭示著：兩岸學人通過學術攜手合作，不僅能催生學術成果，而且還是一種趨勢、一種動力。

2 兩岸只有合作纔能取得漢語辭章學科的更好發展

（1）漢語辭章學是「小眾學科」

研究漢語聽說讀寫的漢語辭章學，在大陸與臺灣兩個地區都相對屬於「小眾」學科。雖然研究範圍比修辭學更廣，但作為「大修辭學」的「漢語辭章學」，其研究在人員與成果數量上都明顯地小於「修辭學」。

在大陸，目前致力於辭章學研究的專業技術人員，除王本華、孟建安、胡習之、李義海之外，基本上都經承鄭頤壽的學術指點與指

導，人員相對集中在福建省內；在臺灣，除鄭頤壽客座東吳大學時期指導學生之外，全部是陳滿銘門下弟子。兩岸的辭章學研究人員，總數約在七十人左右。這個數量，與兩岸的兩個「中國修辭學會」比較起來，簡止少得可憐。

（2）漢語辭章學的研究領域被聽說讀寫專門化

漢語辭章學雖然研究「聽說讀寫」的規律，但就目前成果而言，基本上集中在「聽說讀寫」總律的探索。無論是張志公的《漢語辭章學論集》，鄭頤壽的《辭章學概論》《辭章學發凡》《辭章學導論》與《辭章學新論》，還是陳滿銘的《篇章辭章學》，均是如此。儘管也出現了一些「專門學科」，但也基本上立足於對總律的理論探索。

在中國修辭學會首任會長張志公率先開展辭章學重點探索「總律」的基礎上，中國修辭學會第三任會長張壽康創建了旨在研究「文章」的「中國文章學研究會」、中國修辭學會成立了旨在研究「讀寫」的「中國修辭學會讀寫教學專業委員會」、鄭頤壽為代表的「辭章學研究會」、譚汝為為首的「閱讀鑒賞研究會」，中國教育學會成立了側重於學科教育的「中學語文教學專業委員會」「小學語文教學專業委員會」；臺灣地區陳滿銘創建了旨在研究文章章法的「中華章法學會」。

（3）漢語辭章學研究的整體特點

綜上所述，漢語辭章學研究，從整體上看，具有以下特點：

兩岸在各自研究的同時，通過開展學術合作取得了驕人的學術成績，贏得了美好的學科前景；辭章學者除散居於京、滬、粵、皖之外，主要聚集在福建和臺灣。

雖然是「小眾學科」，但與之相關重點研究「書語」的「文章學」

「讀寫」「閱讀鑒賞」「中學語文教學」「小學語文教學」，與基本上在大陸地區各省開枝散葉旨在研究「口語」的「講演與口才學」，都有引人注目的業績。這些相關學科在學術與應用上的探索，為「漢語辭章學」的長足進步提供了堅實的學科基礎與發展平臺。

與辭章學有著極為密切關係的修辭學研究，在大陸地區較為重視對西方修辭學理論的吸收與消化，在臺灣地區則偏重於對傳統學術的挖掘與承續。

顯然，大陸和臺灣兩個地區的學者在進行漢語辭章學研究方面，有著明顯的發展空間與互補優勢。

因此，通過交流合作取得豐碩成果的海峽兩岸的漢語辭章學人，在聽說讀寫專門化研究深入開展的學科背景下，為了收穫更大的學術豐收，必然會「踵」鄭陳之「武敏」，更進一步通過學術合作，向著更深、更寬兩個方向，積極拓展學科發展空間。

（二）當下福建辭章學人的學術走向

基於鄭頤壽和陳滿銘的學科規劃並取得跨越發展的先例，以及學科的當下實際，兩地攜手合作與共同發展已是歷史的必然。這也成為兩岸辭章學人的共識。

為了將這一歷史必然轉化為長足發展的學術現實，筆者認為，應該通過以下三個環節。

1 盤點學科家底

雖然大陸地區的漢語辭章學界與漢語修辭學界、臺灣地區章法學界與語文教學界淵源深厚，但大陸地區的「辭章學研究會」，與「中國文章學研究會」接觸不多，與同屬中國修辭學會的「讀寫教學研究會」「閱讀鑒賞研究會」聯繫較少，與中國教育學會下屬的「中學語

文教學專業委員會」「小學語文教學專業委員會」溝通不暢；臺灣地區辭章學人，雖然與中學語文教學界聯絡較為頻繁但與修辭學會之間卻不像大陸學者般熱絡。

此外，陸臺兩地學者之間的聯繫，雖然遠較二十年前深入，但真正意義上的合作，除辭章學界外，似乎還不多見。

因此，為了更好地開展交流合作以共同促進學術發展，應該盤點漢語辭章學及前述相關學科的科研力量及其研究成果與學術方向，以便跨地區、跨學科組建科研團隊，為學術交流合作的順利開展提供必要的前提、基礎或準備。

2 明確研究方向

在鄭頤壽、陳滿銘關於辭章學學科發展預期的基礎上，中青年辭章學人，應該考慮好學科發展與自身發展的關係，根據所在單位的教學科研規劃、自身的學術積累與研究興趣，明確自己的短期與中期研究方向。為此，福建辭章學人已經開展了以下四個研究方向的探索：

（1）漢語辭章學與漢語國際教育研究

筆者主持完成「福建省本科高校對外漢語專業綜合改革試點」項目，並根據學校學科專業發展定位，世界漢語教學學會關於實現對外漢語教學「教師」「教法」「教材」三個瓶頸突破的號召，結合自己多年從事中學語文教材教輔編纂的經驗、主編多種字典、參編《古文字釋要》《字源》的閱歷，以及團隊核心成員的研究成果，遵循張志公的有關論述——漢語辭章學溝通語言學研究與語文教學的「橋樑」作用、[70]語文教學要走辭章學的路子、[71]漢語語法是組合法，[72]駱小所對

---

70 張志公：〈掌握語文教學的客觀規律〉，《文匯報》（1992年6月12日）；收入氏著：《漢語辭章學論集》（北京：人民教育出版社，1996年），頁44-48。

外漢語教學要「從漢語教學的狹窄天地走出來，步入漢語文教學的金光大道」的呼籲，[73]在呂必松「組合漢語」取得成功[74]的前提下，與閩江學院漢語國際教育研究所全體同仁一道，開展國際漢語教師培養方式、國際漢語教學方法及國際漢語教材的改良，確立了對外漢語教學師資培養、教學方法、教材編纂的「辭章」視點[75]和「漢字」抓手。[76]在學校院系領導和團隊的共同努力下，漢語國際教育專業被確立為福建省優勢專業，應屆生漢語教師志願者選拔通過率與人數均居福建省內高校前列，留學生漢語寫作水準提昇顯著，世界漢語教學學會認為「具有辦學特色」。這些成績，受到法國教育部漢語總督學、世界漢語教學學會白樂桑副會長的高度讚賞，並自二〇一八年起開展四場學術對話，合著學術論文一篇（待刊），啟動的《說字解詞》修訂。

在此基礎上，整理並總結漢語辭章學在對外漢語專業建設與留學生漢語教學方面的經驗教訓，拓展辭章學的研究空間與應用範圍。

（2）漢語辭章學與漢語言文字學研究

解決古書閱讀疑難的訓詁實踐及訓詁之學，雖然屬於傳統的考據與「考據」之學，但古書的行文條例、修辭手段這些辭章規律，都為訓詁提供著得以施行的憑依。漢代以後的典籍訓釋，不僅為古書閱讀

---

71 張志公：《漢語辭章學論集》（北京：人民教育出版社，1996年），頁79。

72 張志公：《漢語辭章學論集》（北京：人民教育出版社，1996年），頁84。

73 駱小所：〈漢語國際教育的目的是漢語文國際教育〉，《雲南師範大學學報》第6期（2007年11月），頁1-3。

74 呂必松：《組合漢語教學路子及其形成的教學背景和理論背景》（北京：中央民族大學於2009年舉辦的講座），網頁：http://blog.sina.com.cn/lvbisong.。

75 李義海：《閩臺漢語辭章學交流合作與發展研究》（北京：開明出版社，2016年），頁319。

76 李義海：〈面向漢語國際教育的會意字類別研究──以李玲璞先生漢字學「元點理論」為視點〉，《中國文字研究》第2期（2014年10月），頁168-173。

提供了便利，而且也有意無意地總結著訓釋詞語時遵循的辭章規律。這種治學傳統，至俞樾《古書疑義舉例》、楊樹達《古書疑義舉例續補》《漢文文言修辭學》、郭沫若《兩周金文辭大系圖錄考釋》、陸宗達《訓詁簡論》、郭在貽《訓詁叢稿》《訓詁學》、許威漢《訓詁學導論》而逐漸成為訓釋範式。筆者受先賢治學的啟發，整理出《西周長銘金文修辭研究》與《先秦漢語書面文獻修辭研究》並嘗試性依據行文條例釋讀甲骨金文。這些學術實踐，立足通過命意謀篇安章成句的考察，既自整體而局部地詮釋章節句字的意義，又自下而上地推求語句意義篇章主旨。這種治學範式的總結，對傳統訓詁學與西方闡釋學之間學術對話的開展，應該有所貢獻。

漢字記錄漢語，對於漢語文獻閱讀而言，在運用訓詁手段消釋「讀」懂的障礙時，固然離不開漢字的形義。雖然我們可以把「以形索義」稱為訓詁手段，將漢字形義的理解與把握歸於「訓詁之學」，但漢字生成表詞與接受認可也是一個短小的辭章表達與理解的過程：「合素字」亦即合體字的生成表詞與社會認可的過程，實為人們在言語鏈中編碼與解碼過程；人們在這個「雙向互動」的表達與理解過程中同樣遵循著漢語辭章學表達與理解的規律。因此，為了加深對漢字理據的理解與掌握並藉以推動漢語教學，編寫一本《漢字辭章學》或《辭章漢字學》，實在很有必要。

（3）漢語辭章學史研究

學術史的研究，兩岸都比較重視。陳滿銘有推出《辭章章法學史》《辭章章法現象史》的願望；[77]福建學者出版了《中國當代辭章學史稿》《當代漢語辭章學史略》《閩臺漢語辭章學交流合作與發展研

---

77 陳滿銘：〈自序〉，收入氏著：《章法學綜論》（臺北：萬卷樓圖書公司，2003年），頁7。

究》《中國當代漢語辭章學發展史研討論文集》等，這與前此出現的
單篇述史類論文一起，共同構建了當代漢語辭章學史的一個基本框
架。當然，兩岸學者各自的研究成果面世之後，通過雙方合作，一定
能推出反映漢語辭章學科研究進程的高品質成果。

（4）漢語辭章學與語文教學研究

　　漢語辭章學雖然發軔於語文特別是中小學語文教學之需，但由於
高等院校與中小學特別是幼稚園教師之間身份轉換十分困難，高校與
中小學校幼稚園教師之間的聯絡特別是學術聯絡也十分少見。雖然如
此，在《兩岸辭章學研究和語文教學隅談》《辭體和語文教學》《運用
「四六結構」理論培養學生讀寫能力》《語文教學總結現代漢語辭章
學》《語文教學發展現代漢語辭章學》等單篇論文、《國文教學論叢》
《國文教學論叢續編》等論文集之外，福建學者仍然主編了《初中語
文名篇修改範例》《高中語文名篇修改範例》《中學語文非常講解》
《文言文釋義模式與名篇精講》《文言文釋義模式與名篇精解》《文瀾
文言文全解》《辭章學與語文教學》《中學語文名篇修改示範：重構辭
章學》，臺灣學者出版了《作文教學指導》《作文新饗宴》《下在我眼
眸裡的雪：新詩教學》《詩從何處來：新詩習作教學指引》《放歌星輝
下——中學生新詩閱讀指引》。這些研究與探索，如果通過同「中學
語文教學專業委員會」「小學語文教學專業委員會」的通力協作，與
中小學語文老師的教學實踐兩相啟發、互相結合、彼此融通，一定能
促進辭章學研究同語文教學的雙雙豐收。

3　快速推出成果

　　「盤點學科家底」與「明確研究方向」，是當下謀求辭章學發展
必不可少的兩個環節而非兩個截然不同的階段。通過學科家底的盤

點，志趣相投者可以跨地域形成相對穩定的學術團隊，進而形成其研究方向；通過研究方向的明確，可以在學科成果的基礎上深化研究或拓展領域，吸納志同道合者，在交流合作的基礎上共同促進辭章學科及相關學科的發展。

為此，筆者以為，福建的中青年辭章學者，應該集中精力，與「文章學」「修辭學」等諸多相近相關學科的研究社團一道，盤點學科家底，聯合編纂《漢語辭章學人名大辭典》或《漢語聽說讀寫研究專家名錄》；同時，在《辭章學辭典》《中國文學語言藝術大辭典》的基礎上，將先秦以降的漢語辭章學理論予以系統整理，編纂《漢語辭章學大辭典》。

在此基礎上，聯合同道或同好，進行以下學術努力：

（1）漢語辭章學與漢語國際教育研究方向

修訂或改編以鄭頤壽、陳滿銘為代表的兩岸學者共同編纂的《大學辭章學》；按照張志公照辭章學的體系編寫「修辭」的思路編纂《現代漢語》；根據筆者完成「福建省本科高校對外漢語專業綜合改革試點」項目，領銜留學生漢語教學改革，開展海外華文教育及師資培訓的經驗，編纂《漢語辭章學與對外漢語教學》《漢語辭章學與海外華語文教學》，完成「漢語辭章學與對外漢語專業建設」「漢語辭章學與國際漢語教學研究」方向的系列論文，力爭「辭章漢語」能夠繼「組合漢語」之後，成為國際漢語教學的一條切實可行的路徑。

（2）漢語辭章學與漢語言文字學研究方向

在前賢訓詁實踐與筆者《西周長銘金文修辭研究》與《先秦漢語書面文獻修辭研究》的基礎上，編著《西周長銘金文修辭研究續編》《先秦漢語修辭研究與文獻釋讀舉例》《訓釋辭章學》《西周金文辭章

研究》；在李玲璞先生「漢字學元點理論」的基礎上，借鑑古文字學界研究成果，全面考察常用漢字生成表詞過程，編著《漢字辭章學》。

（3）漢語辭章學史研究方向

在陳滿銘學科規劃與福建學者前期成果的基礎上，編著《當代辭章學發展史》，繼而借鑑《漢語辭章學大辭典》有關成果，聯合臺灣同道，共同編著《漢語辭章學史》。

（4）漢語辭章學與語文教學研究方向

與大中小學語文教師通力合作，聯合臺灣同道，編著《漢語辭章學與大學語文教學》《漢語辭章學與中學語文教學》《漢語辭章學與小學語文教學》，在促進漢語辭章學學科發展的同時，切實提高大中小學生的漢語聽說讀寫能力。

四 結語

以張志公、鄭頤壽和陳滿銘為首的京、閩、臺兩岸三地辭章學者[78]倡議、初建、發展的漢語辭章學，經閩臺學者的交流、合作實現其成熟與繁榮[79]的歷史和成績，為普通辭章學的深入開展和專門辭章學的廣泛研討，奠定了學科基礎與理論體系。我們相信，在這一基礎

---

78 鄭韶風：〈漢語辭章學四十年述評〉，《國文天地》第2期（2001年7月），頁93-97；
  王希傑：〈序言〉頁1-4，收入仇小屏等編：《陳滿銘與辭章章法學——陳滿銘辭
  章法學術思想集》（臺北：文津出版社，2007年）；林大礎、鄭娟榕：〈當代漢語辭
  章學的三個時期及其主要標誌〉，收入仇小屏等編：《陳滿銘與辭章章法學——陳滿
  銘辭章章法學術思想集》（臺北：文津出版社，2007年），頁371-392。
79 李義海：《閩臺漢語辭章學交流合作與發展研究》（北京：開明出版社，2016）。

上，福建辭章學人通過上述努力，一定能夠同臺灣辭章學人一道，共同「迎接辭章學『花團錦簇』的明天。」[80]

---

80 陳滿銘：〈迎接辭章學「花團錦簇」的明天〉，《國文天地》第6期（2004年11月），頁90-94。

參考文獻

仇小屏：《文章章法論》，臺北：萬卷樓圖書公司，1998年

_____ ：〈自序〉，收入氏著：《篇章結構類型論》，臺北：萬卷樓圖書
公司，2000年

_____ ：〈我所認識的陳滿銘老師〉，收入陳滿銘教授七秩榮退志應論
文集編輯委員會編：《陳滿銘教授七秩榮退志慶論文集》，臺
北：萬卷樓圖書公司，2005年

_____ ：〈章法學研究的五個廣度 —— 側記第二屆章法學學術研討
會〉，收入辭章章法學會籌備會：《章法論叢》（第2輯），臺
北：萬卷樓圖書公司，2008年

王　力：〈教學參考意見〉，收入氏著：《古代漢語》，北京：中華書
局，1999年

呂必松：《組合漢語教學路子及其形成的教學背景和理論背景》，北
京：中央民族大學於2009年舉辦的講座，網頁：http://blog.
sina.com.cn/lvbisong.

李義海：《閩臺漢語辭章學交流合作與發展研究》，北京：開明出版
社，2016年

宗廷虎：〈序〉，收入祝敏青：《小說辭章學》，福州：海峽文藝出版
社，2000年

林大礎、鄭娟榕：〈當代漢語辭章學的三個時期及其主要標誌〉，收入
仇小屏等編：《陳滿銘與辭章章法學 —— 陳滿銘辭章章法學
術思想集》，臺北：文津出版社，2007年

胡奇光：《中國小學史》，上海：上海人民出版社，1987年

高萬雲：〈鄭頤壽的辭章修辭學研究〉：《中文》第1期，2004年1月，頁103-110

張志公：《漢語辭章學論集》，北京：人民教育出版社，1996年

張春榮：〈自序〉，收入氏著：《修辭新思維》，臺北：萬卷樓圖書公司，2002年

陳尚梅：〈論章法之族性〉，收入鄭頤壽編：《辭章學論文集》（上冊），福州：海潮攝影藝術出版社，2003年

陳望道：《修辭學發凡》，上海：上海文藝出版社，1962年

_____：〈關於修辭學對象等問題答問〉，收入氏著：《陳望道修辭論集》，合肥，安徽教育出版社，1985年

陳滿銘：《國文教學論叢‧續編》，臺北：萬卷樓圖書公司，1998年

_____：〈序〉，收入氏著：《國文教學論叢‧續編》，臺北：萬卷樓圖書公司，1998年

_____：《文章結構分析》，臺北：萬卷樓圖書公司，1999年

_____：〈卻顧所來徑——代序〉，收入氏著：《章法學新裁》，臺北：萬卷樓圖書公司，2001年

_____：〈自序〉，收入陳滿銘：《章法學綜論》，臺北：萬卷樓圖書公司，2003年

_____：〈論辭章章法的四大律〉，收入鄭頤壽編：《辭章學論文集》（上冊），福州：海潮攝影藝術出版社，2003年

_____：〈論「多」「二」「一（○）」的螺旋結構——以〈周易〉與〈老子〉為考察重心〉，《臺灣師範大學學報》第1期，2003年7月，頁1-19

_____：〈辭章章法「多、二、一（○）」的核心結構〉，《阜陽師範學院學報》第6期，2003年12月，頁1-5

_____:〈辭章章法「多、二、一（○）」結構的理論基礎〉,《唐山學院學報》第4期,2003年12月,頁19-24

_____:〈迎接辭章學「花團錦簇」的明天〉,《國文天地》第6期,2004年11月,頁90-94

_____:〈論哲理章法──以《中庸》誠明思想為例作探討〉,收入臺灣師範大學國文學系、中國語文學會:《第三屆語文教育暨第九屆辭章章法學學術研討會論文集》,2014年,頁1-21

_____:〈四六結構與誠美律──追思辭章學大師鄭頤壽教授〉,《南京曉莊學院學報》第4期,2018年7月,頁63-68

蔡元培:〈在杭州方言學社開學日演說詞〉,收入高平叔編:《蔡元培語言及文學論著》,石家莊,河北人民出版社,1985年

鄭韶風:〈漢語辭章學四十年述評〉,《國文天地》第2期,2001年7月,頁93-97

王希傑:〈序言〉,收入仇小屛等編:《陳滿銘與辭章章法學──陳滿銘辭章章法學術思想集》,臺北:文津出版社,2007年

鄭頤壽:《比較修辭》,福州:福建教育出版社,1982年

_____:《辭章學概論》,福州:福建教育出版社,1986年

_____:《文藝修辭學》,福州:福建教育出版社,1993年

_____:〈前言〉,收入鄭頤壽編:《冰心名篇賞讀》,福州:海峽文藝出版社,1999年

_____:《辭章學辭典》,西安:三秦出版社,2000年

_____:〈序〉,收入祝敏青:《小說辭章學》,福州:海峽文藝出版社,2000年

_____:〈「四六結構」與建辭學〉,收入鄭頤壽、袁暉編:《修辭學研究》（第9輯）,香港:華星出版社,2002年

_____：〈臺灣辭章學研究述評〉，《國文天地》第10期，2002年3月，頁99-107

_____：〈漫步向「文藝辭章學」百花園的佳作——張春榮〈修辭新思維〉評介〉，《國文天地》第11期，2002年4月，頁72-74

_____：〈辭章活動的最高原則——「四六結構」與誠美律〉，收入鄭頤壽編：《辭章學論文集》（上），福州：海潮攝影藝術出版社，2003年

_____：〈辭章學及其新學科建設〉，收入中國修辭學會、玄奘大學中文系編：《修辭論叢》（第6輯），臺北：洪葉文化事業公司，2004年

_____：《辭章學發凡》，福州：海峽文藝出版社，2005年

_____：〈研究篇章藝術的國學〉，《國文天地》第4期，2006年9月，頁83-90

_____：〈漢語辭章風格學概說〉，《福建師範大學學報》第3期，2009年5月，頁78-84

_____：〈把辭章學研究推向前進〉，《阜陽師範學院學報》第2期，2010年3月，頁1-6

_____：〈辭章學新學科建設芻議〉，《肇慶學院學報》第1期，2011年1月，頁19-25

_____：〈辭章理論的繼承與發展——紀念呂叔湘、張志公倡建漢語辭章學五十年〉，《平頂山學院學報》第1期，2012年2月，頁103-108

_____：〈實踐感悟 轉益多師——淺說「四六結構」的提出〉，《阜陽師範學院學報》第2期，2014年3月，頁1-5

_____：〈「辭章」之內涵、外延與「正名」〉，《畢節學院學報》第9期，2014年9月，頁1-5

駱小所：〈漢語國際教育的目的是漢語文國際教育〉,《雲南師範大學
　　　學報》第6期,2007年11月,頁1-3
顏智英、蒲基維：〈辭章章法學座談會〉,《國文天地》第7期,2014年
　　　12月,頁14-28

論轉化格中「物性化」之
內涵與意義

仇小屏

成功大學中國文學系副教授

摘要

　　本論文鎖定「物性化」進行研究，旨在探究轉體「物」的種類，以及其中所彰顯的意義。所以先大分為「非人造物」、「人造物」兩類，並將涵「物／人」的「通指」、「感覺」、「抽象事理」，統為一類。如此，共分為三類來進行探究。而且，「非人造物」、「人造物」之下，根據抽象化的程度，又皆大別為「特指」、「泛指」兩類。進行考察之後，得出下列心得：目前對轉化格的定義偏嚴；由「泛指」、「通指／感覺／抽象事理」可見出轉體的抽象化；「人性化」、「物性化」的分類可再商榷；由「特指」可見出科學和社會之發展；形成「套語」的轉化；雙重轉化；獸性化可與魔性化參看。

關鍵詞：轉化、物性化、轉體、量化、工具化

一　前言

　　轉化是相當常見的修辭格，又稱「比擬」、「假擬」。[1]一直以來，學者將轉化格的內涵，依據轉體為人或物，而分成兩類：人性化、物性化。但是筆者前此發表論文，指出還有另外兩種轉體：神、魔，並因此形成神性化、魔性化。

　　然而，即便是早被發現，且備受重視的「物性化」，也因為社會不斷地變化、演進，以及人們對於物理世界的認識持續地加深、加廣，因此展現出以往所未見或罕見的內容與風貌。所以，本論文擬針對轉化格中的「物性化」進行探討，而且，為了能掌握物性化最新的內容，本論文所分析的語料，鎖定在2010年以後發表者。

　　所以，在其下的章節中，本論文先進行轉化格的相關探究，接著針對「物」之內容，大分為「非人造物」、「人造物」、「通指／感覺／抽象事理」三類，舉例分析說明，最後，根據前面的研究所得，總結出一些看法。

二　轉化之相關探討

　　轉化格有兩個重要要素：一是被轉者，稱之為「本體」，一是轉化寄託者，稱之為「轉體」，本體、轉體融合，才成為轉化的成果。本論文擬討論「轉體」為「物」者。因此其下先梳理轉體之類別，接下來則探討物性化之內容。

1　參見黃慶萱：《修辭學》（臺北：三民書局，2002年10月），增訂三版，頁377。

（一）轉體之分類

修辭學者通常是根據「轉體」而將轉化分類。譬如黃麗貞《實用修辭學》將比擬分為「擬物」、「擬人」兩大類[2]。次如王希杰《漢語修辭學》（修訂本）也認為比擬可分「擬人」和「擬物」兩種[3]。以上兩家都是根據轉化為人、或是轉化為物，將轉化大分為兩類。

至於黃慶萱《修辭學》（增訂三版）則認為轉化可分三種：「人性化」、「物性化」、「形象化」[4]。但是細察黃慶萱所提出的第三類：「形象化」，其下又分為兩類：「擬人為人」、「擬物為物」[5]，前者近於黃麗貞《實用修辭學》所言之「抽象事物擬人」，後者則為「物之物性化」。因此，如就「轉體」來考察，黃氏之看法與前述兩位學者一樣，都主張轉化為物或人。

所以，綜合前面的分析，可知諸位學者所主張的轉體應為兩種：人、物，因此形成了人性化、物性化。而筆者在〈論轉化格中的「神／魔性化」〉[6]提出另兩種轉體：神、魔。因為神、魔非人非物，所以是以上兩種轉化之外的轉體，並且形成了神性化與魔性化。

總結而言，目前所知的轉體有四種：人、物、神、魔。

（二）物性化之內涵

本論文主要就「物性化」之轉體進行探究。所謂「物性化」，乃是指「轉體」為「物」的轉化。黃麗貞《實用修辭學》指出：「物，

2　見黃麗貞：《實用修辭學》（增訂三版）（臺北：國家出版社，2007年1月），頁118-123。

3　見王希杰：《漢語修辭學》（修訂本）（北京：商務印書館，2005年4月），頁397。

4　見黃慶萱：《修辭學》（增訂三版）（臺北：三民書局，2002年10月），頁379-399。

5　見黃慶萱：《修辭學》（增訂三版），頁379-399。

6　見仇小屏：〈論轉化格中的「神／魔性化」〉，《章法論叢（第十二輯）》（臺北：萬卷樓圖書公司，2018年11月），頁193-217。

包括人以外各種具體或抽象的事物。」[7]黃氏特別標舉出「具體／抽象」兩種皆屬於「物」之內容，對於「物」的涵蓋可謂周遍。

至於學者對物性化之內涵的探討，多是針對「轉化途徑」，亦即由某種本體轉化為某物，也就是兼顧「本體」和「轉體」來分類。譬如黃麗貞《實用修辭學》在「擬物」之下，又分兩類：「人擬物」、「物擬他物」[8]。次如王希杰《漢語修辭學》（修訂本）：「擬物，有兩種，（一）把人當作物，（二）把這一事物當作另一事物。」[9]兩位學者的看法大致相同。

而向宏業、唐仲揚、成偉鈞主編《修辭通鑑》也持類似看法，但是「物」之分類更細，認為擬物可以分為以下幾種：「一是把人當作動物、植物或無生物來描寫。……二是將物擬為物。包括以生物擬為無生物，以無生物擬為生物，以物擬為抽象事理，以抽象事理擬物。」[10]其中特別值得注意的，是提出「生物」、「無生物」、「抽象事理」這些本體、轉體。

本論文旨在探究轉體「物」的種類，以及其中所彰顯的意義。所以先大分為「非人造物」、「人造物」兩類，並將涵「物／人」的「通指」、「感覺」類，以及蘊藏於其中的規律──「抽象事理」，統為一類。如此，共分為三類來進行探究。並在其後進行綜合探討。

此外，在個別例證中，如果為了便於閱讀，所以連帶錄出上下文，則在運用到轉化格之處，以底線標明。

---

7 見黃麗貞：《實用修辭學》，頁118。
8 見黃麗貞：《實用修辭學》，頁118。
9 見王希杰：《漢語修辭學》（修訂本），頁400。
10 見向宏業、唐仲揚、成偉鈞主編：《修辭通鑑》（北京：中國青年出版社，1998年5月），頁478。

三 轉體為非人造物

　　本節和下節分別探討「非人造物」、「人造物」。而且,因為有一種轉體,與其他轉體相較起來,是「泛指」而非「特指」,很值得凸顯出來加以探討,因此,「非人造物」、「人造物」之下,又皆大別為「特指」、「泛指」兩類。不過,要特別說明的是:「泛指」、「特指」很難嚴格界定,只能說大體上相對而言。

　　本節探討「非人造物」,在「特指」、「泛指」之下,又分為「生物」、「無生物」,來進行討論。

(一)特指

1 生物

(1)野生動物

　　　　找到啦!網友捕獲「野生韓國瑜」　照片曝光韓粉全暴動了[11]

「捕獲野生 XX」,或作「捕捉野生 XX」,是源自《寵物小精靈》的電子遊戲術語。二〇一四年下半年,開始為傳媒所應用,用來形容在街上偶然遇上一些名人,拍下照片的情況。[12]在此種句型中,「韓國瑜」被轉化為野生動物。

---

11 林恩如:〈找到啦!網友捕獲「野生韓國瑜」　照片曝光韓粉全暴動了〉,三立新聞網,網址:https://www.setn.com/News.aspx?NewsID=496104,發表日期:2019年2月7日。

12 參考「香港網路大詞典」之「捕獲野生XX」詞條,網址:https://evchk.wikia.org/zh/wiki/%E6%8D%95%E7%8D%B2%E9%87%8E%E7%94%9FXX。

（2）農作物

> 封德屏《我們種字，你收書》[13]

「我們種字」這種說法，配合後面的「你收書」，應是把字轉化為可以收成的農作物。

（3）底棲動物

> 為什麼要這樣對待我們這種底棲動物……。[14]

底棲生物是指任何在海底或海床附近的生命[15]。作者如此寫法，應是從字面發想，將底層的長照員轉化為底棲動物。

2　無生物

（1）氣候

> 高層密切互動中日關係真的「回暖」了嗎？[16]

「回暖」指氣候由寒轉暖。此則語料將「中日關係」轉化為氣候，「回暖」意指關係變好。

13　封德屏：《我們種字，你收書》（臺北：爾雅出版社，出版日期：2019年1月10日）。

14　見老么：《讓我照顧你：一位長照服務員的30則感動記事》（臺北：釀出版出版，秀威資訊發行，新北市：聯合發行總經銷，2017年），頁113

15　參見維基百科。

16　國搜國際：〈高層密切互動中日關係真的「回暖」了嗎〉，每日頭條「環球」類，網址：https://kknews.cc/world/289m23y.html，發表日期：2015年10月20日。

（2）山

生活三座大山壓得年輕人喘不過氣來！這些意味深長的問題值得深思[17]

生活中難以解決的問題，轉化為「三座大山」，因此帶出強烈的壓迫感。

（二）泛指

1　生物

漸漸的，經過藥妝店我不再過門不入；漸漸的，我看著新品上市預告心生期待；漸漸的，我的瓶瓶罐罐開始「無性生殖」。[18]

「無性生殖」的特性為自體繁殖，作者當是取此特性，而形成了轉化。而且，因為動物、植物皆有可能進行無性生殖，所以無法確定為某一物種，此為泛指。

新物種企業大爆發[19]

將企業轉化為有生物，新企業就是「新物種企業」。因為「物種」相對於其後的「獸」、「野生動物」、「底棲動物」來說，顯然是更為上層

---

17 心靈驛站：「生活三座大山壓得年輕人喘不過氣來！這些意味深長的問題值得深思」，youtube，https://www.youtube.com/watch?v=o24MtUD2srg。

18 波西米鹿：〈生活進行式：當她們認真化妝時〉，聯合報，網址：https://udn.com/news/plus/9433/2962862，發表日期：2018年2月2日。

19 撰文者：蘇宇庭，網址：http://magazine.businessweekly.com.tw/Article_page.aspx?id=34064，發表日期：2017年11月29日。

的概念，所以歸於泛指。

　　不過，有趣的是，後面的謂語是「大爆發」，顯然又轉化為爆炸物，此乃無生物。所以，「新物種企業大爆發」一句，出現了「雙重轉化」的情形。

> 　　每個人都有隱藏的野性……想知道你的獸性大發指數有多高嗎？快來測紅太陽老師的撲克牌占卜吧！[20]

此則語料將人轉化為獸，所以有「獸性大發」的說法。因為「獸」相對於「野生動物」、「底棲動物」來說，就是泛指，所以歸於此類。此外，還有出現了「指數」之說，此為量化。因此也出現了雙重轉化。

2　無生物

> 　　那是年幼的我們對詩的貧乏想像，文學宇宙的初始，還未有運行，一片混沌的狀態。[21]

作者回憶幼年時簡單的讀詩經驗，那是文學的萌芽，作者將之轉化為宇宙的創生，一片混沌。「宇宙」涵蓋萬有，所以歸為泛指。

> 　　台灣人不再開發「腦礦」了嗎？[22]

20　「你會獸性大發嗎」，蘋果即時新聞，網址：https://tw.lifestyle.appledaily.com/daily/20120529/34260652/，發表時間：2012年5月29日。

21　副聯編輯室：〈陳柏言vs.鄭博元／與余光中同遊年少時代──談詩與文學啟蒙〉，聯合報「台積電文學專刊」，網址：https://udn.com/news/story/11325/3767213，發表日期：2019年4月21日。

22　盛治仁：〈台灣人不再開發「腦礦」了嗎？〉，聯合報名人堂，網址：https://bookzone.cwgv.com.tw/topic/details/6994，發表日期：2017年3月6日。

將腦力轉化為礦藏，所以有「開發」之說。而此礦藏並不限於哪一種礦類，此為泛指。

四 轉體為人造物

　　本節探討轉體為人造物者。首先，指出有一種「通稱人造物」，歸為泛指。其次，拈出「工具」、「飲食」兩大類，並各自區分出「泛指」、「特指」，希望能因此凸顯出彼此的特性。

（一）特指

1 工具

　　　　公務員成砧板不逃也難[23]

將公務員轉化為砧板，有任人宰割之意。

　　　　金正恩的戰略思維逐漸明朗：北韓是以核武為槓桿，扳動安全保證和經濟發展的輪軸。[24]

「槓桿」與「輪軸」成為一組工具，以此表現出金正恩的戰略思維。

　　　　官員腦袋都被格式化？[25]

23　洪長源：〈公務員成砧板不逃也難〉，聯合報，網址：https://udn.com/news/story/7339/2774555?from=udn-catelistnews_ch2，發表日期：2017年10月24日。

24　聯合報黑白集，聯合報，網址：https://udn.com/news/story/7338/3112136，發表日期：2018年4月28日。

25　聯合報黑白集：〈官員腦袋都被格式化？〉，聯合報，網址：https://udn.com/news/story/11321/3260595，發表日期：2018年7月19日。

此種說法，是將「腦袋」轉化為電腦，所已可以「格式化」。

> 健忘的謎底：<u>大腦空白、當機</u>，竟是為逃避當下的記憶[26]

在此語料中，大腦也是被轉化為電腦，所以會有「當機」的情形。

> 在希馬德鍾愛的森林裡，就可以觀察到<u>樹界網絡</u>的微觀版本，
> 稱之為「<u>樹聯網</u>」（wood-wide web）。現在，就讓<u>我們登入這
> 個世界</u>。[27]

「樹界網絡」、「樹聯網」是將樹與樹之間的密切廣泛的關聯，轉化為
「網路」，因此，後面才有「登入這個世界」的說法。

2　飲食

> 小鮮肉「保鮮期」有多長？做好「潛規則」是關鍵！……別讓
> 自己從鮮肉變成「腐肉」，而是要往成為愈嚼愈香的「臘肉」
> 之路邁進。[28]

「小鮮肉」是近幾年來火紅的詞彙，指的是年輕俊帥的男子，而且，
還有據此延伸而來的「腐肉」、「臘肉」之說。其中「飲食男女」的指
涉相當顯然，而且，不只如此，還深化了「肉食女」的說法，反映出

26　網址：http://a.udn.com/focus/2017/06/14/28005/index.html，發表日期：2017年6月14
　　日。

27　《BBC知識・國際中文版——航海家號的星際探索》第75期（2017年11月），頁51-
　　52。

28　杜沛學：〈小鮮肉「保鮮期」有多長？做好「潛規則」是關鍵！〉聯合報，網址：
　　https://stars.udn.com/star/story/10091/2909065，發表日期：2018年1月3日。

近代社會男女互動之轉變。

> 稍加清點，就知道民主這口飯的價值，實在無比珍貴，下一代
> 的年輕人可不可以一口一口吃下去，這一代人的責任重大，郭
> 董請你說說看？[29]

「民主這口飯」，來自於「民主不能當飯吃」這句話，因此民主被轉
化為飯。因此衍伸出「一口一口吃下去」的說法。

（二）泛指

1　通稱人造物

> 熱情這種東西很脆弱，被忽略幾次後就再也提不起來了[30]

「東西」是指物品。[31]「XX 這種東西」的說法是很常見的，其中，
「XX」可以代換為天分、相思、感情、緣分等詞語。在這個句子
裡，「熱情」被轉化為某種東西。

> 白冰冰當高雄代言人丁允恭：城市質感是緩慢累積摧毀可以很
> 快。[32]

---

29 鄒景雯：〈民主這口飯〉，https://news.ltn.com.tw/news/focus/paper/1282542，發表日
　　期：2019年4月19日。

30 馬姐是個菇涼：〈熱情這種東西很脆弱，被忽略幾次後就再也提不起來了〉，每日頭
　　條「美文」類，網址：https://kknews.cc/zh-tw/essay/8o9a29q.html，發表日期：2018
　　年6月22日。

31 見教育部國語辭典。

32 鄭仰哲：〈白冰冰當高雄代言人　丁允恭：城市質感是緩慢累積　摧毀可以很快〉，
　　新頭殼newtalk，網址：https://newtalk.tw/news/view/2019-01-02/188570，發布日期：
　　2019年1月2日。

「質感」（texture）又可稱為「質地」或「肌理」。它包含了材質本身的特殊屬性與人為加工後所表現在物體表面的感覺。因此,「城市」有「質感」,而且可以「緩慢累積」、「很快摧毀」,顯然是人造物化了。

2　工具

> 「暖男」與「工具人」之功能與規格差異分析[33]

「人」被轉化為「工具」,因此有功能與規格之差異。

> 為何台灣教育培養出一堆「考試機器」?專家:全因孩子只會「念書」,卻不懂「閱讀」...[34]

因為學生被轉化為「考試機器」,所以用量詞「一堆」來修飾。

3　飲食

> 政治責任的賞味期限[35]

賞味期限是確保食物最好吃的期限,過期不代表壞掉。以此來比附政治責任,當有在此之前為最佳時段之意。

33　Bryan Yao:〈「暖男」與「工具人」之功能與規格差異分析〉,商業週刊,網址:https://www.businessweekly.com.tw/article.aspx?id=14447&type=Blog,發表日期:2015年11月3日。

34　未來Family,2018-05-20 07:00,https://www.storm.mg/lifestyle/435619?srcid=777777 2e73746f726d2e6d675f306330616366643335393536663303236_1556341041。

35　聯合報黑白集:〈政治責任的賞味期限〉,聯合報。https://udn.com/news/story/11321/ 2802073,發表日期:2019年11月7日。

　　讓夫妻感情永久<u>保鮮</u>，得用對方式「愛」[36]

夫妻感情可以「永久保鮮」，這是將感情食材化了。

五　轉體為通指／感覺／抽象事理

　　本類的特性是：抽象化，且抽象化程度越來越高。也因為抽象化程度越來越高，所以，呈現出一種現象：跨類。本類中的「通指」，已經有數例是跨人性化與物性化的。而「感覺」、「抽象事理」類的本質，原本來就是通貫於「物／人」的。

　　因此，本類跨越「人性化」與「物性化」，所以，其實不應該只置於物性化中加以探討。但是，討論「物性化」中，若缺少這部分，也是疏漏。因此，本論文將本類置於此處進行討論，並特別加以說明。

（一）通指

　　通指與前面的泛指相較，其差別在於：通指是跨類的。所以，其下分為兩類：「跨非人造物與人造物」、「跨人與物」。

1　跨非人造物與人造物

　　藍正龍愛女視訊甜喊：爸爸下班沒？<u>楊丞琳秒融化</u>[37]

---

36 田育瑄：〈讓夫妻感情永久保鮮，得用對方式「愛」〉，親子天下，網址：https://www.parenting.com.tw/article/5075359-%E8%AE%93%E5%A4%AB%E5%A6%BB%E6%84%9F%E6%83%85%E6%B0%B8%E4%B9%85%E4%BF%9D%E9%AE%AE%EF%BC%8C%E5%BE%97%E7%94%A8%E5%B0%8D%E6%96%B9%E5%BC%8F%E3%80%8C%E6%84%9B%E3%80%8D/，發表日期：2017年10月19日。

37 記者徐郁雯，臺北報導。https://www.msn.com/zh-tw/entertainment/news/%E8%97%8D%E6%AD%A3%E9%BE%8D%E6%84%9B%E5%A5%B3%E8%A6%96%E8%A8%

融化指的是固態物體轉變為液態物體。因此「楊丞琳秒融化」的說法，是將楊丞琳轉化為物體。而非人造物／人造物，都可能會有融化的狀態，因此歸為通指。

<u>我整個人軟爛成一坨，只差沒癱在地板上。</u>[38]

「我」轉化為會有軟、爛狀態之物，而會有軟、爛狀態之物，不限於人造或非人造。

2　跨人與物

桃機人禍是陳年問題　鄭運鵬：<u>國民黨「近親繁殖」導致</u>[39]

「近親繁殖」是指有性生殖的生物在近親之間進行的繁殖行為。因此，在此語料中，是將國民黨轉化為有性生殖的生物了。而有性生殖的生物也包括了人類。

<u>文化雜食者扮演的媒介角色</u>[40]

8A%E7%94%9C%E5%96%8A%E7%88%B8%E7%88%B8%E4%B8%8B%E7%8F%AD%E6%B2%92%EF%BC%9F-%E6%A5%8A%E4%B8%9E%E7%90%B3%E7%A7%92%E8%9E%8D%E5%8C%96/ar-AAyxpXm。

38　副聯編輯室：〈宋尚緯vs.李璐／穩定的燃燒〉，聯合報「台積電文學專刊」，網址：https://udn.com/news/story/11325/3767320，發表日期：2019年4月21日。

39　張之謙：〈桃機人禍是陳年問題　鄭運鵬：國民黨「近親繁殖」導致〉，三立新聞網，網址：https://www.setn.com/News.aspx?NewsID=153281，發表日期：2016年6月6日

40　吳靜吉：〈文化雜食者扮演的媒介角色〉，《今周刊》1082期，網址：http://www.businesstoday.com.tw/article-content-80447-167323-%E6%96%87%E5%8C%96%E9%9B%9C%E9%A3%9F%E8%80%85%E6%89%AE%E6%BC%94%E7%9A%84%E5%A

雜食性是指這種動物什麼都能吃，牠們不用依靠單一類型的食物如植物或動物來維持生命，卻可以只進食單一類型的食物來維持生命，因此對周遭環境有著較強的適應力。而「文化雜食者」取此特性，指的是優游於各種文化、吸收各種文化營養的人。而「人」也是一種「雜食動物」。

多肉植物只長高不長胖？怎麼弄好？[41]

此例值得探討之處，在於「多肉」可以指動物與人，「長高不長胖」也難說只限定在人。因此，「多肉植物」說是轉化為動物或人，都可以通。

（二）感覺

本小節所探討的是感官經驗所得。感覺體驗廣泛來自於跟非人造物、人造物，乃至於「人」的接觸。其下分類乃根據感官通道。

1 線條（視覺）

因為線條、色彩由視覺捕捉，所以「線條化」和「色彩化」都是「視覺化」。而畢飛宇《推拿》描寫視障者小馬將時間三角化、直線化[42]，實在是很鮮活地傳達出線條可以成為轉化寄託者，而且藉此也

A%92%E4%BB%8B%E8%A7%92%E8%89%B2，發表日期：2017年9月14日。引文：「美國范德比（Vanderbilt）大學的教授彼德森（Richard A. Peterson）和同事在研究文化選擇和消費時，發現高階層精英文化品味已轉換，從自負傲慢的純食或偏食，變成了雜食。」

41 嘉優寶莉：〈多肉植物只長高不長胖？怎麼弄好？〉，原文網址：https://kknews.cc/zh-w/home/k8ojy6v.html，發表日期：2017年2月7日。

42 見畢飛宇：《推拿》（臺北：九歌出版社，2013年），頁134。

彰顯出人們的認知特點。

　　其實，三角關係沒有想像的那麼難解決[43]

三角關係，亦稱做三角戀、三角戀愛、三角戀情，是指一個三個人的
群體在同一時期中，陷入了類似以下的狀況。如其中兩人愛上同一個
人，或一個已有伴侶的人正好愛上群體中的另一個人等。[44]將「男女
關係」線條化，很鮮明地傳達了這段關係的特色。

　　「循環經濟」到底是什麼？讓我們從耗盡地球的「線性經濟」
　　開始談起[45]

此為一篇文章的標題，文中亦解釋何謂線性經濟？「經過原物料與能
源的開採生產、基本材料生產、零組件生產組裝等生產過程，伴隨而
生的是各式各樣的廢棄物與污染，直到最後物品本身也變成垃圾……。
隨著經濟發展，不但地球資源逐漸耗盡，還造成全球暖化、氣候變遷
和生態破壞。這種直線式、把物品從搖籃送到墳墓的發展模式，可以
稱做是『線性經濟』」。[46]將此模式轉化為「線性」，相當清晰鮮明。

43　孫中興：〈其實，三角關係沒有想像的那麼難解決〉，摘自《學著，好好愛》（臺北：
　　三采文化公司），康健雜誌，網址：https://www.commonhealth.com.tw/article/article.
　　action?nid=74147，發表日期：2017年2月11日。

44　參見維基百科。

45　李翰林：〈「循環經濟」到底是什麼？讓我們從耗盡地球的「線性經濟」開始談
　　起〉，關鍵評論「社會」類，網址：https://www.thenewslens.com/article/60661，發表
　　日期：2017年2月6日。

46　李翰林：〈「循環經濟」到底是什麼？讓我們從耗盡地球的「線性經濟」開始談
　　起〉，關鍵評論「社會」類，網址：https://www.thenewslens.com/article/60661，發表
　　日期：2017年2月6日。

　　執政2周年美國變成川普的形狀[47]

本文是論述美國總統川普執政在二〇一九年一月二十日屆滿兩周年，他的施政在許多方面對美國帶來重大影響和改變，所以稱「變成川普的形狀」。而「川普的形狀」乃是由幾何線條所延伸出來的說法。

2　色彩（視覺）

　　在整個社會化的過程，我們如此蒼白，彼此的顏色漸漸被刷淡[48]

將「我們」轉化為某種顏色漸漸被刷淡的蒼白之物，以說明社會化之後，各人特質被減弱的情況。

　　實價登錄更透明擬修法完整揭露門牌[49]

「透明」原為「物」之特性。「實價登錄」在此被轉為物了。

3　觸壓覺（膚覺）

　　美國高中的硬條件與軟實力[50]

47　陳韋廷：〈執政2周年美國變成川普的形狀〉，聯合報，網址：https://udn.com/news/story/11314/3605019，發表日期：2019年1月21日。

48　聯副編輯室採訪：〈林禹瑄vs.楚狂／詩的痛苦與至福〉，聯合報「台積電文學專刊」，網址：https://udn.com/news/story/12661/3767156，發表日期：2019年4月21日。

49　中央社：〈實價登錄更透明擬修法完整揭露門牌〉，聯合新聞網，網頁https://udn.com/news/story/7238/2650666，發表日期：2017年8月18日。

50　米糕叔看美高：〈擇校季　美國高中的硬條件與軟實力〉，每日頭條「教育」類，網址：https://kknews.cc/education/m6gza9.html，發表日期：2016年8月24日。

「軟」、「硬」是由觸壓覺所得,此種感覺可以來自人,也可以來自物。因此,將「條件」與「實力」說成是「硬條件」與「軟實力」時,其實也就轉化為通指了。

林祖嘉:一例一休修法應該更具彈性[51]

物體受外力作用時,會產生形變,當外力除去後,可恢復原狀,稱為「彈性」。[52]因此,修法應具「彈性」,就把修法給轉化為物體了。

油膩中年與佛系青年[53]

油膩感應是由觸壓覺來感知的。「中年」以「油膩」來形容,顯然是被轉化了。

4　跨感覺

中共從「軟實力」到「銳實力」[54]

「銳」可以用視覺、觸壓覺來感受。因此,「銳實力」一說,就把「實力」給視覺化、觸覺化了。

---

51 林祖嘉:〈一例一休修法應該更具彈性〉,聯合報,網址:https://udn.com/news/story/11321/2798536,發表日期:2017年11月5日。

52 教育部國語辭典。

53 汪莉絹:〈油膩中年與佛系青年〉,聯合報,網址:https://udn.com/news/story/7332/2880636,發表日期:2017年12月18日。

54 金雨森:〈中共從「軟實力」到「銳實力」〉,本文選自《看》雜誌第187期,網址:https://udn.com/news/story/6846/2981090,發表日期:2018年2月12日。

（四）抽象事理

物理世界中涵藏的抽象事理，是貫通人與物的。

1　數學化

> 實習的精神是從「做中學」找出未來志向，這生涯重要一步如
> 何選擇，<u>是人格特質、興趣喜好、理想執業型態等因素的最大
> 公約數。</u>[55]

最大公約數是數學詞彙，指能夠整除多個整數的最大正整數。因此，
作者將醫學生實習選科需考慮許多因素，最後作成決定的過程，轉化
為此數學概念。

> 在愛情裡，男人做的都是加法，而女人做的永遠是減法！[56]

本文剖析男性、女性的戀愛心理，並據此特性，轉化為「加法」、「剪
法」。

> 有一種人，明年最夯！
> 他們，能融合兩種以上專長，創造新價值，他們，被稱為「<u>乘
> 法人</u>」。[57]

55　范廣元：〈你走哪一科？〉，聯合報，網址：https://reader.udn.com/reader/story/7046/
　　2952250，發表日期：2018年1月27日。

56　翩翩是你：〈愛情裡，男人做的是減法，而女人做的是加法！〉，每日頭條，網址：
　　https://kknews.cc/zh-tw/emotion/8588nkg.html，發布日期：2017年5月7日。

57　賴寧寧、林宏達：〈乘法人，搶手〉，《商業周刊》第1256期（2011年12月14日），網
　　址：https://magazine.businessweekly.com.tw/Article_page.aspx?id=16335。

能融合兩種以上專長，創造新價值的人，被轉化為「乘法人」。

> 過度頻繁的約會讓菲利浦變得遲鈍，只是在消費和他約會的女人。約會泡妞已經毫無新鮮感，每一次約會都像是數學方程式的一部分，<u>只是不停代換不同對象</u>。[58]

前面將約會譬喻成數學方程式，後面則將對象轉化為方程式中的未知數，因此可以不停代換。此種說法，讓約會的制式與無感，很鮮明地傳達出來。

> 我與周夢蝶的邂逅也發生在高中，比你更混亂、幽微。學校圖書館藏書在地下室，利用短短十分鐘往下跑，<u>心理與生理加乘</u>，便是一趟趟充滿想念的墜落。[59]

「加乘」也是數學概念。「心理與生理加乘」這種說法，讓心理與生理數字化，而兩者之間的關聯數學化。

> 做為國家的一個「分子」（這裡不是指「份子」），你的存在，就是為了成就分母。[60]

---

58 米夏埃爾‧納斯特：《愛無能的世代》（臺北：天下雜誌出版，2017年），頁68。

59 聯副編輯室採訪：〈詹佳鑫vs.張敦智／穿越恆河沙世界的飛船〉，聯合報「台積電文學專刊」，網址：https://udn.com/news/story/11325/3767242，發表日期：2019年4月21日。

60 曹鈞皓：〈犧牲少數鞏固多數……誰的中國夢？〉，聯合報，網址：https://udn.com/news/story/7339/2845339?from=udn-relatednews_ch2，發表日期：2017年11月29日。

作者運用了分子分母的概念，很鮮明地傳達出為了國家，捨棄個人的情況。

2　量化

　　量化原本是把某範圍內的變化用數值表現出來的過程，來在社會科學上，描述觀察的現象，用數值表達並加運算，也稱為「量化」。[61] 此原本應歸入數學化中。但是因為量化的概念運用得非常廣泛，因此也自然成為常見的制度或機制，譬如電玩遊戲的回饋，往往就是某項能力／財產……的量化，所以例證相當多，甚至形成了成熟的複詞，譬如「顏值」、「爆表」等，因此獨立一類加以探討。

　　　　1杯全糖珍奶每日糖上限就爆表[62]

「糖」有「上限」，而「超過糖上限」的概念，以「爆表」來表現，其中蘊藏的，就是「糖」的攝取已經被量化了。

　　　　加州野火燒不盡，舊金山空污破表[63]

61　參考教育部國語辭典。維基百科：在社會科學中，定量研究（英語：Empirical research），或又稱為量化研究，指的是採用統計、數學或計算技術等方法來對社會現象進行系統性的經驗考察。這種研究的目標是發展及運用與社會現象有關的數學模型、理論或假設。定量研究中最重要的過程是測量的過程，因為這個過程根本上連結了現象的「經驗觀察」與「數學表示」。量化數據包括以統計或百分比等數字形式呈現的各種資料。定量研究方法一般會經歷獲得數據、數據預分、數據分析和分析報告四個階段。定量研究方法採用統計與線性規劃兩種分析方法。

62　黃安琪：〈1杯全糖珍奶　每日糖上限就爆表〉，聯合報，網址：https://udn.com/news/story/7266/2508445，發表日期：2017年6月7日。

63　黃嬿：〈加州野火燒不盡，舊金山空污破表〉，科技新報，網址：https://technews.tw/2018/11/19/california-wildfire-and-air-pollution/，發布日期：2018年11月19日。

此例與上例有異曲同工之妙，只不過，此處被量化的是「空汙」。

　　顏值高好在哪？心理學家：沒有壞處！[64]

「顏值」的說法近年非常盛行。容貌美醜被量化，因此有「顏值」的高低。

　　增市場透明度提升離岸優勢[65]

「透明」是視覺化，「透明度」則是量化了。所以此處出現了雙重轉化：轉化為視覺、量。

3 物理／光學化

　　在校風保守的校園，我總認為那些女孩與自己頻率不同，絕非同道中人。[66]

頻率是單位時間內某事件重複發生的次數，會形成波狀圖。此處之「頻率」，指的是人的特性，特性不同就是頻率不同，此為物理化。

---

64 「顏值高好在哪？心理學家：沒有壞處！」，中時新聞網，https://www.chinatimes.com/hottopic/20160105003936-260809?chdtv，發表日期：2016年1月5日。

65 經濟部／遠東貿易服務中心駐香港辦事處：〈增市場透明度提升離岸優勢〉，網址：https://info.taiwantrade.com/biznews/%E5%A2%9E%E5%B7%BF%E5%A0%B4%E9%80%8F%E6%98%8E%E5%BA%A6%E6%8F%90%E5%8D%87%E9%9B%A2%E5%B2%B8%E5%84%AA%E5%8B%A2-958406.html，發表日期：2013年4月26日。

66 波西米鹿：〈生活進行式：當她們認真化妝時〉，聯合報，網址：https://udn.com/news/plus/9433/2962862，發表日期：2018-02-02。

　　　　　台灣未來政治光譜已清晰呈現[67]

　　光學頻譜，簡稱光譜，是複色光通過色散系統（如光柵、稜鏡）進行分光後，依照光的波長（或頻率）的大小順次排列形成的圖案。「政治光譜」是將「政治」光譜化。

六　綜合討論

　　在前面的分析的基礎上，可以總結成果，並進行更深入的討論。

（一）目前對轉化格的定義偏嚴

　　黃慶萱《修辭學》（增訂三版）對轉化格所下的定義是：「描述一件事物時，轉變其原來性質，化成另一種本質截然不同的事物，而加以形容敘述的，叫作『轉化』。」[68]王希杰《漢語修辭學》（修訂本）則認為：「比擬，就是利用心理聯想機制，把甲事物當作乙事物來描寫。」[69]兩家的看法大體相同，都認為轉化為本體轉為轉體，以轉體的面貌出現、發展。而黃慶萱《修辭學》（增訂三版）在人性化、物性化、形象化之下的分類，乃是根據「名詞法」、「代名詞法」、「動詞法」、「綜合用法」等[70]，完全是根據如何就轉體來描寫而言。

　　然而，本論文在研究過程中發現，同一種轉化，其發展可能就本體，也可能就轉體來進行。以「小鮮肉」為例，本論文所分析的語

67　今日導報，網址：http://www.herald-today.com/content.php?sn=12640，發表日期：2019年5月3日。

68　見黃慶萱：《修辭學》（增訂三版），頁377。

69　見王希杰：《漢語修辭學》（修訂本），頁397。

70　見黃慶萱：《修辭學》（增訂三版），頁389-392。

料，是就轉體來發展，所以形成「小鮮肉『保鮮期』有多長」的說法。但是，也有這樣的語料：「到底小鮮肉是有怎樣的本事能讓眾家姊妹神魂顛倒」[71]，在這則語料中，「小鮮肉」還是以本體的面貌出現。所以，「小鮮肉」這個詞彙是否形成轉化？還是均需視每則語料的個別情況而斷定？

筆者認為，「小鮮肉」與「小男人」、「美少年」等說法比較起來，基本上就不同，因為，當此詞彙形成時，就已經是轉化了。而且，轉化後的結果，也並非只就轉體來發展，而是混融了本體與轉體的特色，是一種新的創造，而這創造的結果，也正是轉化彌足珍貴、充滿表現力之處。

（二）由「泛指」、「通指／感覺／抽象事理」可見出轉體的抽象化

本論文在探討「非人造物」、「人造物」時，特別區分出「泛指」、「特指」的不同。一方面，是因為「泛指」以前未被討論過，所以需要特別指出。另一方面，是因為這也顯示出說寫者認知的特點，亦即在說寫者心目中，「本體」所須凸顯的特點，並非某一具體的形象，而是一種貫通的特性，所以，用「泛指」為「轉體」，更容易達成說寫者的目的。

此外，本論文專列一節探討「通指／感覺／抽象事理」。首先，「通指」類可涵蓋「非人造物／人造物」，或是更進一層，涵蓋「物

---

71 密絲飄：〈男人要懂、女人要看的「小鮮肉守則」〉，Hami書城，網址：https://blog.hamibook.com.tw/%E6%B5%81%E8%A1%8C%E6%99%82%E5%B0%9A/%E7%94%B7%E4%BA%BA%E8%A6%81%E6%87%82%E3%80%81%E5%A5%B3%E4%BA%BA%E8%A6%81%E7%9C%8B%E7%9A%84%E3%80%8C%E5%B0%8F%E9%AE%AE%E8%82%89%E5%AE%88%E5%89%87%E3%80%8D/，發表日期：2017年10月17日。

／人」。此點與之前的「泛指」，有異曲同工之妙，而且，「概括」的抽象化程度又更高了。

再次，「感覺」類通貫於「物／人」，而且，因為轉體是「感覺」，所以，這類轉化非常鮮明，普世性也非常強。

最後，本論文列出「抽象事理」類，此指蘊藏於物理世界中的規律。因為「人」也是物理世界的一份子，所以，「抽象事理」類也是貫通「物／人」的。從這個類別中，可以很清楚地看出，人類對於物理世界的認識的加深，以及知識的普及，特別是「數學化」和「量化」，表現最為突出。可以說，人類對物理世界探索的成果，已經改變了人們認知的方式，而且，因為此類知識放諸四海而皆準，所以普世性非常強，並且，一般說來，這樣的轉化，也帶著較強的理性精準的感覺，個別文化的色彩較弱。

總結而言，從「非人造物／人造物」的「泛指」，一直到「通指／感覺／抽象事理」，可見出抽象化程度越來越高。能夠抽象化，從個體進於整體特質的認識與歸納，本身就是科學的進展。這顯示出人類對物理世界的認識的深化，以及認知能力的增強。這些反應在轉化的現象上，就形成了這些較為新穎的轉體。

（三）「人性化」、「物性化」的分類可再商榷

承續前面的討論，「通指／感覺／抽象事理」類，也讓一直以來大家所接受的「人性化」、「物性化」的分類法，多了討論的空間。

因為本類的特性是：跨類。「通指」中已經有數例是跨人性化與物性化的。而「感覺」、「抽象事理」類的本質，原本來就是通貫於「物／人」的。因此，本類其實是跨越「人性化」與「物性化」。也就是說，傳統的「人性化」與「物性化」的分類，已經不能適應新發

展出的轉化現象。應該要提出新說法與新的分類法,以分析並反應這些與日俱新的轉化新現象。

(四)由「特指」可見出科學和社會之發展

前面提到:抽象化的程度,顯示出人類對物理世界的認識的進展。不過,「非人造物╱人造物」中的「特指」,也運用了許多科學新知,而且,也反應了社會的發展。而科學新知和社會發展,兩者原本往往就是分不開的。

在運用科學新知部分,譬如「非人造物」中出現的轉體:「無性生殖」的生物,以及「底棲動物」等,都是對物理世界認識日深之後,才可能出現的轉體。不過,有趣的是,「底棲動物」的轉化,應是從字面發想,也就是「望文生義」,此處也反映出了人們對科學知識的態度,可能不是全然「忠於科學」的。

在反應社會發展部分,這方面的成果,主要出現在「人造物」的「特指」中。譬如工具類,以近現代工具為多。而且有些詞彙,如「工具人」、「考試機器」等,甚至已經成為熟詞,而且,這兩個詞彙的本體都是「人」,這個現象或可反應出人類「物化」之一斑。此外,出現了「電腦╱網路」的轉體,顯示出這些工具以及相關的概念,已經非常普及。

至於飲食類,所謂「賞味期限」、「保鮮期」都是現代社會才有的飲食觀念,其中也顯現了科學知識的發展。有些飲食轉化,譬如「小鮮肉」,也成為熟詞。

(五)形成「套語」的轉化

轉化有約定俗成的現象。

譬如「捕獲野生韓國瑜」,就是仿擬「捕獲野生 XX」這種句型,

而此句型是源自《寵物小精靈》的電子遊戲術語。[72]因此出現了大量的「捕獲野生 XX」的語料。次如「熱情這種東西」，也是如此，有大量的「XX 這種東西」的說法，其中，「XX」可以代換為天分、相思、感情、緣分等詞語。又次，「三座大山」本身是常見的轉體，來自引用[73]，因此「生活三座大山」這樣的說法，可說是屢見不鮮。

（六）雙重轉化

「雙重轉化」的情況也頗常見。

譬如「新物種企業大爆發」，就是轉化為新物種，又轉化為爆炸物。次如「增市場透明度提升離岸優勢」，「透明」是視覺化，「透明度」則加上了量化。又如「你的獸性大發指數有多高」，此則語料將人轉化為獸，但是「指數」又是量化。

（七）獸性化可與魔性化參看

一般獸性化：「你的獸性大發指數有多高」，所指的是一般的「獸」。但是，「怪獸」等，則近於「魔性化」，因此不列入本論文討論對象。

---

72 在二○一○年蔣志光的《囧探查過界》改圖中，開始出現應用在二次創作之上。二○一四年下半年，開始為傳媒所應用，用來形容在街上偶然遇上一些名人，拍下照片的情況。「香港網路大詞典」之「捕獲野生XX」詞條，網址：https://evchk.wikia.org/zh/wiki/%E6%8D%95%E7%8D%B2%E9%87%8E%E7%94%9FXX。

73 三座大山可分為如下兩個階段：第一階段指我國新民主主義革命時期的三大敵人，即帝國主義、封建主義、官僚資本主義。這三大敵人，好比三座大山，沉重地壓在舊中國人民的頭上。第二階段指如今社會主義存在的三大難題，即看病難、住房難、上學難。這三大難題讓很多人望而生畏，是如今社會的一個焦點。百度百科。

七 結語

　　本論文鎖定「轉體」為「物」的轉化，進行考察。因為篇幅、水平所限，所以還有許多可以開展之處。首先，可進一步考察這些轉體的文化色彩，舉例來說，普世性與在地性兩端。次如，可納入本體來考察，將從本體到轉體的轉化途徑清理出來，抉發出由此轉彼之認知特點。又如，根據察考所感，似乎轉體為「人造物」的情況更多，但是是否真是如此？此中透露什麼訊息？都還需更進一步的研究。還有，也應該更廣泛地吸收認知語言學與此相關的研究成果。另外，這些物性化的表現，與「工具化」、「物化」等概念，是否有互相發明之處？也是非常有意思研究重點。期望這些研究工作，可以在日後陸續展開。

參考文獻

仇小屏：〈論轉化格中的「神／魔性化」〉，《章法論叢（第十二輯）》，
　　　臺北：萬卷樓圖書公司，2018 年 11 月。

王希杰：《漢語修辭學》（修訂本），北京：商務印書館，2005 年 4
　　　月，頁 397。

向宏業、唐仲揚、成偉鈞主編：《修辭通鑑》，北京：中國青年出版
　　　社，1998 年 5 月。

米夏埃爾‧納斯特：《愛無能的世代》，臺北：天下雜誌，2017 年。

老　　么：《讓我照顧你：一位長照服務員的 30 則感動記事》，臺北：
　　　釀出版社，2017 年。

畢飛宇：《推拿》，臺北：九歌出版社，2013 年，頁 134。

黃慶萱：《修辭學》（增訂三版），臺北：三民書局，2002 年 10 月。

黃麗貞：《實用修辭學》（增訂本），臺北：國家出版社，2007 年 1
　　　月，頁 118-123。

辭章意象異質同構的表現
——以禪理詩為考察對象[*]

陳佳君

臺北教育大學語文與創作學系專任副教授

摘要

　　在辭章作品中，事景物象（象）與情理意趣（意）之間雖然質的相異，卻能因為產生同構關係而連結，當兩者在互動交會的過程中，則存有「一意多象」與「一象多意」的兩大對應模式。以「一意多象」在辭章作品中的表現來考察，富含哲理禪意的禪詩是一類頗值得關注的詩種。這類詩作通常透過省察大千世界的萬物（物象）與行住坐臥等日常修持（事象），形成「多象」，以體現含藏於其中的佛理禪機（「一意」）。在本文的探討中可以發現，植物物象、地理物象、器物物象，以及現實事象、虛構事象等，皆常成為僧俗二眾藉以詠詩悟道之所依；其次，運用質構關係圖來梳理，也能釐清這些「意」與「象」之間之所以能彼此聯繫起來的內部紐帶。透過諸多禪理意象之經營，不僅使禪詩在風格上生發出獨特的禪趣禪境，亦展現出辭章「一意」與「多象」之間異質而同構的互動性。

關鍵詞：辭章意象、意象對應、禪詩、異質同構、質構關係

* 　本文業經編輯委員會及兩位雙向匿名審查委員審查後修訂完成，於此併致謝忱。

一 前言

　　辭章意象是創作主體內在的心理境與外在的物理場，在腦中交會互動，去蕪存菁後，於意識中留下印記，並透過語言文字，將此精神活動落實於文學作品中，所表現出來的種種情意思想與事物形象[1]。它根源自「心」與「物」的互動與交融，其中，內在主體的「意」，包含情緒、感受、心意（情），與思想、見解、評斷（理），而外在客體的「象」，則包括物象（景／物）與事象（事）。

　　「意」與「象」兩者因為一源自於主體、一取自於客體而「異質」，然而，「意」與「象」之所以能夠產生連結、互動與交融，格式塔（Gestalt）心理學美學學派即提出「同構原理」（Isomorphism），意指「質的相異」的主（意）客（象）體之間之所以能相互契合統一，是因為兩者在「力的圖式」上「同構」[2]。李澤厚提出這是由於主與客、物與我、對象與感受之質料雖異，但在大腦激起相同的「電脈衝」[3]；陳滿銘則解釋說，這個「構」就是情、理、事、景這四大要素各自或相互連結的內蘊力量[4]，也就是「意」與「象」之間能夠彼

1　見陳佳君：《辭章意象形成論》（臺北：萬卷樓圖書公司，2005年），頁6。

2　參見〔美〕Rudolf Arnheim著，郭小平、翟燦譯：《藝術心理學新論》（北京：商務印書館，1999年），頁39-40；及歐陽周、顧建華、宋凡聖：《美學新編》（杭州：浙江大學出版社，2002年），頁251。附帶說明的是，本文為突顯質的相異的「意」與「象」之間，能藉由同構關係而產生連結的辭章現象，同時亦依據意象質構論為貫穿全文的理論與方法，故訂題為「辭章意象異質同構的表現」。至於擇定禪理詩為研究對象之相關說明，則待本節後文詳述。

3　參見李澤厚：《美學論集》（臺北：三民書局，1996年），頁730。

4　見陳滿銘：《意象學廣論》（臺北：萬卷樓圖書公司，2006年），頁152。又，本文研究者曾以杜牧〈贈別〉中的「燭意象」為例，提出外在的蠟燭（象）與詩人的別情（意）之所以能連結的內部紐帶（構），就在於蠟油與情淚的形似（「垂淚」），以及燭心與情人心意的雙關（「有心」）。參見陳佳君：《辭章意象形成論》，頁258。

此聯繫的內部紐帶。

廣義的辭章意象包含「意」（情、理）與「象」（事、景／物）兩個概念，不過，在這些事景物象（象）與情理意趣（意）之間，因「同構」而產生連結的對應關係中，並非單純的一對一，而是一對多／多對一，形成「一意多象」與「一象多意」的兩大互動模式。在實際的辭章表現中，同一種情意象或理意象，可以透過各種不同的物事材料來表抒；同一種景（物）意象或事意象，亦可用以表現各種不同的情意思想。前者如月圓、牛郎織女星、特定的時節等，常被賴以經營「團圓意象」；後者如「草木意象」通常能投射至離情別緒、悲秋傷時、閒情逸志等情懷。

由上述可知，辭章意象中偏於核心、主體的「意」，可以分為主要用以抒發情意的「情意象」與闡發義理的「理意象」。李元洛在《詩美學》中認為，意象不僅是傳統的情景關係，還應更擴大來理解。他指出：

> 意象是意與象的融合，……「意」不僅包括「情」，也蘊含著「理」。[5]

陳滿銘在《篇章意象學》中，則是從人們理性與感性的心理反應闡述道：

> 形成辭章之「意」有多種，諸凡發生在天地宇宙之間的事物都可以引起人的理性與感性之反應，形成「理」或「情」——「意」。[6]

5　見李元洛：《詩美學》（臺北：三民書局，1990年），頁168。
6　參見陳滿銘：《篇章意象學》（臺北：萬卷樓圖書公司，2011年），頁82。

在辭章作品的表現中,「一意」通常可以透過「多象」來呈現,也就是同一類的「情意象」或「理意象」,可藉由多種不同的物事材料來加以表抒或寄託。

專就「藉『象』寓『理』」而形成「一意多象」的研究範疇來說,富含哲理禪意的禪詩是一類相當獨特的詩種。禪詩可以說是佛教詩歌,指體證佛理禪機或具有禪意禪趣的詩歌作品。歷來禪詩研究者對禪詩之分類不一而足,除了有從作者身分區分、從內容性質歸納之外,也有廣狹範圍之不同。

李淼主張禪詩大致可分為兩部分,一是禪理詩,一是修行生活詩。前者含一般的佛理詩,還有中國佛教禪宗特有的示法詩、開悟詩、頌古詩等;後者有山居詩、佛寺詩、遊方詩等,這些禪詩在反映僧眾、文人的修行生活時,也會將佛教義理或自我體悟,寄託在書寫佛寺禪堂或山居禪境之中[7]。前者的禪詩特色是體現佛教或禪宗的哲理與智慧,應合本文所欲取材的禪理詩類;後者則偏向從題材分類,若詩中反映出僧人或文人修行悟道之理,亦列屬本文之研究對象[8]。

除了文人禪詩之作,詩僧的作品更是不容忽視,王秀林從主題趨向歸納出僧詩的類型,計有僧居圖、山水景、詠物趣等,以及充滿智慧的禪理詩,他認為詩僧不僅通曉佛理,而且精於詩藝,因而創作了

7　見李淼編著:《禪詩三百首譯析》(長春:吉林文史出版社,1995年),頁1-2。

8　除上述兩類,林慧真《王維的禪學思想研究》雖以王維的禪學思想為主要研究旨趣,但在設定王維詩的研究範圍時,就提出三種禪詩類型:禪理詩、禪趣詩、禪悟詩。據氏著論文所選之王維詩來觀察,其所謂禪理詩主要以禪理為內容,包含詩人在誦經參禪等修行活動中的心得、對法義的認識、理解或體悟、方便善巧的闡證禪義等;禪趣詩則具有禪意趣味,表現出察禪的「輕安愉悅和閑淡自然的意味」(孫昌武《佛教與中國文學》之語),事實上,這類禪詩較偏向從風格的特質來區分;禪悟詩多半在詩中強調定慧雙修的功夫,以斷除迷惑證得佛理,較接近一般所謂的禪宗開悟詩或悟道詩。參見林慧真:《王維的禪學思想研究》(臺中:東海大學哲學系碩士論文,2010年),頁4-5及86-89。

大量的禪理詩，並且多有境高、意遠、調清的神韻詩作，並且表示禪理詩會較明顯的運用佛典、描寫佛事、深含佛教義理或禪宗機妙，既給人智慧，又令人警醒，例如體現出苦諦、空性等義理或境地的禪詩[9]。

　　需進一步說明的是，本文所稱之禪理詩，除呼應上述各家之說，復以辭章內容四大成分之「情」、「理」、「事」、「景（物）」中之「理」成分來觀待，並欲以突顯「一意多象」中的「意」。質言之，此所謂禪理，乃偏重於廣義意象之「意」，蓋指禪詩中以日常行住坐臥中之多樣性物事材料，或明示或暗喻或寄託與佛教義理、禪宗機趣、悟道語境等相關之指涉。

　　由於禪門重視一語一事、一機一境皆能示法，因此，現象界中的森羅萬物與日常行止，都是參悟法門，故而當詩人以禪理入詩之時，物事皆能成為體察與參禪之對境。在意象選材的標準上，本文以意象學研究中的「物象」與「事象」為上位概念，再下就「自然物象」、「人工物象」、「現實事象」與「虛構事象」等類分別舉例。細部而言，佛教行者參禪之目的在於轉識成智、由迷啟悟。佛家常談及，眾生在解消三障煩惱火，悟出一切有為法如夢如幻，才能得清涼地，而所回返的是本具的清淨自性，因此，禪詩中經常出現飛瀑潭水、蓮花、幻夢等極具象徵性的書寫對象；此外，禪學講求實修實證，誦經、打坐乃每日定課，而晨鐘暮鼓、引磬木魚之聲，更是迴盪於日常修道生活中。當然，禪詩中豐富的意象群多不勝數，它們共同營構出具有自然美與哲理美的禪詩意象世界。因篇幅所限，本文擬鎖定上述幾類較為典型的個別意象，以見一斑，包括：自然物象之蓮、瀑布，人工物象之磬聲、經書（含偏於事象之「誦／讀經」），以及現實事象

9　見王秀林：《晚唐五代詩僧群體研究》（北京：中華書局，2008年），頁306-323。

之坐禪、虛構事象之入夢等。詩例部分則以詳略互見的方式,每類意
象先略舉四至九例不等,說明此物象或事象常用以表現的佛理禪意,
再詳析一例詩作,並繪製「質構關係圖」以清眉目。

　　本研究之理論基礎除建立在上述辭章意象學之相關學理依據外,
也借鑑格式塔學派的質構理論。歷來已有許多意象學研究者,關注
到在這主與客、意與象之間,能引起共振的大腦電脈衝或力/場。
這些相關文獻至少有三類不同的特徵(依文獻發表先後),一是僅單
純使用「同構」一詞,輔助文學意象分析者,如王立《中國古代文
學十大主題——原型與流變》[10]、周裕鍇《中國禪宗與詩歌》[11]、蔡
玲婉〈杜鵑聲裡斜陽暮——論秦觀詞的黃昏意象〉[12]、嚴雲受《詩詞
意象的魅力》[13]等;二是在一定程度上論及同構原理者,如吳曉《詩
歌與人生:意象符號與情感空間》[14]、黃永武《中國詩學——思想

10 王立在探討「中國古代文學中的思鄉主題」時,就提出了杜鵑啼歸之「象」與思鄉
　　之「意」具有密切的關係,他提到:「外界音響與思鄉主體審美心理呈顯出的是一
　　種『同構異質』的契合關係。」見王立:《中國古代文學十大主題——原型與流變》
　　(臺北:文史哲出版社,1994年),頁238。
11 周裕鍇在《中國禪宗與詩歌》曾針對寺鐘聲響與禪意分析道:鐘聲的節奏是平緩
　　的,疏鐘與詩人淡泊閒靜的心態恰巧為異質同構。參見周裕鍇:《中國禪宗與詩歌》
　　(上海:上海人民出版社,2000年),頁118-119。
12 蔡玲婉〈杜鵑聲裡斜陽暮——論秦觀詞的黃昏意象〉一文指出:秦觀詞中黃昏意象
　　的情感指歸偏向「暝色起愁」,而缺乏黃昏回歸的圓滿心境。從格式塔心理學派的
　　「異質同構」之說,黃昏意象正是秦觀感傷生命情調的顯現。參見蔡玲婉:〈杜鵑
　　聲裡斜陽暮——論秦觀詞的黃昏意象〉,《臺南師院學報》第35期(2002年6月),頁
　　209-225。
13 嚴雲受在舉例解說「現成意象」時,也指出:「自然界的花的衰敗與社會中人的青
　　春流逝,恰恰成為相互映視的異質同構的關係。」見嚴雲受:《詩詞意象的魅力》
　　(合肥:安徽教育出版社,2003年),頁155。
14 吳曉在討論「意象的自足性」時闡釋:意象的獨立表現性,是事物客觀上與人類情
　　感相通,具有如格式塔心理學所說的「異質同構關係」。參見吳曉:《詩歌與人生:
　　意象符號與情感空間》(臺北:書林出版公司,1995年),頁29。

篇》[15]、劉梅琴〈中國藝術思維的現代闡釋──從「意象」到「格式塔」（Gestalt）〉[16]；三是以格式塔學說建構意象理論系統的研究，陳滿銘即陸續發表多篇學術專文，在求同面上尋得格式塔心理學派的完形論與辭章學的互通之處，如〈論意與象的連結──從格式塔「異質同構」說切入〉、〈論辭章意象之形成──據格式塔「異質同構」說加以推衍〉、〈意、象形質同構類型論〉[17]等文，並指導有兩部以質構論為主要議題的學位論文[18]。

　　綜上所述，本文即在這些研究基礎上，特別聚焦在巧於設象寓理、體現宇宙萬物皆蘊含法義的禪詩詩種，並進一步透過質構概念、質構關係圖去追索和理清這些意與象如何「異質」卻「同構」，也就是深層的連結緣由。

---

15 黃永武在談〈詩與禪之異同〉時，雖然不是使用質構論之學術名詞，但是已經點出「同構」的核心概念，他說：詩與禪都常用比擬法，使抽象的哲理形象化。禪家隨機設喻，與詩家無物不可作譬的匠心是一致的。參見黃永武：《中國詩學──思想篇》（臺北：巨流圖書公司，1996年），頁227-228。值得注意的是，這其中用以比擬設譬的「本體」與「喻體」之所以能聯繫起來，即因彼此之間有「相似點」，也就是「喻解」（構語），而這也正是本文之研究旨趣。參見王希杰：《修辭學通論》（南京：南京大學出版社，1996年），頁422。

16 劉梅琴在所發表的〈中國藝術思維的現代闡釋──從「意象」到「格式塔」（Gestalt）〉中，嘗試從傳統意象與格式塔學說的文化差異中，尋找雙方在藝術、美學方面的共通性。參見劉梅琴：〈中國藝術思維的現代闡釋──從「意象」到「格式塔」（Gestalt）〉，《臺北大學中文學報》第10期（2011年9月），頁67-94。

17 見陳滿銘：〈論意與象的連結──從格式塔「異質同構」說切入〉，《國文天地》第21卷第4期（2005年9月），頁59-64；〈論辭章意象之形成──據格式塔「異質同構」說加以推衍〉，《文與哲》第八期（2006年6月），頁475-492；〈意、象形質同構類型論〉，《師大學報（語言與文學類）》54卷第1期（2009年3月），頁1-25。

18 分別是賴鈺婷：《文學創作意象質形同構類型論──以臺灣當代散文為討論中心》（臺北：臺灣師範大學國文研究所碩士論文，2007年）；林怡佩：《辭章意象「質形同構」類型論──以國中國文教材為例》（臺北：臺灣師範大學國文學系在職進修碩士班碩士論文，2009年）。

以下即分就「自然物象中的禪理」、「人工物象中的禪理」、「事象中的禪理」，共舉六類物象及事象，期藉以考察禪理意象在辭章作品中具體的藝術表現，並檢驗「一意」與「多象」之間異質而同構的互動性。

二　自然物象中的禪理

（一）植物物象：蓮

植物類中的蓮運用於佛教義理中的表法，具有相當典型的象徵意義[19]。《攝大乘論釋》裡就曾闡述了所謂的「蓮花四義」，云：

> 蓮華雖在泥水之中，不為泥水所污，譬法界真如雖在世間，不為世間法所污。又蓮花性自開發，譬法界真如性自開發，眾生若證皆得覺悟。又蓮花為群蜂所採，譬法界真如為眾聖所用。又蓮花有四德，一香、二淨、三柔軟、四可愛，譬法界真如總有四德，謂常、樂、我、淨。[20]

將蓮之植物特性比德、賦予佛教意象。五濁世間的垢染如水中污泥，蓮花正如自心本性清淨不染。

蓮也象徵佛國淨土或圓滿成就的修行境界，因此佛菩薩之法像多端坐於嚴淨香妙的蓮花座上，或手持法器與蓮花。《佛說阿彌陀經》在形容淨土「七寶池」與「八功德水」時，即描述道：

---

19 其他常見於禪詩中的植物物象尚有：松、竹、苔、林、草、花（各種花卉、凋花等）、葉（紅葉、落葉等）、桂等。

20 見世親菩薩釋，〔陳〕天竺三藏真諦譯：《攝大乘論釋》卷十五，收於《大正藏》（臺北：新文豐出版公司，1973年），第三十一冊，頁264。

池中蓮花大如車輪。青色，青光；黃色，黃光；赤色，赤光；
白色，白光。微妙香潔。[21]

以四色大蓮花成就極樂淨土的功德莊嚴。在禪詩中以蓮花喻極樂淨
土，如護國〈訪雲母山僧〉：「蓮花國土異，貝葉梵書能。想到空王
境，無心問愛憎。」（《全唐詩》卷八百十一）即是。

除了花之外，由於蓮葉表面的特殊構造，使水珠能在葉面滾動並
帶走灰塵，似於防水之效，故蓮葉也有自潔、不沾染之意。如元稹
〈酬孝甫見贈十首各酬本意次用舊韻〉：「卷舒蓮葉終難濕，去住雲心
一種閑。」（《元稹集校注》卷十八）

不過，在禪詩中所營構的蓮意象，最多的還是借鑒蓮之出汙泥而
花自淨的意象，來比喻不染不著的本然自性。如孟浩然〈題大禹寺義
公禪房〉：「看取蓮花淨，應知不染心。」（《孟浩然集箋注》卷第三）
敬安〈童子〉：「吾愛童子身，蓮花不染塵。」（《八指頭陀詩文集》，
頁40）黃庭堅〈次韻答斌老病起獨遊東園二首〉（其一）：「蓮花生淤
泥，可見嗔喜性。」（《山谷詩集注》卷第十三）黃庭堅還有一首〈又
答斌老病癒遣悶二首〉（其一）也以蓮花入詩寓理：

百痾從中來，悟罷本誰病。西風將小雨，涼入居士徑。苦竹繞
蓮塘，自悅魚鳥性。紅妝倚翠蓋，不點禪心淨。[22]

前二句以理開篇，提出百病皆源於煩惱，轉化煩惱就能去除病根。接

---

21 見〔姚秦〕鳩摩羅什譯：《佛說阿彌陀經》，收於《傳世藏書‧子庫‧佛典》（海
口：海南國際新聞出版中心，1996年），頁93。

22 見〔宋〕黃庭堅著，〔宋〕任淵、史容、史季溫注：《山谷詩集注》（上海：上海古
籍出版社，2012年），卷第十三，頁318-319。

著再透過後三聯的秋日涼景和怡然萬物，呼應前文悟得轉心去病的清
涼自適。其中，作者先用竹繞蓮塘，帶出主要場景，除了自由自在的
鳥飛魚游，倚著翠綠蓮葉的紅蓮，正象徵著潔淨無染的禪心，並且在
以蓮花比喻清淨心的同時，又回抱前二句的義理，無染著的自心，即
無煩惱，無煩惱則百病消矣。李淼評此詩「首尾呼應，結構嚴謹」[23]，
確實點出了這首詩的特色。本詩之「意」與「象」在異質同構的關係
上，可表示如下：

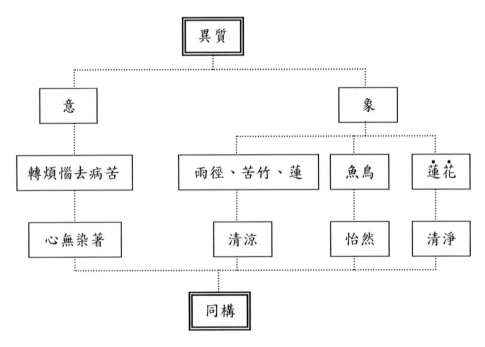

藉此質構關係圖可知，首聯由因及果的論述「悟即無病」之禪理
（意），與後半「由底（背景）而圖（焦點）」的景物描寫（象），尤
其是蓮花這個物材的運用，即是透過不染著、清涼自適、清淨等特性
為「構」，彼此聯繫起來。

---

23 見李淼編著：《禪詩三百首譯析》，頁230。

（二）地理物象：瀑布

能契合禪理禪境（「意」），與之形成「同構」的「象」，還有屬於地理類物材的「水」。由於自然山林中的水具有幽深、清涼、澄淨以及能洗滌污濁、照映事物等特質，因此在禪詩中的運用屢見不鮮，如池塘、潭水、飛瀑、溪澗、江河、井渠等[24]。本文擬以瀑布為考察對象。

禪詩中瀑布的描寫及其作用，包括透過傾瀉的瀑布描繪禪居環境的靈動或深幽，以襯出修行者的志趣或體悟，如無可〈宿西嶽白石院〉：「瀑流懸住處，雛鶴失禪中。」（《全唐詩》卷八百十四）秀登〈送小白上人歸華頂〉：「瀑濺安禪石，秋雲鎖碧層。……超然歸此處，心已契南能。」（《聖宋高僧詩選》後集卷上）等；亦有專就詠物寫景以表現出止靜的修道境界，如皎然〈詠小瀑布〉：「瀑布小更奇，潺湲二三尺。……不向定中聞，那知我心寂。」（《全唐詩》卷八百二十一）又如貫休〈山居〉（二十四首之十二）：「翠竇煙巖畫不成，桂華瀑沫雜芳馨。……從他人說從他笑，地覆天翻也只寧。」（《全唐詩》卷八百三十八）等。

譚嗣同〈道吾山〉中的「百尺瀑」則聯繫著深刻的禪意，詩云：

> 夕陽懸高樹，薄暮入青峰。古寺雲依鶴，空潭月照龍。塵消百尺瀑，心斷一聲鐘。禪意渺何著，啾啾階下蛩。[25]

前四句由高而低、由遠而近的以樹梢夕陽、青峰暮色和天上雲鶴與月下的潭中魚龍，描繪道吾山和古寺清幽蒼茫的外在環境。三聯則由外

---

24 除了水意象，其他常見於禪詩中的地理物象尚有：山（山林、山崖、山谷等）、岩、石、徑（路）等。

25 見〔清〕譚嗣同：《譚嗣同全集》（北京：生活・讀書・新知・三聯書店，1954年），卷四，頁466。

境結合參禪意趣，藉助百尺瀑布和寺院鐘鳴，喻其能清淨塵垢、斷除
迷惑。末聯則用「以偏合全」的手法，藉由蟋蟀聲代表自然萬象，總
收上述所寫景象，揭示出深邈的禪意就含藏在大千世界中的一番道理
[26]。王英志說：譚嗣同有時會從審美角度寫「水態山容」以抒「性
靈」，像這首〈道吾山〉就寫得沖淡雅潔，從所見的瀏陽道吾山古寺、
瀑布龍湫、和老龍潭的清幽美景，使自己暫時忘卻國運危亡的時局，
此時似乎六根清淨，煩惱盡消，體悟到一種縹緲的禪意[27]。而其中的
「百尺瀑」就象徵著洗消、淨化染污的意象。其質構關係圖如下：

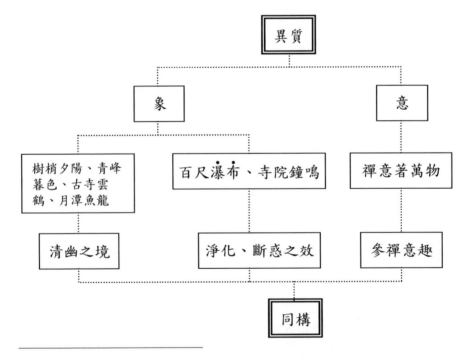

---

26 本詩在清幽環境的鋪墊中，空間由大而小的凝縮在瀑布與鐘鳴的意象，有助於本文
  將觀察焦點置於「百尺瀑」之「象」與「清淨染污」之「意」的同構性。全詩除揭
  示出深遠幽微的禪意，就含藏在經典所謂一沙一娑婆的大千世界中之道理，而末聯
  是透過設問句法，屬主旨隱於篇外之類型。

27 參見王英志：〈譚嗣同山水詩論略〉，《文學評論》2005年第5期（2005年10月），頁
  178-179。

作者以景入理，先就大處寫清幽環境，再就小處由視覺而聽覺的寫瀑布和鐘鳴，分別象徵淨心、斷惑，形成景與理之間的「構」，末聯則在一問一答之間，透過蛩叫，體悟唯有清心方能了知萬有皆禪的道理。

三　人工物象中的禪理

（一）器物物象之一：磬

在人工物方面[28]，「磬」是一種佛教法器，一般分有大磬和小手磬（引磬），作用是在寺院各種行持如早晚定課、法會或儀軌進行時，指示大眾行動一致或標明進退起止者[29]，例如排班、禮佛、繞佛、問訊、誦經、禪坐時等，尤其是在漢傳佛教誦經禮佛時，依經典上的板眼符號搭配木魚敲擊節奏，使大眾唱誦能夠齊整莊嚴、更加專注。

從音質的角度來看，大磬聲音沉穩，餘韻久揚，容易收攝人心，引磬聲音高昂清脆，有提起正念之效。而磬在禪詩中的運用，也大多是描寫其聲音，可以說，磬聲常與梵唄、鐘鳴、泉淙、樹聲等，構成禪詩中獨特的音響意象群。周裕鍇在《中國禪宗與詩歌》中就曾提到：在盛中唐寧靜的山水世界中，也許再沒有一種聲音比鐘磬聲更富有禪意和詩意，它使靜謐的世界顯得更空靈、悠遠[30]。

在禪詩中，作者常以繚繞的鳴磬聲刻劃禪寺環境，特別是以動寫

28　在人工物象方面，除了本文所論述的磬與經書，其他常做為禪詩之書寫材料者尚有：建築類的蘭若、禪堂、茅舍；器樂類的素琴、魚鼓、鐘；交通類的舟船；飲食類的茶；器物類的燈燭等。

29　參見祥雲法師：《佛教常用「唄器、器物、服裝」簡述》（臺北：佛陀教育基金會，1992年），頁11。

30　參見周裕鍇：《中國禪宗與詩歌》，頁108。

靜的藝術手法，如王維〈過乘如禪師蕭居士嵩邱蘭若〉：「食隨鳴磬巢
鳥下，行踏空林落葉聲。」（《王右丞集箋注》卷之十）李白〈詠方廣
詩〉：「滿窗明月天風靜，玉磬時聞一兩聲。」（《全唐詩補編・全唐詩
續拾》卷十四）常建〈題破山寺後禪院〉：「萬籟此俱寂，惟聞鐘磬
聲。」（《全唐詩》卷一百四十四）文兆〈宿西山精舍〉：「草堂僧語
息，雲閣磬聲沉。」（《全宋詩》卷一二五）白雲上人英〈宿睦州祖師
庵〉：「山昏飛鶴下，磬斷定僧回。」（《元詩選・白雲集》，頁2458）
等。

此外，亦有藉敲磬以發起策勵修學的精進心或安閑平和的禪心，
如李商隱〈北青蘿〉：「獨敲初夜磬，閑倚一枝藤。世界微塵裡，吾寧
愛與憎。」（《東澗寫校李商隱詩集》卷中）溫庭筠〈宿雲際寺〉：「高
閣清香生靜境，夜堂疏磬發禪心。」（《全唐詩廣選新注集評》第九
卷）等。

以現象界之色、聲、香、味、觸中的「聲」，闡釋禪理者，如守
卓禪師的〈山居〉（三首之一）：

> 當軒唯有好溪山，卒歲無人共往還。閑看白雲生翠碧，靜聞清
> 磬落潺湲。聲將聲入分猶易，空以空藏見即難。此箇不能收拾
> 得，任隨流水落人間。[31]

首二聯由景而事，從溪山軒景、無人干擾，到閑看白雲、靜聽清磬匯
入潺潺溪水，寫幽靜的山居生活。後兩聯接續上文，藉融入水聲之磬
響，闡發深刻的禪理，詩意以正反對比提出：就世俗諦而言，以耳識
聽聞聲響並加以辨別還算容易（「聲將聲入分猶易」：易辨聲）；然

---

31 見〔宋〕介諶編：《長靈守卓禪師語錄》，收於《卍新纂續藏經》（CBETA，T69，
　　no.1347），頁0270b05-07。

而，就勝義諦而言，要悟出空性的甚深義理就困難了（「空以空藏見即難」：難證空）。若轉由正面來說，事實上即在闡證聲空不二的義理，也就是以匯入潺湲之磬聲為所緣，應知音聲性空之真義。這樣透過聯想、借物喻理的意象經營，使引磬聲響（人工物象）與空性的佛教禪理（理意象）產生的異質同構的連結，其關係可表示如下：

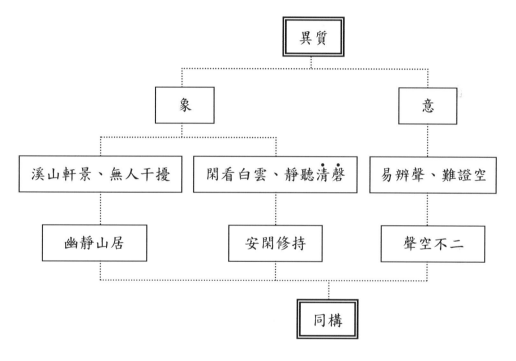

詩歌前半由因及果的敘事，先道出山居之幽靜，再聚焦於人物安閑的望雲聽磬，值得注意的是，敲磬的音響意象一方面烘托了禪修生活，一方面也藉六根六塵中的耳根與聲塵，論述證得空性非易事、聲空其實非二的禪理。

（二）器物物象之二：經書

　　經書是佛法賴以傳遞的媒介，僧人或居士在日常修持中，必不可

或缺，而在禪詩中也常出現與經書有關的事物，並且在詩人的巧筆妙悟中，呈現鮮明的禪事／禪理意象。

在詩例方面，如讚頌禪師德行境界或是感謝禪師啟迪心性，突出其讀經不倦或講經利眾之功，以為修行榜樣，像是前引之護國〈訪雲母山僧〉：「蓮花國土異，貝葉梵書能。」（《全唐詩》卷八百十一）亞棲〈題英禪師〉：「將知德行異尋常，每見持經在道場。」（《全唐詩》卷八百五十）栖白〈寄南山景禪師〉：「一度林前見遠公，靜聞經語世情空。」（《全唐詩》卷八百二十一）而黃滔〈送僧〉：「鳥道龍湫悉行後，不將翻譯負心期。」（《全唐詩》卷七百四）則以讚頌一位禪師的修行有成，來警醒世人學佛需精進，但不要死讀經論、受限於文字。

其次，也有純粹由道者的讀經形象，來描寫修行生活，以顯出閑靜清高的境界，如齊己〈寄清溪道友〉：「常寄溪窗憑危欄，看經影落古龍潭。」（《全唐詩》卷八百四十一）此外，亦有以聽覺摹寫誦經聲，烘托寺院禪堂的勝境，如王維〈登辨覺寺〉：「軟草承趺坐，長松響梵聲。」（《王右丞集箋注》卷之八）更多的是在詩中敘述讀經過程（事）以表現山居修行生活的風貌或心中的體悟（理），如大成〈山居〉：「讀經讀到山月出，聽松聽罷天落星。」（《晚晴簃詩匯》卷一九五）金農〈過濟勝講寺〉：「空廊且粗飯，淨手獨翻經。」（《冬心先生集》卷二）贊寧〈居天柱山〉：「水邊成半偈，月下了殘經。……未知斯旨者，萬役盡勞形。」（《全宋詩》卷十一）等。

除上引數例，柳宗元〈晨詣超師院讀禪經〉也是一首描寫讀經的名作，詩寫道：

> 汲井漱寒齒，清心拂塵服。閑持貝葉書，步出東齋讀。真源了無取，妄跡世所逐。遺言冀可冥，繕性何由熟？道人庭宇靜，苔色連深竹。日出霧露餘，青松如膏沐。淡然離言說，悟悅心

自足。[32]

本詩之主要內容在詩題上即以明白揭示，旨在描寫到寺院讀經所獲得的體會，可說是一首專於書寫讀經一事（事），以連結禪理禪悅（理含情）的詩歌。作者在前四句寫其清晨洗沐淨心，準備讀經，一方面見其參學之黈力與對佛典之虔敬，另一方面更總提閑持經書、齋前讀誦的內容以照應全局。三、四聯承上述「讀」字，先從反面提出佛理真諦難解，迷者仍舊只能追逐世俗虛妄；再以設問的方式，表達希望能契入佛經的實義真理，了解如何修心以達了悟。後半將焦點拉回超師院，鋪陳當地寧靜幽深的景致，最後由景入情，抒發自己體悟到沖淡寧靜的美好，呼應了頸聯的「閑」與「讀」。可見，全詩的構思進程與組織條理呈現出「事（實）→理（虛）→景（實）→情（虛）」虛實層疊的脈絡。趙宏在〈禪意在柳宗元詩中的體現分析〉中即表示：柳詩常藉由書寫深山古剎、禪宗聖境等清靜安寧的環境，從而潛心體悟禪理經義[33]。綜上所述，全詩即「閑」與「讀」二字為綱領，將讀經細節與感悟娓娓道出。詩中的經書意象與禪理禪悅（理含情）所形成的同構關係則如下圖：

---

32 見〔唐〕柳宗元：《柳河東集》（臺北：河洛圖書出版社，1974年），第四十二卷，頁686-687。

33 參見趙宏：〈禪意在柳宗元詩中的體現分析〉，《中國校外教育》下旬刊（2012年6月），頁57。

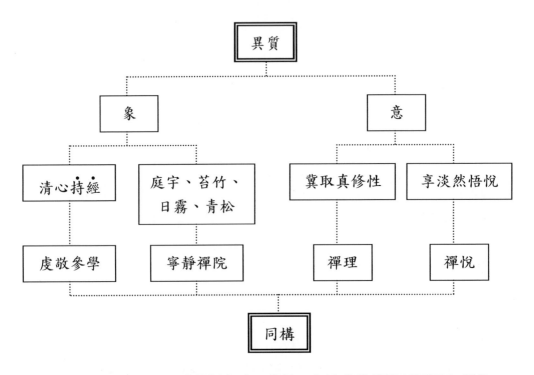

可見，作者以沐手研讀佛經之清心虔敬，勾連著希望能理解經中真實義之理（「悟」），加上於幽靜的超師院中閑持而讀，而能生起心中法喜（「悅」）。

四　事象中的禪理

（一）現實事象：坐禪

以事象而言[34]，靜坐本是禪修之人的每日定課，因此坐禪意象時常出現在禪詩中，張學忠在分析詩歌中所提到的「坐禪」修行方法

---

34 在事象方面，除了本文所論述的坐禪（現實事象）與入夢（虛構事象），其他常做為禪詩之書寫材料者尚有：偏於實事類的燃香、彈琴、登訪山林寺院、與僧友交遊；偏於虛事類的心中願望（設想）、遇仙、神異事等。

時，說道：修行者安然靜坐，排除一切妄念，恢復到心靈的本原狀態，藉以領悟禪理的高深[35]。

　　坐禪事象運用於禪詩中，或呈現例常修持行事、堅持苦修的意志，或結合示法詩、開悟詩，表現出定後的參禪體會與靜坐忘慮的安閑禪境。如元稹〈悟禪三首寄胡果〉（其一）：「晚歲倦為學，閑心易到禪。病宜多宴坐，貧似少攀緣。」（《元稹集校注》卷十四）法燈泰欽〈擬寒山〉（幽鳥語如簧）：「永日蕭然坐，澄心萬慮忘。」（《禪門諸祖師偈頌》，收於《卍新纂續藏經》，CBETA，T66，no.1298，頁0729a24-b01）簡長〈夜感〉：「無眠動歸心，寒燈坐將滅。」（《全宋詩》卷一二五）正覺〈題奉化西峰圓覺禪院〉：「默默澄源坐兀兀，游魚沙鳥靜相忘。」（《全宋詩》卷一七八三）戒顯〈五老峰坐夏〉：「五峰絕頂縛枯禪，靜夏何人扣榻前。……縹緲萬層塵望斷，哪知僧定萬松顛。」（《晚晴簃詩匯》卷一九七）敬安〈題笠公禪房〉：「入定猿知護，談經鶴解聽。蒲團人坐久，問法欲忘形。」（《八指頭陀詩文集》，頁2）蘇曼殊〈住西湖白雲禪院作此〉：「齋罷垂垂渾入定，庵前潭影落疏鐘。」（《清詩選》下輯）等。也有從反面示警，說明禪修應忌昏沉與流於形式，如慧寂〈示法詩〉：「滔滔不持戒，兀兀不坐禪。」（《全唐詩補編・全唐詩續拾》卷三十三）等。

　　《大智度論》在論述「禪波羅蜜」時揭示出：

　　　　問曰：菩薩法以度一切眾生為事，何以故閑坐林澤，靜默山
　　　　間，獨善其身，捨棄眾生？答曰：菩薩身雖遠離眾生，心常不
　　　　捨，靜處求定，獲得實智慧以度一切。[36]

35　參見王洪、方廣錩主編：《中國禪詩鑒賞辭典》（北京：中國人民大學出版社，1992年），頁178。

36　見龍樹菩薩造，〔姚秦〕三藏法師鳩摩羅什譯：《大智度論》（臺南：和裕出版社，1993年），卷十七〈釋初品中禪波羅蜜〉，頁一。

所謂「實智慧從一心禪定生」，靜坐禪修乃在明心見性以自度度人，
非一般閒坐。此外，由於坐禪需長期累積定力功夫、緩步提升內在境
界，因此在詩歌中搭配使用的詞彙，如「默默」、「永日」、「蕭然」、
「寂」、「定」、「久」等，也很容易使詩歌的意境生發出沉潛靜寂之
感。李白〈廬山東林寺夜懷〉云：

> 我尋青蓮宇，獨往謝城闕。霜清東林鐘，水白虎溪月。天香生
> 虛空，天樂鳴不歇。晏坐寂不動，大千入毫髮。湛然冥真心，
> 曠劫斷出沒。[37]

這是李白書寫夜宿佛寺、靜坐觀心的體會。李淼表示：「他（李白）
在寧靜清閑的佛寺中靜坐修禪，體認到大小一如的佛理，並達到空澄
心源的境界。」[38]寺院有鐘聲在霜林中傳響，月光映照著溪水，還有
天香與天樂瀰漫縈繞，以上為「底」（背景），而「圖」（焦點）就是
此間寂然靜坐的詩人，其透過靜坐所領悟的，正在於一切為心、超脫
輪迴的禪機，而坐禪之「象」與此禪機（意）之質構關係圖，可表示
如下：

---

37 見〔唐〕李白：《李太白全集》（臺北：河洛圖書出版社，1975年），卷二十三，頁
　521-522。

38 見李淼編著：《禪詩三百首譯析》，頁43。

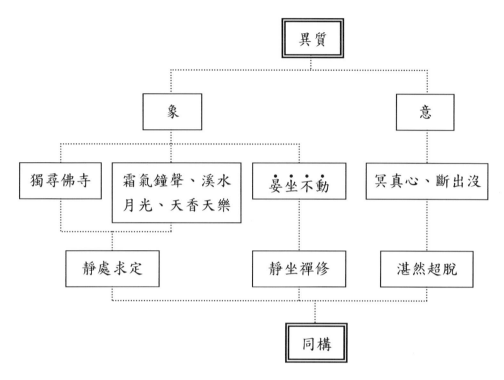

詩先點出獨尋佛寺作為引子，再運用知覺轉換描寫霜氣（膚覺）鐘聲（聽覺）、溪水月光（視覺）、天香（嗅覺）與天樂（聽覺）等個別意象，烘托寧靜的東林寺場景，然後展開湛然不動的觀心禪坐，以得契入自性的超越。可見，「靜定」正是此詩之意與象產生聯繫的中介（構）。

（二）虛構事象：入夢

　　入夢意象屬於事意象中的虛構類。由於夢境具有看似真實然卻虛幻的特性，使之成為用以闡釋佛教哲理的常見喻體。《佛光大辭典》對於夢有如下解釋：

　　　　於睡眠中，心、心所（心之作用）對於對象（所緣之境）所呈

現出之種種事相，猶如見現實般之真實，稱之為夢。[39]

並載：依唯識宗之說，睡眠深時意識全無，淺時仍有夢中之意識，遂由其作用而有夢[40]。於佛典中，有關記載夢之經典極多。尤其是在大乘經典中，常以夢之虛妄不實來比喻一切有為法如夢幻泡影、生滅無常[41]。

不過，入夢事象在禪詩中的表現與作用，有不少是烘托出參禪修道者心境的安適平和，或是以夢發出對山居生活的嚮往。如方干〈題報恩寺上方〉前半先寫在報恩寺遠眺的開闊眼界，再描摹報恩寺周遭幽深的山林懸瀑，末結於「清峭關心惜歸去，他時夢到亦難判。」（《全唐詩》卷六百五十一）以夢裡重逢此境將不再離，發出作者對於潛修於山寺之想望。大成〈山居〉與金農〈過濟勝講寺〉亦有異曲同工之妙。前者先點出老松下的小茅亭，再敘自己三五天就肩荷禪杖到此讀經，直至山月昇起，結聯謂：「適然拋卷松間臥，夢與松根乞茯苓。」（《晚晴簃詩匯》卷一九五）境地何等閒逸；後者從入寺起筆，順敘所見戒壇、塔鈴餘音、過堂用齋、沐手翻經，再以「連宵有山夢，夢見眾山青。」（《冬心先生集》卷二）作結，道盡留宿山寺的悠然心境。

還有一類是藉夢以表現僧人心性的禪詩。如悟持〈遣意〉：「事無過望心常穩，世可相忘夢亦安。」（《晚晴簃詩匯》卷一百九十六）詩中抒發近年來已消解悲歡，對世事亦無過多的欲求，心得安穩，夢中

---

39 見佛光大藏經編修委員會：《佛光大辭典》（高雄：佛光出版社，1988年），頁5774。

40 同上註。

41 《金剛般若波羅蜜經・應化非真分第三十二》：「一切有為法，如夢幻泡影，如露亦如電，應作如是觀。」見〔姚秦〕三藏法師鳩摩羅什譯：《金剛般若波羅蜜經》（高雄：世樺印刷企業公司，1995年）。

也寧和。又如敬安〈送海峰上人行腳〉描寫海峰上人持一缽即遊方而去，形容他「處處隨緣住，無求夢亦安。」（《八指頭陀詩集》卷一）上人的隨緣自適，對比著一般人因積習無明煩惱、身心不安而常現惡夢[42]。

　　誠如上述，以佛家而言，夢是睡眠中的妄念，象徵虛幻不實，所以禪詩中的夢也用來指引參禪之要諦。元積在〈幽棲〉中就寫道：「壺中天地乾坤外，夢裡身名旦暮間。」（《元積集校注》卷十六）詩人寧靜修禪而理解到世俗名利不過如夢。宋僧仲皎的〈牡丹〉：「老去只知空境界，淺紅深綠夢中看。」（《全宋詩》卷一九一一）這首禪詩的首二句先扣題描寫牡丹之美，末二句由景意象轉入理意象，透過夢中看花的虛幻性設喻，印證外境皆空的禪理，足見夢境乃依其非真實性與空性禪理產生連結。憨山老人〈山居〉（十三首之三）則以夢象徵佛性未醒的狀態，詩云：

　　　　長夜無燈燭，脩途總暗冥。可憐酣睡者，大夢幾時醒。[43]

憨山大師以沒有光明的暗暗長夜來比喻輪迴，他的〈山居〉（二十八首之二十一）也曾以「難醒夢」喻「紅塵」[44]。詩中復以悲憫的口吻，直指人們總貪戀於娑婆俗世，在生死中不停流轉，不知何時才能醒覺。由此觀之，酣睡的狀態與大夢的迷惑，即與未能證悟正等正覺形成「同構」，而這樣的「構」可以透過下列圖表說明：

42　《大智度論》曾列有一類「無明習氣夢」。見龍樹菩薩造，〔姚秦〕三藏法師鳩摩羅什譯：《大智度論》，卷六〈釋初品中十喻〉，頁十一。

43　見〔明〕憨山大師：《憨山老人夢遊集》，收於《卍新纂續藏經》（CBETA，T73，no.1456），卷第四十九，頁0801a09。

44　憨山大師〈山居〉（二十八首之二十一）寫道：「紅塵縱有難醒夢，絕世何曾到萬峰。」同上註，頁0806b12。

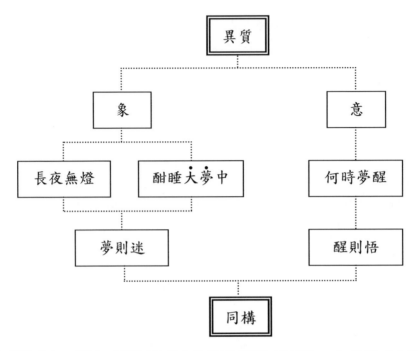

作夢的虛幻不實和未證悟前執幻為實的迷亂「同構」，如此以「大夢」
（迷）對比「覺悟」（覺），使得這首禪理詩特別具有深刻的警世意
味。

五 結語

　　本文主要以辭章意象學與質構論為理論基礎，就「意」與「象」
之間所存在的「一」與「多」之對應模式，鎖定「一意多象」中，偏
於「理意象」的「禪理意象」，考察禪詩中常用來表現禪思、禪悟、
或佛理（「意」）的幾種典型之「象」，藉以探討禪理意象中「一意多
象」的辭章表現及其異質同構的連結。

　　從本文所舉之例證中可以發現，以自然物象而言，蓮花以在泥不
染為「構」，而常於禪理詩中象徵法界真如、本然自性；靈動清淨的

飛瀑則是被詩人賦予淨化、去染垢的禪意。在人工器物方面，空靈悠遠的引罄聲，一方面因佛門唄器而標誌著修道之境，一方面也透過音響意象聯繫著聲空不二的佛理；經書是契入佛理真諦的重要媒介，無論持經或誦讀，都暗含著精進不懈之意。在事象方面，現實事象的靜坐、禪修，因以寂然不動為要，而多喻正念、入定、悟真之理；虛構事象中的入夢，則因參禪修道者的夢中安適，表其隨緣悠然的心境，更因夢境的虛幻性，而經常在經典或詩歌中用以說明無常、空性、執迷等概念。可見，自然萬物、佛教器物、日常坐臥、修持行事等（多象），都能暗含禪理禪機（一意／理），而這些「意」與「象」雖為「異質」之屬性，但卻能藉由「同構」而聯繫起來，並且表現出典型而又豐富的禪詩意象。

參考文獻

一　專書

1　傳統文獻

世親菩薩釋，〔陳〕天竺三藏真諦譯：《攝大乘論釋》卷十五，收於
　　　《大正藏》第三十一冊，臺北：新文豐出版公司，1973年。

龍樹菩薩造，〔姚秦〕三藏法師鳩摩羅什譯：《大智度論》，臺南：和
　　　裕出版社，1993年。

〔姚秦〕三藏法師鳩摩羅什譯：《佛說阿彌陀經》，收於《傳世藏書‧
　　　子庫‧佛典》，海口：海南國際新聞出版中心，1996年。

〔姚秦〕三藏法師鳩摩羅什譯：《金剛般若波羅密經》，高雄：世樺印
　　　刷企業公司，1995年。

〔唐〕孟浩然著，游信利箋注：《孟浩然集箋注》，臺北：臺灣學生書
　　　局，1979年三版。

〔唐〕王　維撰，〔清〕趙殿成箋注：《王右丞集箋注》，上海：上海
　　　古籍出版社，1998年。

〔唐〕李　白：《李太白全集》，臺北：河洛圖書出版社，1975年臺景
　　　印初版。

〔唐〕柳宗元：《柳河東集》，臺北：河洛圖書出版社，1974年臺景印
　　　初版。

〔唐〕元　積著，周相錄校注：《元積集校注》，上海：上海古籍出版
　　　社，2011年。

〔唐〕李義山：《東澗寫校李商隱詩集》，臺北：學海出版社，1998年。

〔宋〕黃庭堅著,〔宋〕任淵、史容、史季溫注:《山谷詩集注》,上海:上海古籍出版社,2012年。

〔宋〕陳　起輯,〔元〕陳世隆輯:《聖宋高僧詩選》,據南京圖書館藏清抄本影印。

〔宋〕子　昇錄:《禪門諸祖師偈頌》,收於《卍新纂續藏經》,CBETA,T66,no.1298。

〔宋〕介　諶編:《長靈守卓禪師語錄》,收於《卍新纂續藏經》,CBETA,T69,no.1347。

〔元〕白雲上人英:《白雲集》,收於〔清〕顧嗣立編:《元詩選》初集,北京:中華書局,1987年二刷。

〔明〕憨山大師:《憨山老人夢遊集》,收於《卍新纂續藏經》,CBETA,T73,no.1456。

〔清〕清聖祖御製:《全唐詩》,臺北:宏業書局,1977年。

〔清〕金　農:《冬心先生集》,臺北:臺灣學生書局,1970年。

〔清〕八指頭陀:《八指頭陀詩集》,臺北:新文豐出版公司,1986年。

〔清〕八指頭陀著,梅季點輯:《八指頭陀詩文集》,長沙:岳麓書社,1984年。

〔清〕譚嗣同:《譚嗣同全集》,北京:三聯書店,1954年。

2　近人論著

丁力選注,喬斯補注:《清詩選》,長沙:湖南人民出版社,1985年。

王　立:《中國古代文學十大主題——原型與流變》,台北:文史哲出版社,1994年。

王希杰:《修辭學通論》,南京:南京大學出版社,1996年。

王秀林:《晚唐五代詩僧群體研究》,北京:中華書局,2008年。

王　洪、方廣錩主編：《中國禪詩鑒賞辭典》，北京：中國人民大學出
　　　　版社，1992年。

北京大學古文獻研究所編：《全宋詩》第三冊，北京：北京大學出版
　　　　社，1991年。

＿＿＿＿＿：《全宋詩》第三十一冊，北京：北京大學出版社，1997年。

＿＿＿＿＿：《全宋詩》第三十四冊，北京：北京大學出版社，1998年。

《全唐詩廣選新注集評》編委會：《全唐詩廣選新注集評》，瀋陽：遼
　　　　寧人民出版社，1994年。

李元洛：《詩美學》，臺北：三民書局，1990年。

李　淼編著：《禪詩三百首譯析》，長春：吉林文史出版社，1995年。

李澤厚：《美學論集》，臺北：三民書局，1996年。

佛光大藏經編修委員會：《佛光大辭典》，高雄：佛光出版社，1988年。

周裕鍇：《中國禪宗與詩歌》，上海：上海人民出版社，2000年。

吳　曉：《詩歌與人生：意象符號與情感空間》，臺北：書林出版公
　　　　司，1995年。

徐世昌編，聞石點校：《晚晴簃詩匯》，北京：中華書局，1990年。

孫昌武：《佛教與中國文學》，上海：上海人民出版社，1988年。

祥雲法師：《佛教常用「唄器、器物、服裝」簡述》，臺北：佛陀教育
　　　　基金會，1992年。

陳尚君輯校：《全唐詩補編》，北京：中華書局，1992年。

陳佳君：《辭章意象形成論》，臺北：萬卷樓圖書公司，2005年。

陳滿銘：《意象學廣論》，臺北：萬卷樓圖書公司，2006年。

＿＿＿＿＿：《篇章意象學》，臺北：萬卷樓圖書公司，2011年。

黃永武：《中國詩學——思想篇》，臺北：巨流圖書公司，1996年八
　　　　刷。

歐陽周、顧建華、宋凡聖：《美學新編》，杭州：浙江大學出版社，
　　　　2002年十刷。

嚴雲受：《詩詞意象的魅力》，合肥：安徽教育出版社，2003年。

〔美〕Rudolf Arnheim 著，郭小平、翟燦譯：《藝術心理學新論》，北
　　　京：商務印書館，1999年三刷。

二　論文

1　學位論文

林怡佩：《辭章意象「質形同構」類型論──以國中國文教材為例》，
　　　臺北：臺灣師範大學國文學系在職進修碩士班碩士論文，
　　　2009年。

林慧真：《王維的禪學思想研究》，臺中：東海大學哲學系碩士論文，
　　　2010年。

賴鈺婷：《文學創作意象質形同構類型論──以臺灣當代散文為討論中
　　　心》，臺北：臺灣師範大學國文研究所碩士論文，2007年。

2　期刊論文

王英志：〈譚嗣同山水詩論略〉，《文學評論》2005年第5期，2005年10
　　　月，頁176-180。

陳滿銘：〈論意與象的連結──從格式塔「異質同構」說切入〉，《國
　　　文天地》第21卷第4期，2005年9月，頁59-64。

　　　：〈論辭章意象之形成──據格式塔「異質同構」說加以推
　　　衍〉，《文與哲》第八期，2006年6月，頁475-492。

　　　：〈意、象形質同構類型論〉，《師大學報（語言與文學類）》第
　　　54卷第1期，2009年3月，頁1-25。

趙　宏：〈禪意在柳宗元詩中的體現分析〉，《中國校外教育》下旬
　　　刊，2012年6月，頁57+61。

蔡玲婉:〈杜鵑聲裡斜陽暮——論秦觀詞的黃昏意象〉,《臺南師院學報》第35期,2002年6月,頁209-225。

劉梅琴:〈中國藝術思維的現代闡釋——從「意象」到「格式塔」（Gestalt）〉,《臺北大學中文學報》第10期,2011年9月,頁67-94。

溝通語言觀與素養觀下寫作測驗
題型之基礎及特點初探
——兼論與傳統中文寫作題型之差異

謝奇懿

高雄師範大學華語文教學研究所副教授

摘要

　　傳統中文寫作測驗題型經常以命題寫作、柔性引導寫作之題型命題，此類的題型，通常以某一概念或主題為範圍，要求應試者在此一主題或概念範圍中，選取適當的材料加以發揮完成寫作文本。在命題基礎及命題過程中，沒有明確的依據及過程。近兩年，國語文教學援引歐美的素養觀，範圍所及，也包括了寫作測驗。以國語文作為基本素養而言，其與歐美近二十年發展的溝通語言觀有相近之處。以素養觀發展的寫作命題，在題目型態上與傳統中文寫作測驗有所不同，而與溝通語言觀下的寫作試題較為接近，而此類型，臺灣的國家華語文測驗寫作測驗即為溝通語言觀下的產物。本文以溝通語言觀與素養觀下的寫作測驗題型為對象，就理論基礎、編寫過程及題型型態等角度加以分析，並兼論此二類型寫作命題與傳統中文寫作題型之相異之處。

關鍵詞：中文寫作測驗、寫作題型、溝通語言觀、素養觀

一　傳統中文寫作測驗[1]題型及觀念

　　傳統大型中文寫作測驗如國中教育會考對於寫作能力的評估，主要是從基本學力的角度，希望就學生的寫作能力進行評估，國中基測推動委員會對寫作測驗與能力之間的關係曾做以下的的說明：

> 寫作測驗以《國民中小學九年一貫課程實施綱要》本國語文（國語文）國中階段的寫作能力指標為命題依據，採引導式作文的型式，來評量學生立意取材、結構組織、遣詞造句及標點符號等一般的、基本的寫作能力，希望能評量出學生是否具備以下基本能力：
> 1. 能掌握寫作步驟，充實作品內容，精確表達自己的思想。
> 2. 能依收集材料立意、選材、安排段落及組織等步驟行文。
> 3. 能運用觀察的方法觀察周遭事物，並能寫下重點。
> 4. 能適切地遣詞造句，使用正確的標點符號，完整表達自己的見聞。
> 5. 能運用敘事、描寫、說明、議論的能力，寫作一篇完整的文章。[2]

1　此處的傳統中文寫作測驗，主要以近年來國教署公布施行之「素養」前後加以區分，國語文作為「基本素養」之一，其自基本觀念出發，而使得教學、評量都與過往有著相當程度的不同。

2　出自國中基本學力測驗網站（已關閉），轉引自謝奇懿：〈九年一貫國中階段國語文領域寫作能力指標與國中基本學力測驗寫作測驗評分規準關係管窺——以質性分析為主〉，《應華學報》第八期（高雄：文藻外語大學應用華語文系暨華語文教學研究所，2010年12月）。

上述五點中第一、四點「表達自己的思想」、「表達自己的見聞」、「一篇完整的文章」為寫作目的，而第五點則明揭四種基本語體及其涉及的寫作能力。此五點以平行條列的方式加以陳述，看似沒有理論先後次序，然其核心應以「精確表達自己思想」、「完整表達自己見聞」為主。而「精確表達自己思想」、「完整表達自己見聞」之根源意義，如：人與社會、個人價值實現等層面，則未明見。事實上，此一寫作的根源意義，乃以空缺來表達多元開放的精神，此為國中基測寫作測驗的特點，國中基本學力測驗寫作能力指標曾條列相關指標，並將指標歸結於國中基本學力之主要培養面向：

語 F-1-1　能經由觀摩、分享與欣賞，培養良好的寫作態度與興趣。

語 F-2-1　能培養觀察與思考的寫作習慣。

語 F-3-1　能應用觀察的方法，並精確表達自己的見聞。

語 F-2-5　能具備自己修改作文的能力，並主動和他人交換寫作心得。

語 F-3-4　練習應用各種表達方式寫作。

語 F-2-9　能練習使用電腦編輯作品，分享寫作經驗和樂趣。

語 F-2-10 能欣賞自己的作品，並發揮想像力，嘗試創作。

語 F-3-8　能練習使用電腦編輯作品，分享寫作的樂趣，討論寫作的經驗。

上述的指標，分別對應了「欣賞、表現與創新」、「表達、溝通與分享」、「尊重、關懷與團隊合作」、「運用科技與資料」等分享、開放，

重視想像與思考，強調不同的媒介與應用……等多元與開放性格[3]，由此，則可見寫作能力的評估，其根源性意義，亦應為上述平列為各大面向，體現了多元與開放之特點。

從能力指標到寫作評量，表面上看起來，能力指標的多元性與開放性可以從題目命題的面向與內涵來要求與達成，在九十五年寫作測驗題目「體諒別人的辛勞」的說明提到命題理念：

> 現代社會自我意識高張，一般人較不懂得為別人設身處地著想，希望藉本題讓學生自我省思，對周遭的人能心存感激、懂得惜福；若別人的行為不能盡如己意時，也懂得體諒，能減少衝突，讓社會更和諧。[4]

即可看到此一符合九年一貫精神的體現，而此一特點落實在具體之命題，則可以看到從歷屆試題中，在語體或主要內容都不做具體之方向要求或限制，例如從國中基本學力測驗前六年（民95年至100年）的試題：

〈體諒別人的辛勞〉（95年）
〈夏天最棒的享受〉（96年第一次）
〈我從同學身上學到的事〉（96年第二次）
〈當一天的老師〉（97年第一次）
〈那一刻，真美〉（97年第二次）

3　見謝奇懿：〈九年一貫國中階段國語文領域寫作能力指標與國中基本學力測驗寫作測驗評分規準關係管窺——以質性分析為主〉，《應華學報》第八期（高雄：文藻外語大學應用華語文系暨華語文教學研究所，2010年12月），頁261。
4　見國中教育會考網站：「首頁>考試內容>各科考試內容>寫作測驗」，網址：https://cap.rcpet.edu.tw/test_4_1.html。

〈常常，我想起那雙手〉（98年第一次）

〈我曾那樣追尋〉（98年第二次）

〈可貴的合作經驗〉（99年第一次）

〈那一次，我自己做決定〉（99年第二次）

〈我在成長中逐漸明白的一件事〉（100年第一次）

〈當我和別人意見不同的時候〉（100年第二次）

上述題目，大多與學生日常經驗或見聞為主，而涵括了向內自省、自我陳述等抒情言志，也包括了從個人經驗出發，想法與看法同時並陳的多樣性試題特色。而在各道題目中的結尾最末兩句，分別有以下的字句出現：

請敘述你自己的經驗、感受（體會）或想法（97、98年第2次，96、99、100年第一、二次）

請敘述你自己的感受、影響或啟發（98年第一次）

「經驗」即為基本語體中的記敘、描寫為主，而「感受」以抒情為主、「想法」以說明或議論為主。由此，透過一道題目，由此可以以簡御繁，將記敘、描寫（抒情），說明，議論等基本語體亦體現出開放，不做明確限定，內在心志情感與外在經驗，思想兼容並包之特點。

在題型方面，國中基本學力測驗寫作測驗採用的是「柔性引導寫作」，與「限制式寫作」相比，「雖指引了寫作方向，但並不含有強制的意味」[5]，主要是針對個人綜合表達能力進行測試，無論是題型、適用語體與測試內容都傾向開放。

5　見陳滿銘：《新式寫作教學導論》（臺北：萬卷樓圖書公司，2009年），第二章「總論」，頁30。

二 素養視角與溝通語言觀下的寫作概念

（一）溝通語言觀下的寫作觀念

不同於以個人表達力、強調題目本身開放性，以簡御繁的傳統寫作特點，歐美七〇年代以來，提出溝通語言觀，此一語言觀揭示了相對較為明確、具明確方向與內容的根源意義，也由此根源性意義出發，闡釋了如何實踐的具體框架與步驟。Dell Hymes首先提出交際能力（communicative competence）概念，認為交際能力包括兩方面：一是語法性，即合乎語法；一是可接受性，即在文化上的可行性，在情境中的得體性和現實性。[6]由此可知，交際能力理論做的提出，其具體規範語言的根源性意義在於：強調語言能力乃是交際互動中發展與表現，其由語言與文化情境中的表達與互動兩大面向所構成，而其中具體情境的現實性與得體性即為其特點與目標。

Dell Hymes理論引發了七〇年代末以降對語言交際能力的研究歐美產生了強調語言為現代社會必須具備的溝通交際能力，因此在寫作概念上，也在溝通語言觀下發展了相應的寫作觀與寫作測試。Hamp-Lyons & Kroll（1997）強調：寫作是要在一定情景下，為某種目的進行的交際活動。此一觀點，與傳統寫作是表情達意的能力已有所不同，因為某種目的的交際活動，乃是不能脫離具體的任務環境者。由此更進一步，Hayes（1996）從認知的角度指出，寫作由「任務環境」和「個體」兩個主要成分構成。任務環境由社會成分（包括讀者、環境以及寫作需要的其他資源）和物理成分（如寫作文本和媒介）構成；「個體」由四個成分構成，包括動機和情感、認知過程

---

6 見D.海姆斯：〈論交際能力〉，收入祝畹瑾編：《社會語言學譯文集》（北京：北京大學出版社，1985年）。

（創作）、工作記憶、長期記憶（包括題目、寫作風格、讀者和任務
綱要的知識）。由此，二〇一一年美國國家教育進展評估委員會
（NAEP）寫作評量強調「寫作即交流」，即作者與目標讀者之間的交
流，主要針對三種寫作能力進行評定，即勸說能力、解釋能力和傳達
能力，NAEP（2011）並由此發展了寫作評量體系要素[7]：

評量要素	主要內容		
寫作目的	為了勸說	為了解釋	為了傳遞經驗
可能讀者	學校	社會（報刊雜誌、社會組織、網站）	家庭或朋友
寫作能力	發展觀點	組織觀點	運用語言
體裁樣式	議論	說明	文章類文本
	在多元社會裡，學生需清晰、富有邏輯地表達觀點，以說服他人（說服能力），目的是改變讀者觀點，影響讀者行為。	資訊時代，傳遞信息和概念的能力（解釋能力）至關重要，目的是拓展讀者的理解力。	通過寫作探索和分享個人經歷，實現全球共享，也就是表達能力（敘述或撰寫故事），目的是與讀者進行交流。

由此，溝通語言寫作測試乃是由一特定的社會目的者，在特定讀
者下，有著特定的測試體裁，寫作已然是現代多元、資訊時代為特定
目的發展、組織個人觀點，以及與人分享經驗交流的工具，此一觀點
已較傳統寫作觀更具目的性與明確性。

（二）國語文為基本核心素養的寫作概念

臺灣的核心素養乃是源自歐洲因應國際教育而生，蔡清田認為十

7　見NAEP網站，網址：http://nces.ed.gov/nationsreportcard/help.asp。

二年國教的核心素養，重視的不只是知識、能力發展，而是更全面且接近國際的「核心素養」。[8]乃為了因應現在及未來社會生活情境所需具備的知識（knowledge）、能力（ability）與態度（attitude）的統整，包含了當代社會優質生活所需的核心素養，乃是兼具東方社會人文博雅通識與現代西方社會經濟競爭力的核心素養，而非過去基本生活所需的一般素養。由此可見，核心素養的提倡乃是國際化、現代社性的產物。

　　臺灣核心素養是一種跨領域學習，培養適應社會和解決問題的全面知識，強調運用於真實情境中，發展系統思考與解決問題，將學生當成是解決問題的行動者。而與國語文直接相關的語文素養，即是屬三大核心素養之一。蔡清田指出：「能互動地使用語言、符號與文本此一核心素養的重要層面，精熟使用母語，在每一個國家都是被認為是很重要的素養，然而，至於是否能精熟地使用外語，以因應當代生活需要，世界各國有相當不同的差異。」[9]此處的「互動地使用語言」、「符號與文本」即與溝通語言觀的基本概念與立場基本一致。就基本核心素養的語文素養來說，主要是以下的部分：

B　　溝通互動

B1　符號運用與溝通表達——具備理解及使用語言、文字、數理、肢體及藝術等各種符號進行表達、溝通及互動，並能瞭解與同理他人，並應用在日常生活及工作上。

B2　科技資訊與媒體素養——具備善用科技、資訊與各類媒體

8　見蔡清田：《素養：課程改革的DNA》（臺北：高等教育出版社，2011年），頁74-75。

9　見蔡清田：《課程發展與設計的關鍵DNA：核心素養》（臺北：五南圖書出版公司，2012年），頁115。

之能力，培養相關倫理及媒體識讀的素養，俾能分析、思辨、批判人與科技資訊及媒體之關係。

B3　藝術涵養與美感素養——具備藝術感知、創作與鑑賞能力，體會藝術文化之美，透過生活美學的省思，豐富美感體驗，培養對美善的人事物，進行賞析、建議與分享的態度與能力。

若與溝通語言觀相較，B1的「表達、溝通與互動」「並應用在日常生活與工作」亦與溝通語言觀近似。

此一觀點，落實於近年的國中教育會考寫作測驗，已然在命題及概念上有所呈現，因此在命題觀念及實踐型態上與國中基本學力測驗寫作測驗有所不同。國中教育會考主辦單位對寫作測驗與能力之間的關係曾做以下的說明：

寫作測驗命題以「國民中小學九年一貫課程綱要」語文學習領域（國語文）之「寫作能力指標」為依據，試題採「引導式寫作」，透過適當的訊息呈現題意、引導完成寫作，以評量國中畢業學生的綜合語文表達能力，考試內容涵蓋課程綱要中重要的寫作相關能力指標，包含：
　　能表達觀察見聞，抒發個人感受或提出見解。
　　能統整閱讀內容、配合語言情境，適當轉化材料以表情達意。
　　能依不同目的運用各種表述方式寫作。
　　能具備審題、立意、選材及安排段落、組織成篇等寫作能力。
　　能適當的遣詞用字，並運用各種句型寫作。

能應用適當的修辭方式讓作品更加具體生動。

能適當運用標點符號及寫作的格式。[10]

上述七點中第一、二點「表達觀察見聞，抒發個人感受或提出見解」、「能統整閱讀內容、配合語言情境以表情達意」為寫作目的，第三點「各種表述方式」則涉及各種語體的寫作能力，而「不同目的」則涉及寫作的內容，若就上述七項指標來說，主要是強調「各種語言情境」下「表情達意」的能力，而不侷限於傳統意義下的文字表達能力。國中教育會考主辦單位說明現今會考寫作測驗的內涵說：

> 課綱語文領域（國語文）的修訂，除完整、適切等基本原則外，還強調與時俱進的實用性，期望語文的學習可以更切合當代議題，使具備統整領域及結合生活的實用性。會考寫作測驗透過多樣化的寫作線索提供，更豐富呈現生活性、知識性、文學性等不同面向的訊息材料，藉以活化試題內涵，拓展評量面向的廣度與深度，此一理念與九年一貫語文學習領域的發展理念相切合。[11]

「與時俱進的實用性，期望語文的學習可以更切合當代議題，使具備統整領域及結合生活的實用性」，已與溝通語言觀下的寫作概念十分接近，可見在基本概念上，現有的素養觀與溝通語言觀具有相當程度的一致性。

---

10 見國中教育會考網站：「首頁>考試內容>各科考試內容>寫作測驗」，網址：https://cap.rcpet.edu.tw/test_4_1.html。

11 見國中教育會考網站：「首頁>考試內容>各科考試內容>寫作測驗」，網址：https://cap.rcpet.edu.tw/test_4_1.html。

三　素養視角與溝通語言觀下的寫作命題實踐

（一）溝通語言理論下的語言測試要點

Hymes認為，語言是在特定社會背景下人們之間豐富的、動態的交流。[12]對語言的研究，應不僅僅局限於內在的、理想化的機制，還應關注人們在真實環境中的語言行為。這種語言觀使得人們在語言測試中開始關心考生的語言運用及所處語境。二十世紀九〇年代，美國Bachman借鑑和發展了Halliday（1976）、Lado（1961）、Hymes等人成果，提出Communicative Language Ability（CLA）語言交際能力模型[13]，其主要觀點認為：

1 語言能力應包括語法規則知識和如何使用語言達到特定交際目的的知識。

2 語言使用是一個動態過程，語言能力各成份之間互相作用。

Skehan認為Bachman的模型是語言測驗的里程碑，揭示了語言能力和語言表現的實質。[14] Bachman主張為了從語言測試分數推論語言能力或對個人作出判斷，應該要證明測試成績與非測試的語言用途相符[15]。因此，必須發展一種語言用途的框架，了解語言測試時使用的語言是語言用途的一種特殊形式，受試者是語言測試語境中的語言使用者，而一種語言測試是一種特定的語言使用情景，因此在測試編製時，應

---

12 見D.海姆斯：〈論交際能力〉，收入祝畹瑾編：《社會語言學譯文集》（北京：北京大學出版社，1985年），頁61。

13 見Bachman, L. F., *Fundamental Considerations in Language Testing*(Oxford: Oxford University Press., 1990).

14 見Skehan, P., *Progress in Language Testing: the 1990s, in Alderson & North (eds.) Language Testing in the 1990s: The Communicative Legacy*(Hampshire: Macmillian Publishers Limited., 1991).

15 見張凱：《語言測試理論及漢語測試研究》（北京：商務印書館，2006年），頁5-6。

應用語言使用任務（language use task）與目標語言使用領域（TLU domain）兩個概念。而應用此概念的命題程序應該包括以下階段：[16]

1 確立領域：如「生活」或「學校」

2 認定主題與場景：在領域中可認定一些不同語言使用場景，如：「服儀穿著」或 學校管理運作，與教師或學校協商討論，學生會表達意見及游說。

3 在場景中擇定特定任務，例如：

（1）餐廳──接觸／選擇與服務／離開；

（2）在學校或辦公室場景中，語言使用任務包括：計畫、閱讀潛在對象的陳述和報告、意見反應與處理。

所有這些任務都屬目標語言使用領域，因而是目標語言使用任務。

4 文本形式及內容確認

5 確認寫作任務

除了上述由Bachman發展的語言測試理論及命題框架外，IEA《寫作研究》（Study of Written Composion）也曾針對依據十四個國家不同學習者寫作水平的研究，將寫作任務由易到難分為四類：1. 描述性任務、2. 敘述性任務、3. 說服性任務（persuasive tasks）、4. 深思性任務（reflective tasks）。由這四類與前述基本語體相較，大致相近。

除了基本語體外，香港國際學校IB系統DP階段CHINESE A的「語言與文學」課程，則在Halliday的理論架構下，為中文相關的語體，依具體場域研發了二十九種次語體，各個次語體都有對應的讀者、修辭特徵、語體特徵等細部描述，成為溝通式語言觀下的閱讀與寫作的細部藍圖，茲將此二十九種以表格列名於下：[17]

---

16 本處例子為本文作者所加。

17 見禹慧靈：《國際文憑大學預科項目中文A語言與文學課程學習指導》（香港：香港三聯書店，2013年）。

廣告	百科全書條目	戲擬之作	訴求類文章	論文	仿作
傳記	電影／電視	照片	部落格	指南手冊	電台廣播
小冊子／傳單	訪問記	報告	卡通	書信（正式）	劇本
圖表	書信（非正式）	指南	數據庫	雜誌文章	歌詞
示意圖	宣言	演講	日記	紀實	教科書
編者按	新聞報導	遊記	電子文本	觀點，意見點	

由上述可見，溝通語言觀的語言測試，其以寫作為現代多元、資訊時代的背景上，做為特定目的發展、組織個人觀點，以及與人分享經驗交流的工具概念出發，還具體發展了以領域、主題、任務、語體、文本形式及內容等框架，使具體的命題有所依歸，此一命題框架，於今日臺灣以基本素養的寫作測驗命題雖然尚未具備，但應為做為素養命題的借鏡，使命題能由體而用，使命題的實踐除了具體目的的揭示外，還具有實踐導向性。

（三）具體實踐

由概念具體為導向性框架加以實踐，溝通語言觀在具體實踐上亦有相當的發展。對臺灣中文寫作測驗而言，以溝通語言能力觀為依據加以發展之中文（華語）寫作測驗，應是以臺灣的國家華語文測驗推動工作委員會（以下簡稱華測會）相對較早。臺灣華測會研製華語文能力測驗係以 CEFR 為理論基礎，分別發展出聽讀、口語、寫作等能力測驗。其中的寫作測驗，即是溝通語言觀的實踐成果，以下謹以實例，分別從任務特徵與題型、素材語體來源與形式兩方面進行觀察：

1 中文（華語）寫作測驗的主題、任務特徵與題型

首先看華測會寫作能力測驗進階高階級，也就是BAND B的例子：[18]

> 某一所私立小學在每間教室裡裝了攝影機，家長只要連上那所學校的網站，就能看到小孩在教室裡的情況。雖然很多人贊成這所學校的作法，但反對的人也不少。
>
> 請針對「教室裡應該不應該裝攝影機」這個議題表達你的看法，你只能選擇一個立場，並提出充分的理由來支持自己的觀點。
>
> 注意事項：
>
> ● 寫作時間60分鐘。
>
> ● 請寫500-600字，字數太多或太少都會扣分。
>
> ● 只能選擇一種立場，不能兩種作法都支持。
>
> ● 必須使用中式標點符號（，、。：？！「」）。
>
> ● 請注意分段問題：必須分段。如果全部寫成對話形式或是一行寫一句話，就0分。

之所以選擇此一等級的寫作試題，主要是因為此一等級（或以上BAND C等級）涉及的主題、語體與相關要求（如：長度、分段等）與國中階段較為接近，因此選擇此一等級之試題做為參照對象。由上述試題題型加以觀察，可以看出此一題型的特徵為：

（1）寫作語體明確指定，說明、議論、互動書信、記敘等。而在 BAND B 中，觀點論述題型乃是自由寫作的唯一題型。

---

18 見華測會寫作測驗進階高階級第二部分例題，網址：https://www.sc-top.org.tw/chinese/WT/bandB-5.php。

（2）任務本身即為引導。

（3）著重現實世界的領域、主題擷取，非概念或寫作主題的靈光一現。華測會寫作試題的編製，係依據歐洲 CEFR 依據十四個主題從中取材，有明確的範疇與路徑，與傳統寫作的靈感構思不同。

（4）立場選擇，在觀點論述中，必須由正—反二立場擇一，並且引用論據支持自己支持的觀點，此點與傳統中文論述明確不同，很可能涉及華人溝通文化的特點。

無獨有偶的，二〇一九年國中會考也出現了與傳統基測／會考試題大異其趣的寫作試題：「青銀共居」。該試題的取徑來自社會科、且有明確的傾向語體，此一試題的出現曾引起相當討論：[19]

---

19 如《自由時報》〈青銀共居好家哉　寫作首度「無題」嚇到考生〉、《Now News》：〈國中會考／寫作青銀共居爭議大　補教師：難認同出題模式〉兩媒體皆未持肯定立場評論報導，參與二媒體2019年5月19日新聞。

若參考上述「青銀共居」的事例，思考高齡化社會的相關議題，你對年輕人與銀髮族的互動或相處模式，有什麼期待？請就你與年長者的相處經驗，或生活周遭的觀察，表達你的感受或看法。

「青銀共居」此一寫作題目為跨領域之試題，而就溝通語言能力觀來說，此一題型從二點加以討論：

一是試題取材於社會科範圍的試題，必須為觀點或感受表達，與傳統寫作測驗重視的主題開放性有所不同。然而就溝通語言測驗觀來說，即為測試，即為抽樣，在範圍內的各種語體應皆屬已習得之範圍，因此以明確的社會科材料為主題，從主題上可能與美感、抒情來說距離較遠。除此之外，若就寫作的愛好培養角度來說，也不是溝通語言觀下語言測試的目的。

其二是本題並未要求學生選擇立場，而是以開放方式讓學生自己書寫，此點與華測會的試題不同。在任務型寫作題型上，華測會的試題直承歐洲CEFR觀點論述，因此以條件式方式為之，要求明確的立場、以及論述要點，此一類型若就任務來說，任務要求可以區分為主要任務與次要任務，然而都是必須要達成的寫作目標。而以中文為母語的素養類試題，則以相對開放的題型為之，在觀點論述的立場選擇或是任務論述要點上，都以模糊方式處理。

由此可見，臺灣的兩種中文測驗：華語文能力測驗（以下簡稱華測）和會考寫作測試，在具體實踐的任務特徵與題型上，其試題的主題考慮基本相同，而立場方面，以母語者為寫作對象的會考命題，未明確規定語體，但亦似乎有較為適合的語體傾向，只是未做明確規範；而以外國學習者為寫作對象的華測，則十分明確。任務方面，華測的任務十分明確，此處會考的任務相對模糊，而以開放方面讓學生

書寫；然而從會考試務單位公布的樣題，亦已有任務型試題出現（如下文「命題材料的形式與複合型態」之範例）。由此，在中文寫作測驗的「命題材料的形式與複合型態」的實踐面向來說，溝通語言觀下的華測，較為全面的體現出西方的現代社會主題、二元對立的思維與系統抽樣語體思維，而會考素養寫作範例或試題則在主題上近於華測，然在二元對立與系統抽樣語體思維上，則似乎處於傳統與西方的擺盪之間，中國文化特點似乎在此處有所呈顯。

2 命題素材的語體來源與形式

（1）命題素材的語體思考

除了寫作測驗的任務特徵與題型外，寫作測驗由於以現實世界的溝通模式與任務為目標與策略，因此也存在部分試題運用真實世界的材料加以運用。就材料運用選擇而言，首要即為語體（register）意識的引入，例如國家華語文測驗 BAND C 的例子：

寫作說明：

假設你是雜誌社的編輯，現在需要根據一段訪談內容，以短文形式撰寫一則200-300個字的摘要。請注意，在文章中，只能寫出<u>受訪者</u>的想法，不可以加上自己的觀點。同時避免使用過於口語的表達方式，並盡可能不要引用訪談原文。

訪問者：我們知道你剛剛從國外唸書回來，可不可以請你聊一聊當初為什麼想到外國當交換學生？

受訪者：其中一個原因是自己想搬到外面，但是家裡不准，一天到晚說：不可以！不可能！所以就覺得一定要通過留學考試。

訪問者：那可以談談你剛到外國時的感覺嗎？

受訪者：剛到外國的時候，我住的房間很亂，打掃了好幾天，有一天打掃到凌晨三四點，我突然停下來想「哎唷！我幹嘛沒事自己一個人跑來這裡啊？瘋了嗎？」你知道，那裏晚上超冷，又沒有棉被，只有一件外套，天啊！一個人住，原來是這樣的感覺！

訪問者：所以那時候你覺得孤單嗎？

受訪者：孤單死了！啊！不過是一種孤單，可是又很自由的心情，很矛盾啊，就，就是有點虐待自己，但就是很爽！

訪問者： 在國外的生活，讓你看到自己平常看不到的那一面嗎？

受訪者： 當然！剛到外國，要辦的事情很多，花很多時間和別人溝通。其實我聽不太懂，然後他們又很沒有耐心，常常掛我電話或是兇我。

訪問者： 所以你當時想放棄嗎？

受訪者： 嗯……可是我覺得不能放棄，就繼續打電話過去。可是，我聽到的英文跟我以前在學校學的很不一樣，所以如果要用電話來做任何事情，根本沒有辦法啊！

訪問者： 那怎麼辦？

受訪者： 最後，我想到了一個非常聰明的方法，就是我假裝什麼都聽不懂，然後什麼都要對方傳真給我！

訪問者： 真是聰明啊、哈哈！那你覺得那裡的食物和天氣怎麼樣？

受訪者： 天氣喔，就冬天冷死啦，我本來以為下雪很浪漫，但是因為我超級怕冷，非常容易受天氣影響，所以遇到非常冷的冬天，我每天都覺得要死掉了一樣，所以根本沒辦法浪漫啊。

訪問者： 那食物呢？食物就很「浪漫」了吧？

受訪者： 可是又不可能每天都上館子，我們大概要存一個月的錢才能去一次高級餐廳。

訪問者： 那你怎麼解決吃的問題？

受訪者： 自己做啊，我以前從來沒做過飯，到那邊就什麼都會了，回來又不會了。而且我本來覺得吃麵包沒問題，結果根本不可能一直吃，那時候我超想飛回臺灣，大口大口吃臺灣的肉燥飯還有雞腿便當。

訪問者： 你最後有沒有什麼其他想補充的？

受訪者： 我覺得到國外唸書，一定要到處走走。一個人旅行的經驗非常美好，不用想到別人，一個人嘛！想去哪裡就去哪裡，不必等來等去、問來問去，想停下來就停下來。

訪問者： 你以前也常常一個人這樣做嗎？

受訪者： 才沒有。啊，我現在想起一件事來，有一次我要去趕車，大概清晨五點，天都還沒亮，自己一個人走在街上，可能是很危險的，但那個時候我完全不覺得害怕，大家都非常驚訝，我也覺得自己滿厲害的。但是現在回想起來，覺得好可怕，現在真的不知道能不能再來一次，所以我覺得，什麼事情想去做，就勇敢去做，因為你真的不知道以後你還有沒有這個勇氣。

訪問者： 好的，今天謝謝你接受我們的訪問。

> **注意事項：**
>
> - 只能寫出**受訪者**的想法，<u>不可以加上自己的觀點</u>。
> - 避免使用過於口語的表達方式。
> - 盡可能不要引用訪談原文，過度引用會影響分數。
> - 字數為**200-300**個字，字數不足或超過都會影響分數。
> - 作答時間為50分鐘，包含閱讀文本及寫作時間，寫完就可以交卷。交卷後，就不能再更改內容。

此一類型試題有兩個較明顯的特徵：

　　一為口語向書面語的轉換。中文書面語歷史悠久，有客觀性、科學性、邏輯性、準確性、簡明性、常規性[20]與韻律[21]的特徵。因此在書寫當中，如果處理口語到書面語的語體轉換，也是測試評估的測試點。本道試題以一千多字的採訪對話稿為語料，要求應試者轉換為書面語即為一例。

　　二是由繁而簡，該試題將一篇一千多字的採訪稿加以刪減，要求改為二至三百字的摘要，此一要求亦屬語體之選擇，將屬於科技語體的摘要語體納入。

　　事實上，可看出在Bachman的理論架構中，納入Halliday系語功能語言學的做法。此一體系含括語體、語言三大功能的框架，朝篇章語言學角度思考教學、測試的體裁與測試點，在香港華語或中文教學中已然發展[22]，其框架與方法亦有值得借鏡之處。

---

20 見鄭頤壽：《辭章體裁風格學》（廣州：暨南大學出版社，2008年），頁118。

21 見馮勝利：〈書面語語法與教學的相對獨立性〉，《語言教學與研究》2003年第2期，頁53-63。

22 岑紹基運用系統功能語法針對基礎文類、實用文、讀寫教學、專科語體等中文教學涉及之課題進行實踐，方法清晰可行。參見岑紹基：《語言功能與中文教學：系統功能語言學在中文教學上的應用》第三篇（香港：香港大學出版社，2003年）。

（2）命題素材的形式與複合型態

　　溝通語言觀的寫作測驗將溝通行為作為目的，而現今之溝通場域多為多元複合型態，因此在命題材料上，也呈現出表格、文字、圖片（照片）、數據、網路的多媒介文本的組合型態。例如以下二〇一九年國中教育會考公布之寫作試題範例[23]：

　　　　請先瀏覽以下圖片，<u>並依照寫作要求</u>，完成一篇結構完整的文章。

　　　　寫作要求：

1. 第一段請你<u>簡要分析以上兩張圖片中，關於網路時代中人際互動關係</u>的訊息。
2. 第二段以後，請就前述分析，寫下關於「**網路時代中人際互動關係**」的經驗、感受或想法。

　　此一試題的特徵有二：

---

23 見國中教育會考網站：「寫作測驗試題及評分規準調整說明」。

一為雙圖片構成主要的題目內容。面對多種文本材料如何搭接、其圖片與圖片之間（或圖與文之間、表與文之間）如何剪裁，已成為此類題型的重要問題。筆者引入完形心理學的概念，提出在試題編寫的三大原則（公平、一般、新穎性）外，應有完形性原則。亦即在現今多元場域中，命題材料反映真實世界，應具備「異質同構」，以及「個體到整體」的組成與架構關係，其間的圖文／表文涉及的邏輯關係，可運用章法學的眾多章法進行思考。

二為任務型態，本題兼具限制與引導特色，即為雙任務型態。雙任務型態涉及的是評分實踐的問題，通常有主要任務與次要任務的思考，由於多任務在主次思維之外，還同時有發展程度的問題，因此情況相對複雜。

四 結論

本文自傳統中文寫作測驗題型及具體試題出發，探索溝通語言／素養觀涉及的寫作測驗基礎及特點，並就編製過程、任務特徵與題型，以及題型素材等面向進行觀察，茲分點敘述於下：

（一）就測驗目的的依據來看，傳統中文寫作呈現華人文化的開放，重視個人想法、情感的發達，其主要目標不明確，並且兼重抒情、美感的追求。就溝通語言／素養觀來說，其以溝通語言觀為依據，強調現實場域的特定溝通目的，以任務為編寫重點。

（二）就編製過程來說，溝通語言觀下的語言測試由於強調測試要與「非測試的語言用途相符」，因此重視寫作場域、情境，明確以語言測試框架進行命題，並引帶語體研究的成果，此點與傳統中文命題時經常以命題者自由思考「靈光擷取」與自由架構題目內容，不強調語言的現實場域不同，而素養寫作試題編寫則尚未明確運用溝通語

言觀下的語言測試框架與應用方法，其命題的框架及導向性未見明確發展，應可借鏡於溝通語言測試發展之框架。

（三）就任務特徵而言，溝通語言觀下的任務取材於現實場域，並有相對明確傾向的指定任務條件，任務一方向源於特定的主題與溝通目的，一方向也透過「抽樣」試圖以特定語體及條件評估應試者的寫作能力。相對溝通語言觀，素養命題一方面試題主題與溝通語言觀一致，然而在語體及任務規範上，則兼採傳統中文寫作測驗著重多種可能的發揮，以及部分任務限制，顯示出「兼容」的現象，似乎呈顯出中華文化的特質。

（四）就題型涉及的素材而言，溝通語言觀取材同時引入了語體意識，也同時關注於現實場域，因此表現出以多元語體、多種的素材型態組合的情形。

參考文獻

Bachman, L. F., *Fundamental Considerations in Language Testing*, Oxford University Press., 1990.

Halliday, M. A. K. ,"The form of a functional grammar" in G. Kress (ed.), Halliday: System and Function in language, Oxford: Oxford University Press., 1976.

D.海姆斯：〈論交際能力〉，1972年，祝畹瑾編《社會語言學譯文集》，北京：北京大學出版社，1985年。

Lado, R. *Language Testing: the construction and use of foreign language tests, Longman*. 1961.

Skehan, *P., Progress in Language Testing: the 1990s, in Alderson & North (eds.) Language Testing in the 1990s: The Communicative Legacy*, Hampshire: Macmillian Publishers Limited., 1991.

Verhoeven L. & Vermeer, A., "Modeling communicative second language competence", in L. Verhoeven, de Jong, J. H. A. L (eds.): *The Construct of Language Proficiency*, Amsterdam: John Beniamins Publishing Company., 1992.

岑紹基：《語言功能與中文教學：系統功能語言學在中文教學上的應用》，香港：香港大學出版社，2003年

禹慧靈：《國際文憑大學預科項目中文A語言與文學課程學習指導》，香港：三聯書店，2013年

張　凱：《語言測試理論及漢語測試研究》，北京：商務印書館，2006年。

陳滿銘：《新式寫作教學導論》，臺北：萬卷樓圖書公司，2009年。

馮勝利：〈書面語語法與教學的相對獨立性〉，《語言教學與研究》
　　　　2003年第2期，頁53-63。

蔡清田：《素養：課程改革的DNA》，臺北：高等教育出版社，2011
　　　　年。

蔡清田：《課程發展與設計的關鍵DNA：核心素養》，臺北：五南圖書
　　　　出版公司，2012年。

謝奇懿：〈九年一貫國中階段國語文領域寫作能力指標與國中基本學
　　　　力測驗寫作測驗評分規準關係管窺──以質性分析為主〉，
　　　　《應華學報》第八期，高雄：文藻外語大學應用華語文系暨
　　　　華語文教學研究所，2010年12月，頁249-278。

鄭頤壽：《辭章體裁風格學》，廣州：暨南大學出版社，2008年。

臺灣師範大學心理與教育測驗研究發展中心，國中教育會考網站：
　　　　https://cap.rcpet.edu.tw/。

國家華語文測驗推動工作委員會，華測會網站：https://www.sc-top.
　　　　org.tw/。

文變染乎世情，興廢繫乎時序
——從互文性視角談〈長安有狹斜行〉到南朝〈三婦豔〉的異動軌跡

林淑雲

臺灣師範大學國文學系副教授

摘要

〈長安有狹斜行〉古辭，旨在描寫豪門生活樣態，揄揚三子錦繡前程，三媳賢良勤奮，書寫父慈子孝的和樂融融。在此作品中，三親具足，父子為血脈之親，兄弟為手足之情，夫婦為男女之愛，妯娌、翁媳為姻家之誼，詩中以三親之家庭結構，體現並彰明孝親倫理的意蘊。南朝宋劉鑠將〈長安有狹斜行〉古辭後六句抽離擬作，單獨成篇，名之為〈三婦豔〉，齊、梁、陳三代文人多有擬作。隨著道逢問路情節的消失，三子的不復出現，主題因之有了改變。綜觀南朝〈三婦豔〉之作與樂府古辭，其變化主要開展在二方面：一是女性活動內容的差異；一是小婦互動對象的變換。由此以見南朝男性敘事者對女性由德到色的認知轉變，而此改變與南朝的時代風尚、審美歸趨、文藝思潮均有關涉。

關鍵字：長安有狹斜行、相逢行、三婦豔、互文性

一　前言

　　法國文學理論家朱麗婭・克里斯蒂娃（Julia Kristeva）主張文本之間存在著共存兼容，相互疊映的「互文性」（Intertextuality 或作「文本互涉」、「文本間性」）。他認為「任何文本都是由引文拼合所構成，任何文本都是由吸收和轉化其他文本而來。（any text is constructed as a mosaic of quotations; any text is the absorption and transformation of another.）」[1]由此可知互文性具有兩個重要元素：吸收和轉化，意即每個文本在吸收鉤連他文本之際，同時也在對他文本進行轉化改造。蒂費納・薩莫瓦約（TiphaineSamoyault）即說：

> 我們可以首先關注被借用文本的原始素材以及被借用部分在插入新文本後形成的新版本之間的關係（反響不是學舌，再用也不是還原）。或者我們優先注意承接文本和其中被重新使用的片斷之間因為共存所形成的關係；同時我們假定這兩者的共存不是簡單的並列，兩個文本的組合勢必形成新的文本結構，後者與兩篇文本的簡單疊加有質的區別。……我們所面對的，已經不是眾例並舉的百科式的原始資料，而是一套有機的素材，其中產生的聯繫既與原始資料相關，亦與承接的全局相容。被引用的片斷與原文保持著聯繫，但是，這一片斷不會毫髮無損

1　此言本是朱麗婭・克里斯蒂娃對俄國文論家巴赫金（M. M. Bakhtin）文學理論的洞見之小結，朱麗婭・克里斯蒂娃據此提出「互文性」的概念。譯自Julia Kristeva, "Word, Dialogue and Novel," in *Desire in Language: ASemiotic Approach to Literature and Art*, trans. Tom Gora and Alice Jardine (Oxford: Blackwell, 1982), p. 66。原（法）文見Julia Kristeva, "Le mot, le dialogue et le roman," in *Σημειωτική: Recherches pour unesémanalyse*(Paris :Éditions du Seuil, 1969), p. 146。

地被插入新環境中，因為片斷本身和承接它的新文本都會因此
發生不可忽視的變化。[2]

準此，任何文本和其他文本均有著千絲萬縷、錯綜複雜的關係網絡。
「文本的性質大同小異，它們在原則上有意識地互相孕育，互相滋
養，互相影響；同時又從來不是單純而又簡單的相互複製或全盤接
受。借鑑已有的文本可能是偶然或默許的，是來自一股模糊的記憶，
是表達一種敬意，或是屈從一種模式，推翻一個經典或心甘情願受其
啟發。」[3]而這種現象不僅存在於縱向的時空流衍之中，異代文本之
間相互的拼貼、徵引、對話、學習。實際上，橫向將同一時代、同一
作家不同的作品合觀對照，或是觀察同一時空，不同作家的同題之
作，亦能深化研究的成果。
　　互文性的定義分為廣義、狹義二類。狹義的互文性是指「一文本
在另一文本中的實際出現」[4]，其間的引語、抄襲、模仿、暗示等是
可以通過觀察文本加以辨認驗證的，此觀點的代表人物為熱奈特
（Gérard Genette）。廣義的互文性是指文本與賦予該文本意義的所有
文本符號之間的關係，它包括對該文本意義有啟發價值的歷史文本及
圍繞該文本的文化語境和其他社會意旨實踐活動，這些構成一個知識
網絡，影響著文本創作與文本意義的闡釋。此觀點的代表人物為朱麗
婭·克里斯蒂娃。[5]針對廣義互文性的文本概念，柯思仁與陳樂闡釋

2　蒂費納·薩莫瓦約（Tiphaine Samoyault）著，邵煒譯：《互文性研究》（天津：天津
　　人民出版社，2003年），頁131。

3　蒂費納·薩莫瓦約（Tiphaine Samoyault）著，邵煒譯：《互文性研究·引言》，頁
　　1。

4　熱奈特（Gérard Genette）著，史忠義譯：《熱奈特論文選，批評譯文選》（開封：河
　　南大學出版社，2009年），頁60。

5　董希文：《文學文本理論研究》（北京：社會科學文獻出版社，2006年），頁234。

說道：

> 那些既有文本，不僅僅是指由文字組成的文學文本，也包括文
> 化、社會、歷史等等文本：這些文本生成了我們所面對的這個
> 文本，也成為這個文本的一部分。……從互文性的角度來說，
> 一個文學文本，是存在於各種先前既有的文學文本（如前人所
> 寫的小說、詩歌、戲劇等）、非文學的文本（如歷史資料、新
> 聞、廣告等）、社會觀念與意識形態（什麼是好的和壞的、對的
> 和錯的等）等等交織起來的一個巨大繁複的互動性的網絡。[6]

由此可知，「克里斯蒂娃的互文性概念具有宏闊的歷史視野，將社
會、歷史、文化統統納入互文性的視野。」[7]

《樂府詩集》卷三十五錄有〈長安有狹斜行〉古辭，其後並錄有
〈三婦豔〉二十一首，觀其句型，明顯是胎化〈長安有狹斜行〉而
來。本文立足於廣義互文性，旨在經由〈長安有狹斜行〉與南朝〈三
婦豔〉的對照，以明文體演變深受時代風尚、社會環境、審美歸趨、
文藝思潮的影響。

二 〈長安有狹斜行〉相關文本探析

〈長安有狹斜行〉古辭為：

---

6 柯思仁、陳樂：《文學批評關鍵詞：概念・理論・中文文本解讀》（新加坡：八方文
化創作室，2008年），頁42。

7 李玉平：《互文性——文學理論研究的新視野》（北京：商務印書館，2014年），頁
14。

長安有狹斜，狹斜不容車。適逢兩少年，挾轂問君家。君家新
市傍，易知復難忘。大子二千石，中子孝廉郎。小子無官職，
衣冠仕洛陽。三子俱入室，室中自生光。大婦織綺紵，中婦織
流黃。小婦無所為，挾琴上高堂。丈夫且徐徐，調絃詎未央。[8]

　　《宋書‧樂志》將古辭定義為：「凡樂章古詞，今之存者，並漢
世街陌謠謳，〈江南可採蓮〉、〈烏生〉、〈十五子〉、〈白頭吟〉之屬是
也。」[9]由此可知此詩乃是漢代的作品。詩中主要在述寫權貴之家宅
第的氣派耀眼、醒目易知；三子的出類拔萃、光耀門庭；二婦的紡織
織布，言其婦功[10]，小婦的挾琴上堂，言其孝敬。值得注意的是「丈
夫」一詞，本為男子的通稱，在此細玩文意，並非指夫君，當指公
公。[11]關於此詩的主題，清代朱嘉徵《樂府廣序》說道：

　　長安有狹斜，刺時也。世路多岐，夫誰適從焉。古采詩入樂
　　府，此疑為相逢行本辭。[12]

8　〔宋〕郭茂倩：《樂府詩集》（臺北：里仁書局，1981年），卷35，頁514。

9　〔南朝梁〕沈約：《宋書》，卷19，頁22。（北京市：中華書局，1974年），頁549。

10　〔東漢〕班昭〈女誡〉：「女有四行，一曰婦德，二曰婦言，三曰婦容，四曰婦功。
　　夫云婦德，不必才明絕異也；婦言，不必辯口利辭也；婦容，不必顏色美麗也；婦
　　功，不必功巧過人也。清閒貞靜，守節整齊，行己有恥，動靜有法，是謂婦德。擇
　　辭而說，不道惡語，時然後言，不厭於人，是謂婦言。盥浣塵穢，服飾鮮絜，沐浴
　　以時，身不垢辱，是謂婦容；專心紡績，不好戲笑，絜齊酒食，以奉賓客，是謂婦
　　功。」引文見《後漢書》（台北：鼎文書局，1991年），卷84，頁2789。

11　余冠英：「本篇有幾個字似屬傳寫錯誤，可以據〈相逢行〉校正，『挾轂』當作『夾
　　轂』，『丈夫』當作『丈人』。『詎未央』當作『未詎央』。又本篇與〈相逢行〉同一
　　母題，似是一曲之異辭，而〈相逢行〉以此篇為藍本。」說見《樂府詩選》（臺
　　北：華正書局，2003年），頁23。

12　〔清〕朱嘉徵：《樂府廣序》，卷4，頁4。

朱氏以此詩內容在比附世事多艱，人們無所適從，此觀點或可商榷，
但是觀察詩作內容，與《樂府詩集》卷三十四〈相逢行〉古辭的確非
常相似：

> 相逢狹路間，道隘不容車。不知何年少，夾轂問君家。君家誠
> 易知，易知復難忘。黃金為君門，白玉為君堂。堂上置樽酒，
> 作使邯鄲倡。中庭生桂樹，華燈何煌煌。兄弟兩三人，中子為
> 侍郎，五日一來歸，道上自生光。黃金絡馬頭，觀者盈道傍。
> 入門時左顧，但見雙鴛鴦；鴛鴦七十二，羅列自成行。音聲何
> 嚨嚨，鶴鳴東西廂。大婦織綺羅，中婦織流黃。小婦無所為，
> 挾瑟上高堂。丈人且安坐，調絲方未央。[13]

《樂府詩集》說道：「（相逢行）一曰《相逢狹路間行》，亦曰
《長安有狹斜行》。」[14]郭氏以為〈相逢行〉與〈長安有狹斜行〉為異
名同詩。陸侃如則以為〈長安有狹斜行〉為〈相逢行〉的古辭。[15]比
較兩詩，〈長安有狹斜行〉為十八句，〈相逢行〉為三十句。〈長安有
狹斜行〉的篇幅較〈相逢行〉短，而〈相逢行〉詩作中有而〈長安有
狹斜行〉沒有的文字部分，與〈雞鳴〉多有重合。是以《樂府解題》
又說其：「古詞文意與《雞鳴曲》同。」[16]梁啟超解釋此現象說道：

---

13 〔宋〕郭茂倩：《樂府詩集》，卷34，頁508。

14 〔宋〕郭茂倩：《樂府詩集》，卷34，頁508。

15 陸侃如：《樂府古辭考》（臺北：臺灣商務印書館，1970年），頁102。

16 〔宋〕郭茂倩：《樂府詩集》，卷34，頁508。《樂府詩集》卷28錄有〈雞鳴〉：「雞
鳴高樹巔，狗吠深宮中。蕩子何所之，天下方太平。刑法非有貸，柔協正亂名。黃
金為君門，璧玉為軒堂。上有雙樽酒，作使邯鄲倡。劉王碧青甍，後出郭門王。舍
後有方池，池中雙鴛鴦。鴛鴦七十二，羅列自成行。鳴聲何啾啾，聞我殿東廂。兄
弟四五人，皆為侍中郎。五日一時來，觀者滿路傍。黃金絡馬頭，熲熲何煌煌。桃
生露井上，李樹生桃傍。蟲來齧桃根，李樹代桃殭。樹木身相代，兄弟還相忘。」

此歌（相逢行）與〈雞鳴高樹巔〉多相同之語句，竊疑兩首中
必有一首為當時伶人所造，採集當時通行歌語而譜以新調，樂
府中類此者尚多。[17]

這樣的概念亦可解釋〈長安有狹斜行〉或〈相逢行〉語句多有雷
同的原因。此外，方師祖燊於《漢詩研究》亦提出其看法：

大概由一個來源而來，由於傳播各地時，為各地歌者所增添修
改，而略有變動。[18]

不管原因為何，兩詩高度重合為不爭事實。茲將二者之文句對照
圖示如下：

內容說明	〈長安有狹斜行〉	〈相逢行〉
道逢少年致問君家	長安有狹斜，狹斜不容車。 道逢兩少年，挾轂問君家。 君家新市傍，易知復難忘。	相逢狹路間，道隘不容車。 不知何年少，夾轂問君家。 君家誠易知，易知復難忘。
宅第堂皇富貴生活		黃金為君門，白玉為君堂。 堂上置樽酒，作使邯鄲倡。 中庭生桂樹，華燈何煌煌。

《樂府解題》曰：「古詞云：『雞鳴高樹巔，狗吠深宮中。』初言『天下方太平，蕩
子何所之。』次言『黃金為門，白玉為堂，置酒作倡樂為樂。』終言桃傷而李仆，
喻兄弟當相為表裏。兄弟三人近侍，榮耀道路，與《相逢狹路間行》同。若梁劉孝
威《雞鳴篇》，但詠雞而已。」又有《雞鳴高樹巔》《晨雞高樹鳴》，皆出於此。」
說見《樂府詩集》，卷28，頁406。然審諸文意，〈雞鳴〉與〈相逢行〉雖有部分文
句高度相似，但主題不同，〈雞鳴〉旨在批判「兄弟還相忘」。

17 梁啟超：《中國之美文及其歷史》（臺北：臺灣中華書局，1980年），頁60。
18 方師祖燊：《漢詩研究》（臺北：正中書局，1967年），頁188。

內容說明	〈長安有狹斜行〉	〈相逢行〉
三子貴顯前途似錦	大子二千石，中子孝廉郎。小子無官職，衣冠仕洛陽。三子俱入室，室中自生光。	兄弟兩三人，中子為侍郎，五日一來歸，道上自生光。黃金絡馬頭，觀者盈道傍。
環境富麗景致幽雅		入門時左顧，但見雙鴛鴦；鴛鴦七十二，羅列自成行。音聲何嘈嘈，鶴鳴東西廂。
三婦賢慧家庭和樂	大婦織綺紵，中婦織流黃。小婦無所為，挾琴上高堂。丈夫且徐徐，調絃詎未央。	大婦織綺羅，中婦織流黃。小婦無所為，挾瑟上高堂。丈人且安坐，調絲方未央。

由上表可知〈長安有狹斜行〉與〈相逢行〉在敘事架構上十分相似，可概分為：道逢少年→致問君家→兒子成材→三婦所為。兩詩作品主要在表現富貴人家的貴氣顯赫與家庭生活。所不同的是，〈長安有狹斜行〉具言三子情狀，而〈相逢行〉僅言中子來歸門庭生輝，以偏蓋全，呈顯一家榮寵。此外，相較於〈長安有狹斜行〉以「易知復難忘」概括勾勒豪門的氣派榮華，〈相逢行〉則是在住家環境和富裕生活上多所刻繪。詩中述寫層次井然，由外而內，由物及人。金門、玉堂，言其宅舍之富麗堂皇；置酒、作倡，言其生活之富饒享樂。兩詩均言及三婦，文字上高度相仿。大婦與中婦勤於織作，手巧身勤，小婦善於樂器，服侍長輩，具體展現《顏氏家訓·書證》所言：「古者子婦供奉舅姑，旦夕在側，與兒女無異。」[19]而居家弦歌不輟，管弦盈耳，與漢代豪貴實際生活頗相呼應。《漢書·張禹傳》即言：「身居大第，後堂理絲竹筦弦。」又曰：「禹將（戴）崇入後堂飲食，婦女相對，優人筦弦鏗鏘極樂，昏夜乃罷。」[20]

---

19 〔北齊〕顏之推著，蔡師宗陽校注：《新編顏氏家訓》（臺北：國立編譯館，2002年），頁45。

20 〔漢〕班固：《漢書·匡張孔馬傳》（《武英殿二十四史》），卷81，頁14。

　　關於二詩主旨，歷來有頌和刺兩種說法。漢代高門貴顯奢華淫逸，「方今世俗，奢僭罔極，靡有厭足。公卿列侯，親屬近臣……或乃奢侈逸豫，務廣第宅，治園池，多畜奴婢，被服綺縠，設鐘鼓，備女樂，車服、嫁娶、葬埋過制。」[21]〈相逢行〉因詩中極力鋪陳主人公居室之宏麗，器物之精美，內庭景色之綺麗，且詩中所述「鴛鴦七十二，羅列自成行」，與《謝氏詩源》：「（霍光）園中鑿大池，植五色睡蓮，養鴛鴦三十六對，望之爛如披錦」[22]文字相類，霍光治家不嚴，《漢書‧霍光傳》寫道：「去病死後，光為奉車都尉光祿大夫，……光愛幸監奴馮子都，常與計事，及顯（霍光妻）寡居，與子都亂。」[23]〈羽林郎〉即寫子都倚仗權勢，調戲春日當壚的胡姬。是以〈相逢行〉主旨，學者多以為是諷刺之作，如黃節：「相逢行歌相逢狹路間，刺俗也。俗化流失，王政衰焉。曲中俠相過，侈富踰制，有五噫歌『遼遼未央』意，雅斯變矣。」[24]陳友冰認為：「把深刻的諷刺和否定，含蘊在類似祝辭的描述之中。」[25]畢桂發則說：「對統治階級的奢侈生活做了深刻的揭露。」[26]咸以為〈相逢行〉在著墨錦衣玉食、高堂大戶之際，是對「朱門酒肉臭，路有凍死骨」的社會現實提出針砭。相較之下，〈長安有狹斜行〉「以頌說為確，即這是一首描寫豪門生活風貌，訟揚富室門庭榮耀以娛樂貴族的詩歌。」[27]旨在表彰三子前程似錦，三媳賢良勤奮，書寫父慈子孝的和樂融融。

21　〔漢〕班固：《漢書‧成帝紀》（《武英殿二十四史》），卷10，頁14。
22　轉引自李春祥主編：《樂府詩鑑賞辭典》（鄭州：中州古籍出版社，1990年），頁34。
23　〔漢〕班固：《漢書‧霍光傳》（《武英殿二十四史》），卷68，頁1。
24　黃節：《漢魏樂府風箋》（臺北：學海出版社，1983年），卷3，頁21。
25　陳友冰：《兩漢南北朝樂府鑑賞》（臺北：五南圖書出版有限公司，1996年），頁129。
26　李春祥主編：《樂府詩鑑賞辭典》，頁35。
27　李春祥主編：《樂府詩鑑賞辭典》，頁36。余冠英亦說：「此詩極力描寫富貴之家種種享受，似是娛樂豪貴的歌曲。這裡反映著當時社會的一部分。其鋪陳熱鬧處代表樂府詩的一種特色。」說見《樂府詩選》，頁22。

　　而後文人紛紛以〈長安有狹斜行〉、〈相逢行〉為題進行仿作，其中繼承古題樂府之架構，然文字卻已稍有更動，而此相異處正是值得咀嚼玩味處。本文僅就〈長安有狹斜行〉部分進行觀察，舉梁武帝〈長安有狹斜行〉、梁代庾肩吾〈長安有狹斜行〉為對照。為便分析，茲將三文本文句對應圖示如下：

〈長安有狹斜行〉 （古辭）	〔南朝梁〕梁武帝 〈長安有狹斜行〉[28]	〔南朝梁〕庾肩吾 〈長安有狹斜行〉[29]
長安有狹斜，狹斜不容車。 適逢兩少年，挾轂問君家。 君家新市傍，易知復難忘。	洛陽有曲陌，曲曲不通驛。 忽遇二少童，扶轡問君宅。 我宅邯鄲右，易憶復可知。	長安曲陌坂，曲曲不容憶。 路逢雙綺襦，問君居近遠。 我居臨御溝，可識不可求。
大子二千石，中子孝廉郎。 小子無官職，衣冠仕洛陽。 三子俱入室，室中自生光。	大息組綑緷，中息佩陸離。 小息尚青綺，總角遊南皮。 三息俱入門，家臣拜門垂。 三息俱升堂，旨酒盈千卮。 三息俱入戶，戶內有光儀。	長子登麟閣，次子侍龍樓。 少子無高位，聊從金馬遊。 三子俱來下，左右若川流。 三子俱來入，高軒映彩旒。 三子俱來宴，玉柱擊清甌。
大婦織綺紵，中婦織流黃。 小婦無所為，挾琴上高堂。 丈夫且徐徐，調絃詎未央	大婦理金翠，中婦事玉觴。 小婦獨閒暇，調笙游曲池。 丈人少徘徊，鳳吹方參差。	大婦襞雲裳，中婦卷羅幬。 少婦多妖豔，花鈿繫石榴。 夫君且安坐，歡娛方未周。

　　梁代兩篇擬作文辭更為繁富綺豔，改動古辭中「三子俱入室，室中自生光」此總括式的描述，踵事增華鋪陳渲染三子的富足榮顯。梁武帝〈長安有狹斜行〉中，大婦、中婦的行為，已由「織綺紵」、「織流黃」的紡績織作而至「理金翠」、「事玉觴」的整理珠寶首飾、玉石美器。庾肩吾〈長安有狹斜行〉中則言兩人「襞雲裳」、「卷羅幬」，重點在其衣著服飾，盛裝打扮。而檢閱同時期的作品，亦可見

28　〔宋〕郭茂倩：《樂府詩集》，卷35，頁515。
29　〔宋〕郭茂倩：《樂府詩集》，卷35，頁516。

此變化：如梁簡文帝〈長安有狹斜行〉中言「大婦舒綺絢，中婦拂羅巾。小婦最容冶，映鏡學嬌嚬」[30]，王褒〈長安有狹斜行〉中言「大婦裁舞衣，中婦學清唱。小婦窺鏡影，弄此朝霞狀。」[31]由此可知，此時期文人筆下著力描寫的女性，已由操持家務，勤勉孝順的良家婦女，演變為重視物質、冶容梳妝、搔首弄姿、輕歌曼舞的金絲雀。

　　除此之外，值得注意的是庾肩吾〈長安有狹斜行〉中致問君家者的描繪，不同於古辭所言的少年、梁武帝作品中的少童，庾氏將其一轉而為綺襦。無獨有偶，王褒作「道逢佳麗子，問我居何鄉？」[32]徐防作「塗逢二綺衣，夾路訪君室。」[33]「綺襦」、「綺衣」原指華麗絲織品所做的服飾，為富貴者的穿著，主詞似乎並無確指男性或女性，然〈陌上桑〉中羅敷「緗綺為下裙，紫綺為上襦」[34]，以致「綺襦」、「綺衣」不免令人聯想為女性衣著。而佳麗一詞，指貌美女子，應無疑義。《楚辭·九章·抽思》即寫道：「好姱佳麗兮，牉獨處此異域。」[35]綜觀上述引文，創作者對於問路者的性別轉換反映出彼時對於女性書寫的高度興趣。而庾肩吾更是將「丈夫」、「丈人」改為「夫君」，這一轉變顯現著南朝重視男女情事的時代風尚。

三　南朝〈三婦豔〉文本發展探析

　　〈長安有狹斜行〉至南朝在擬作體裁上有了新的樣貌，先是文人爭相仿作〈三婦豔〉，根據《樂府詩集》所錄，最早作〈三婦豔〉者

30　〔宋〕郭茂倩：《樂府詩集》，卷35，頁516。
31　〔宋〕郭茂倩：《樂府詩集》，卷35，頁517。
32　〔宋〕郭茂倩：《樂府詩集》，卷35，頁517。
33　〔宋〕郭茂倩：《樂府詩集》，卷35，頁517。
34　〔宋〕郭茂倩：《樂府詩集》，卷28，頁411。
35　〔宋〕洪興祖：《楚辭補註》（臺北：藝文印書館，1986年），卷4，頁232。

為宋文帝劉義隆的四子劉鑠。而後梁代又從〈三婦豔〉中突出中婦形象，再創新題〈中婦織流黃〉。[36]

「互文性」理論強調：「任何文本的存在都依賴前文本和同期存在的文本，並為其後的文本加以利用和徵引。」[37]而在一個文本之中，可利用諸多方式提及另一個文本。或暗指明引，或模仿改寫，或拼貼套用，方法多元，不一而足。[38]觀察劉鑠〈三婦豔〉：「大婦裁霧縠，中婦牒冰練。小婦端清景，含歌登玉殿。丈人且徘徊，臨風傷流霰」[39]，不難得知〈三婦豔〉實是模仿改寫〈長安有狹斜行〉的末六句而來並將之單獨成篇。名之為三婦，乃因詩中一再言及大婦、中婦、小婦。所謂豔，一說是指楚歌。如左思〈吳都賦〉寫道：「荊豔楚舞，吳愉越吟。翕習容裔，靡靡愔愔。」《文選》李善注曰：「豔，楚歌也。」[40]《樂府詩集・雜曲歌辭》題解引梁元帝《纂要》曰：「齊歌曰謳，吳歌曰歈，楚歌曰豔。」[41]準此，則〈三婦豔〉是具有楚聲的作品。此外，《樂府詩集・相和歌辭》題解說道：

36　《樂府詩集》卷35錄有四首〈中婦織流黃〉，作者分別為梁簡文帝、南朝陳徐陵、盧詢及唐代虞世南。詩作見於〔宋〕郭茂倩：《樂府詩集》，卷35，頁520-521。

37　歐陽東峰：〈作品的記憶，學識的遊戲——互文性理論略論〉，《湖南科技學院學報》，2006年12月，第27卷12期，頁102。

38　大衛・洛吉：「一個文本裡面，可以用很多方式提到另一個文本：謔仿、諧仿／拼貼、呼應、暗指、直接引用、結構對位。有些理論家相信，文學創作的唯一條件，就是文本互涉。不論作者們有意還是無意，所有創作的內容（文本）都是拿其他創作內容當原料織成的。」說見《小說的五十堂課》（台北：木馬文化事業股份有限公司，2006年12月），頁136。另外，還有母題、原型、典故和套語，同一文本在不同語言之間的翻譯，兩個文本分享共同的故事情節、人物形象、敘事結構，作者對同一文本的修改等。說見李玉平，〈互文性新論〉，《南開學報（哲學社會科學版）》，2006年第3期，頁116-117。

39　〔宋〕郭茂倩：《樂府詩集》，卷35，頁518。

40　〔南朝梁〕蕭統編，〔唐〕李善注：《文選》（臺北：華正書局，1990年），頁93。

41　〔宋〕郭茂倩：《樂府詩集》，卷83，頁1165。

　　大曲又有豔、有趨、有亂。……豔在曲之前，趨與亂在曲之
　　後，亦猶吳聲西曲前有和，後有送也。[42]

豔就是大曲的序曲。《樂府詩集》於曹操〈步出夏門行〉：「雲行雨
步，超越九江之皋。臨觀異同，心意懷遊豫，不知當復何從。經過至
我碣石，心惆悵我東海」[43]，此段旨在說明創作背景和心情的文字之
下即註明著「至此為豔」。

（一）南朝〈三婦豔〉的產生背景

　　〈長安有狹斜行〉屬於清調曲，《樂府詩集・清調曲》題解說道：

　　《古今樂錄》曰：「王僧虔《技錄》，清調有六曲：一《苦寒
　　行》，二《豫章行》，三《董逃行》，四《相逢狹路間行》，五
　　《塘上行》，六《秋胡行》。」[44]

《樂府詩集・平調曲》題解則說：

　　張永《錄》曰：「未歌之前，有八部弦、四器，俱作在高下遊
　　弄之後。凡三調，歌弦一部，竟輒作送，歌弦今用器。又有
　　《大歌弦》一曲，歌「大婦織綺羅」，不在歌數，唯平調有
　　之，即清調「相逢狹路間，道隘不容車」篇。後章有「大婦織
　　綺羅，中婦織流黃」是也。張《錄》云：「非管弦音聲所寄，

42　〔宋〕郭茂倩：《樂府詩集》，卷26，頁377。

43　〔宋〕郭茂倩：《樂府詩集》，卷37，頁545。

44　〔宋〕郭茂倩：《樂府詩集》，卷33，頁495。

似是命笛理弦之餘。」王錄所無也，亦謂之《三婦豔》詩。[45]

張永為劉宋時人，其所著《元嘉正聲技錄》記載宋文帝元嘉時期的樂曲狀況。由張氏所言可知〈長安有狹斜行〉中三婦部分曾在平調曲中單獨演唱，但由「不在歌數」、「非管弦音聲所寄，似是命笛理弦之餘」的紀錄來看，此唱詞當不在完整的平調曲當中，因「一個複雜的組曲往往以他曲或者他曲的片段充當表演時的序曲或送曲，來化解組曲的單調和重複。」[46]而這些他曲因廣泛流傳，因此得到脫離本曲而獨立存在的契機，此當是〈三婦豔〉能流傳的背景之一。

此外，吳歌、西曲為流行於魏晉南北時朝的民間樂府，「吳歌大多產生於東晉中後期至劉宋時期，進入宮廷的時間則多在齊梁時期，西曲則多為宋齊時期產生，並很快進入宮庭」。[47]《樂府詩集》中載齊武帝有〈估客樂〉一首，梁武帝有〈子夜四時歌〉七首、〈團扇郎〉一首、〈襄陽蹋銅蹄〉三首、〈楊叛兒〉一首、〈江南弄〉七首、〈上雲樂〉七首，其後梁簡文帝、梁元帝、陳後主亦有諸多作品。在統治者上有所好的帶動下，王室成員、文人雅士上行下效，紛紛投入吳歌、西曲的創作。吳歌、西曲篇幅短小，多為五言四句，在其浸染影響之下，南朝文人的同題之作也多有篇幅較短的趨勢。如《樂府詩集》所錄〈苦寒行〉，魏武帝「北上太行山，艱哉何巍巍」篇共六解三十六句；魏明帝「悠悠發洛都，并我征東行」篇五解三十句；晉代陸機之「北遊幽朔城，涼野多艱難」篇，為五言二十句；南朝宋謝靈運之「歲歲曾冰合，紛紛霰雪落」篇，為五言六句。[48]《樂府詩集》所錄

---

45 〔宋〕郭茂倩：《樂府詩集》，卷30，頁441-442。

46 吳大順：〈從《長安有狹斜行》到《三婦豔》看清商三調在南朝的演變〉，《中國詩歌研究》（第六輯），頁89。

47 吳大順：〈從《長安有狹斜行》到《三婦豔》看清商三調在南朝的演變〉，頁90。

48 以上所引作品俱見〔宋〕郭茂倩：《樂府詩集》，頁496-498。

〈秋胡行〉，魏武帝「晨上散關山，此道當何難」篇四解四十八句；
「願登華泰山，神人共遠遊」篇五解六十句；晉代陸機「道雖一致，
塗有萬端」篇四言八句；南朝宋謝惠連「春日遲遲，桑何萋萋」篇四
言八句；顏延之「椅梧傾高鳳，寒谷待鳴律」篇五言十句；南朝齊王
融「日月共為照，松筠俱以貞」篇五言八句。[49]〈三婦豔〉篇幅短
小，為五言六句，能以單獨形式存在並能蔚為風潮，與彼時吳歌西曲
之流行當有關涉，此為〈三婦豔〉產生的背景之二。

　　南朝吳歌、西曲在內容上多為男女戀歌，懷春之企盼與蕩漾、熱
戀之甜蜜與忐忑、相思之難耐與纏綿，均一一塗抹於清麗婉轉的文辭
之中。[50]同時對於男女床第閨帷之事，也有著墨之詞。[51]蕭滌非於
《漢魏六朝樂府文學史》說道：「要知南朝樂府自是富有時代性與創
作性之文學。雖其浪漫綺靡，不足擬於兩漢，然在文學史上實具有打
開一新局面，鼓盪一新潮流之力量。舉凡前此所謂『移風易俗，莫善
於樂』，所謂『先王作樂崇德，以恪神人，通天下之至和，節群生之
流散』。與夫班固所謂『足以觀風俗，知厚薄』者，種種傳統觀念與
功用，至是已全行打破而歸於消滅。由敘事變而為言情，由含有政治
社會意義者變而為個人浪漫之作，桑間濮上，鄭衛之聲，前此所痛斥
不為者，今則轉而相率以綺豔為高，發乎情而非止於禮義。」[52]南朝

49　以上所引作品俱見〔宋〕郭茂倩：《樂府詩集》，頁527-533。

50　如：〈子夜四時歌──春歌〉：「春林花多媚，春鳥意多哀。春風復多情，吹我羅裳
　　開。」（〔宋〕郭茂倩：《樂府詩集》，卷44，頁645。）、〈子夜歌〉：「擎枕北窗臥，
　　郎來就儂嬉，小喜多唐突，相憐能幾時。」（〔宋〕郭茂倩：《樂府詩集》，卷44，頁
　　642。）、〈讀曲歌〉：「思歡久，不愛獨枝蓮，只惜同心藕。」（〔宋〕郭茂倩：《樂府
　　詩集》，卷46，頁671。）

51　如：〈子夜四時歌──秋歌〉：「開窗秋月光，滅燭解羅裳。合笑帷幌裏，舉體蘭蕙
　　香。」（〔宋〕郭茂倩：《樂府詩集》，卷44，頁647。）、〈子夜歌〉：「宿昔不梳頭，
　　絲髮被兩肩。婉伸郎膝上，何處不可憐。」（〔宋〕郭茂倩：《樂府詩集》，卷44，頁
　　641。）

52　蕭滌非：《漢魏六朝樂府文學史》（臺北：長安出版社，1981年），頁240。

樂府直率的剖白，大膽的言詞，這些內容均具體展現時代風氣的影響，薰染著〈三婦豔〉的寫作，此於下節中加以詳述。

（二）南朝〈三婦豔〉的作品分析

清代盧文弨對於劉鑠〈三婦豔〉有著這樣的觀察：

> 宋南平王劉鑠，始仿樂府之後六句作《三婦豔》詩，猶未甚猥褻也。[53]

觀劉鑠所作，言大婦、中婦勤於紡績，小婦登殿歌吟，丈人臨風徘徊，與古辭末六句未有太大差別，是以劉氏言其：「猶未甚猥褻也」。但在古辭中，先寫三子，復寫三婦，後言丈人，三親具足，突出家庭人倫。如顏之推《顏氏家訓・兄弟》所言：

> 夫有人民而後有夫婦，有夫婦而後有父子，有父子而後有兄弟。一家之親，僅此三而已矣。自茲以往至於九族，皆本於三親焉。故于人倫為重者也，不可不篤。[54]

父子、兄弟、夫婦，是為三親。〈長安有狹斜行〉古辭中，父子為血脈之親，兄弟為手足之情，夫婦為男女之愛，妯娌、翁媳為姻家之誼。詩中以三親之家庭結構，體現並彰明孝親倫理的意蘊。但反觀〈三婦豔〉中，隨著道逢問路情節的消失，三子不復出現，詩中僅餘三婦以及丈人的角色，這不僅瓦解了古辭中所強化的三親之義，同時也因翁媳之間並不具備血緣關係，因此丈人和小婦的互動，不免令人

---

53 轉引自王利器：《顏氏家訓集解》（臺北：漢京出版社，1983年），頁434。

54 〔北齊〕顏之推著，蔡宗陽校注：《新編顏氏家訓》，頁606。

浮想聯翩。同時隨著〈三婦豔〉此標題的置換，透露詩作內容的重點，已由頌揚兒子鴻圖大展，兒媳勤勉賢慧，上慈下孝，一家和樂的人倫圖像，一變而為以女性為主軸。《樂府詩集》共錄有〈三婦豔〉二十一首作品，其中出現於南朝者表列如下（排序依《樂府詩集》之順序）：[55]

朝代	作　者	女　性			男　性
		大　婦	中　婦	小　婦	
宋	劉　鑠	裁霧縠	牒冰練	端清景，含歌登玉殿	丈人且徘徊
齊	王　融	織綺羅	織流黃	獨無事，挾瑟上高堂	丈夫且安坐
梁	蕭　統	舞輕巾	拂華茵	獨無事，紅黛潤芳津	良人且高臥
	沈　約	拂玉匣	結珠帷	獨無事，對鏡理蛾眉	良人且安臥
	王　筠	留芳褥	對華燭	獨無事，當軒理清曲	丈人且安臥
	吳　均	弦初切	管方吹	多姿態，含笑逼清卮	佳人勿餘及
	劉孝綽	縫羅裙	料繡文	（唯餘最小婦）窈窕舞昭君	丈人慎勿去
陳	後　主	避秋風	夜牀空	初兩髻，含嬌新臉紅。 得意非霞日，可憐那可同。	
		西北樓	南陌頭	初妝點，回眉對月鈎。 可憐還自覺，人看反更羞。	
		主縑機	裁春衣	新裝冶，拂匣動琴徽。 長夜理清曲，餘嬌且未婦。	

---

55 以下引文俱見於〔宋〕郭茂倩：《樂府詩集》，卷35，頁518-520。其中王融的詩句與〈相逢行〉後六句幾乎相同，針對此一現象，吳大順提出解釋：「這一現象有二種可能：一是此辭本是古辭，後人誤收入王融名下；二是這首詩曾以王融的名義流傳過。不管是哪種情況，都說明歸為王融名下的《三婦豔》詩曾單獨流傳過，它本是〈相逢行〉古辭的最後一章，在宋、齊時代則獨立出來，單獨流傳。」說見〈從《長安有狹斜行》到《三婦豔》看清商三調在南朝的演變〉，頁85。

朝代	作者	女性			男 性
		大 婦	中 婦	小 婦	
陳	後 主	妬蛾眉	逐春時	最年少，相望卷羅帷。 羅帷夜寒卷，相望人來遲。	
		上高樓	蕩蓮舟	獨無事，撥帳掩嬌羞	丈夫應自解
		初調箏	斂歌聲	春裝罷，弄月當宵楹	季子時將意
		愛恒偏	意長堅	獨嬌笑，新來華燭前。 新來誠可惑，為許得新憐。	
		酌金杯	照妝臺	偏妖冶，下砌折新梅	
		怨空閨	夜偷啼	獨含笑，正柱作烏棲。 河低帳未掩，夜夜畫眉齊。	
		正當壚	裁羅襦	獨無事，淇上待吳姝。 鳥歸花復落，欲去卻跡躅。	
		年十五	當春戶	正橫陳，含嬌情未吐。 所愁曉漏促，不恨燈銷炷。	
	張正見	織殘絲	妬蛾眉	獨無事，歌罷詠新詩	上客何須起

綜觀南朝之作與樂府古辭，其變化主要開展在二方面：一是女性活動內容的差異；一是小婦互動對象的變換。前者之變化與前所述對於〈長安有狹斜行〉擬作的觀察頗為相仿，含歌登殿，曼舞輕巾的窈窕；對鏡冶容，新妝可憐的姝麗；柔媚嬌笑，臉紅羞澀的容色；空閨偷啼的寂寥，閨房畫眉的豔情一一形諸於筆端。後者則是本節觀察之焦點。古辭中「丈人是長輩、家長，處於家庭金字塔結構的最頂層，以血緣關係為紐帶的孝道，必須通過他才能得以實現」[56]，而在〈三婦豔〉中，丈人先是在以三婦為主角的詩作中成為烘托主體的陪襯，

---

56 郭建勛：〈從《長安有狹斜行》到《三婦豔》的演變〉，《文學遺產》2007年第五期，頁23。

後來更是慘遭取代，澈底消失。誠如《顏氏家訓·書證》所言：

> 古樂府歌詞，先述三子，次及三婦，婦是對舅姑之稱。……近
> 代文士頗作三婦詩，乃為匹嫡并耦己之群妻之意，又加鄭、衛
> 之辭，大雅君子，何其謬乎！[57]

清代盧文弨也說：

> 梁昭明太子、沈約俱有「良人且高臥」之句，王筠、劉孝綽尚
> 稱「丈人」，吳均則云「佳人」，至陳後主乃有十一首之多，如
> 「小婦正橫陳」，「含嬌情未吐」等句，正顏氏所謂鄭衛之辭
> 也。[58]

古辭中三婦的身分為三子之妻，但是在昭明太子蕭統和沈約的作品中，已轉換為男子的妻與妾，張正見的作品中更將男性的身分轉為「上客」，是以三婦的身分不免引人遐思。隨著篇中人物對應關係的轉換，三婦的行為越發妖豔媚惑，作品也更偏向於閨閣情事。在這樣的肌理內容中，對三婦的情態有了更多的著墨。因小婦年少得寵，是以大婦、中婦不免「妬娥眉」、「怨空閨」、「夜床空」、「夜偷啼」，將古辭中三婦各有所司的生活樣態，一變而為閨帷寫真，一幅幅活色生香的仕女捲軸於焉展現。

值得注意的是，在梁朝吳均以及陳後主的部分作品中，男性角色更是神隱，失去了出場的機會。[59] 此類作品多以大婦一句，中婦一

57　〔北齊〕顏之推著，蔡宗陽校注：《新編顏氏家訓》，頁45。
58　轉引自王利器：《顏氏家訓集解》，頁433。
59　宋亞莉對此提出說明：「這種創作傾向極有可能與當時的歌詩表演密切關連。《三婦

句，小婦四句的配置出現，集中筆觸刻畫小婦的嬌媚可人。小婦或精
於裝扮，或多才多藝，或能歌善舞，或曉於音律，在南朝文人的翰墨
馳騁中突出其魅惑嫵媚。「新來誠可惑，為許得新憐」、「河低帳未
掩，夜夜畫眉齊」、「所愁曉漏促，不恨燈銷炷」，均在在傳達出男女
豔情，床帷之間的情慾挑逗。

（三）南朝〈三婦豔〉的時代訊息

劉勰《文心雕龍》有言：「文變染乎世情，興廢繫乎時事」[60]，直
陳文學的演變與社會情勢息息相關，而文學的興衰也深受時代風尚的
影響。準此，文學是時代的產物不言可喻。文學現象的發生，除了自
身的發展脈絡之外，也和當時的社會風氣、文學思潮、審美意趣等有
著緊密的關連。

〈長安有狹斜行〉古辭中，充滿和樂歡快的氛圍，勾勒出三代同
堂，和諧美滿的家庭圖景。家庭是組成社會的基本單位，家庭成員彼
此關係是否親愛和善，直接影響著家庭的穩定，並進而影響著社會的
安定。是以家庭是國家的基石，而婚姻則是家庭的基礎。《禮記・昏
義》即說道：

> 男女有別，而後夫婦有義，夫婦有義，而後父子有親。父子有
> 親，而後君臣有正。故曰：昏禮者，禮之本也。

豔》是帶有楚歌風情的歌詩，配合演奏的主要是絲竹樂器，樂曲大多悲情淒婉，具
有一唱三嘆特色。這些歌詩的表演者和演唱者都以女性為主，因此可以認為，男性
角色弱化，女性角色強化的傾向是東晉南朝文人在結合演唱表演經驗的基礎上對內
容所作的主動修改。」說見〈樂府詩歌〈相逢行〉東晉南朝演變考〉，《東方論
壇》，2011年第2期，頁82。

60 〔南朝梁〕劉勰、范文瀾註：《文心雕龍注》（臺北：學海出版社，1991年），卷9，
頁675。

《禮記正義》進一步闡釋：

> 所以昏禮為禮本者，昏姻得所，則受氣純和。生子必孝，事君
> 必忠。孝則父子親，忠則朝廷正。[61]

將夫義妻順、父子相親的家庭倫理與君臣有義，忠君愛國的政治倫理
兩相綰合，強化三綱五常的觀念。而〈長安有狹斜行〉即是其時對孝
親倫理的重視與家庭理想樣態的再現。

魏晉南北朝政治迍邅，社會動盪，一人可歷仕多朝，國亡而家興
的例子屢見不鮮。政治現實淡化了忠君思想，求忠臣必出於孝子之門
的觀念遭到解構，從而消解家庭倫常與政治倫理的鏈接。然而為臣固
然可以不忠，人子仍須盡孝，孝道仍是穩定家庭關係中的重要德行，
是以「這一系列（指〈長安有狹斜行〉、〈相逢行〉、〈相逢狹路間
行〉）作品在南朝大量出現，並非只是對古辭的喜愛模擬，同時也是
重家的社會心理的反映。」[62]

南朝社會淫靡浮華，重視享樂，狹妓蓄娼，輕豔成風。南朝裴子
野於《宋略‧樂志敘》即說明了當時現象：

> 優雜子女，蕩目淫心。充庭廣奏，則以魚龍靡慢為瓌瑋；會同
> 饗觀，則以吳趨楚舞為妖妍。纖羅霧縠侈其衣，疎金鏤玉砥其
> 器。在上班賜寵臣，群下從風而靡，王侯將相，歌伎填室；鴻
> 商富賈，舞女成群。競相夸大，互有爭奪，如恐不及，莫為禁

---

61 〔漢〕鄭玄注，〔唐〕孔穎達疏：《禮記正義‧昏義》（《武英殿十三經注疏》），卷
61，頁6。

62 郭建勛：〈從《長安有狹斜行》到《三婦豔》的演變〉，頁25。

令。傷風敗俗，莫不在此。[63]

生活方式的變化，自然會投射於所創作的作品中，因「每一個文本是在與其他文本相關時才能確定自身位置的，每一個文本都是其他文本的亞文本或互文本。所有文學作品都是從社會、文化等因素構成『大文本』中衍生的，他們之間有共同母體（matrix），因而他們之間可以相互參照。」[64]是以從〈長安有狹斜行〉到南朝〈三婦豔〉，在人物身分、行為活動、內容主題上有了轉變，這無形中也反映了當時的生活型態。

　　同時，此轉變亦與南朝的審美歸趨與創作理論相關涉。漢代尊崇儒術，強調作品應具有倫理、道德、諷諫、勸說的內容，發揮「經夫婦、成孝敬、厚人倫、美教化、移風俗」[65]的政教功能。而魏晉六朝是文學自覺的時代，陸機以為「詩緣情而綺靡」，作品從言志走向緣情，作家露才揚己，於翰墨篇什中張揚創作主體的自我意識。而至南朝，越發重視文學作品的抒情性、美感性與娛樂性。梁簡文帝蕭綱於〈誡當陽公大心書〉中說：

　　立身之道與文章異，立身先須謹重，文章且須放蕩。[66]

所言放蕩，概指直抒胸臆，不拘一格。「清辭巧製，止乎衽席之間；

63　〔唐〕杜佑：《通典》（《欽定四庫全書》），卷141，頁18。
64　羅婷：《克里斯多娃》（臺北：生智文化，2002年），頁115。
65　〔周〕卜子夏：〈毛詩序〉，引文見〔南朝梁〕蕭統編，〔唐〕李善注：《文選》，頁637。
66　〔梁〕蕭綱：《梁簡文帝集‧書‧誡當陽公大心書》（《漢魏六朝百三家集》），卷1，頁62。

彫琢蔓藻，思極閨闈之內。」[67]文學創作可以更無所限制，無可避諱，可以更大膽的書寫閨闈情欲與女性體貌。「詩至蕭梁，君臣上下，惟以豔情為娛，失溫柔敦厚之旨，漢魏遺軌，蕩然埽地矣。」[68]而此種轉變，正具體呈顯於〈長安有狹斜行〉到南朝〈三婦豔〉的演變中。

經由觀察南朝〈三婦豔〉中的女性形象，亦可得見女性審美觀的轉化。漢代重視女性的德行操守，崇尚重孝、守貞、敬謹、賢慧等特質。而魏晉時期思想解放，對於女性的形貌、心理、神態、服飾等有著更多的關注。「婦人者，才智不足論，自宜以色為主。」[69]〈三婦豔〉的女性立足在〈長安有狹斜行〉小婦擅長樂器的形象之下，而有了更加多元的形象：清歌妙舞，豐姿冶麗，與南朝對於女性美的強化自有其呼應之處。藉由觀察古辭到南朝〈三婦豔〉的演化，得見男性對女性由德到色的認知轉變。顯現「作品在一種文化的話語空間中的參與（a designation of its participation in the discursive space of a culture）」。[70]此種參與往往顯示對話主體在受到社會風尚、時空情境、文化根源等影響之後，所具顯的價值判斷。

四 結語

〈長安有狹斜行〉古辭，其內容主要在描寫豪門生活樣態，揄揚

---

67 〔唐〕魏徵：《隋書·經籍志四》（《武英殿二十四史》），卷35，頁26。

68 〔清〕沈德潛：《古詩源》，敘州：汗青簃刊本，清光緒十年，卷12，頁13。梁簡文帝蕭綱曾自道：「余七歲有詩癖，長而不倦。然傷於輕豔，當時號曰宮體。」說見〔唐〕姚思廉：《梁書·簡文帝紀》（臺北：鼎文書局，1975年），卷4，頁109。

69 〔晉〕陳壽：《三國志·魏志·荀彧傳》（《武英殿二十四史》），卷10，頁12。

70 譯自Jonathan Culler, *The Pursuit of Signs: Semiotics, Literature, Deconstruction*, Cornell University Press, 1981, p. 114.

三子錦繡前程,三媳賢良勤奮,書寫父慈子孝的和樂融融。南朝文人繼承此題,內容在對前作的胎化鎔鑄中則迭有新變。而劉宋劉鑠將〈長安有狹斜行〉古辭後六句抽離擬作,單獨成篇,名之為〈三婦豔〉,齊、梁、陳三代文人多有擬作。本文旨在立足於廣義互文性,經由觀察〈長安有狹斜行〉古辭到南朝〈三婦豔〉的演變,瞭解樂府古題如何在時代浸染以及文人創作中再現生命力量,同時掌握其異動軌跡。

　　〈長安有狹斜行〉中,父子為血脈之親,兄弟為手足之情,夫婦為男女之愛,妯娌、翁媳為姻家之誼。詩中以三親之家庭結構,體現並彰明孝親倫理的意蘊。然〈三婦豔〉中,隨著道逢問路情節的消失,三子的不復出現,主題因之有了改變。

　　蕭滌非說道:「漢樂府民歌普及於社會之各方面;南朝則純為一種以女性為中心的豔情謳歌。」[71]綜觀南朝〈三婦豔〉之作與樂府古辭,其變化主要開展在二方面:一是女性活動內容的差異;一是小婦互動對象的變換。由此以見南朝男性敘事者對女性由德到色的認知轉變,而此改變與南朝的時代風尚、審美歸趨、文藝思潮息息相關。

71　蕭滌非:《漢魏六朝樂府文學史》,頁183。

參考文獻

一　古典文獻

〔漢〕班　固：《漢書》，《武英殿二十四史》。

〔晉〕陳　壽：《三國志》，《武英殿二十四史》。

〔北齊〕顏之推著，蔡師宗陽校注：《新編顏氏家訓》，臺北：國立編
　　　譯館，2002年。

〔南朝宋〕范　曄：《後漢書》，臺北：中華書局，1965年。

〔南朝梁〕蕭　統：《文選》，臺北：華正書局，1990年。

〔南朝梁〕劉　勰著，范文瀾註：《文心雕龍注》，臺北：學海出版
　　　社，1991年。

〔宋〕郭茂倩：《樂府詩集》，臺北：里仁書局，1981年。

二　近人論著（依作者姓氏筆畫為序）

專書

李春祥主編：《樂府詩鑑賞辭典》，鄭州：中州古籍出版社，1990年。

李玉平：《互文性——文學理論的新視野》，北京：商務印書館，2014
　　　年。

柯思仁、陳樂：《文學批評關鍵詞：概念‧理論‧中文文本解讀》，新
　　　加坡：八方文化創作室，2008年。

夏　歡：《論漢樂府〈長安有狹斜行〉的擬作詩（漢—唐）》，浙江師
　　　範大學2009年碩士論文。

陳友冰：《兩漢南北朝樂府鑑賞》，臺北：五南圖書出版公司，1996年
　　　5月。

董希文:《文學文本理論研究》,北京:社會科學文獻出版社,2006年。

劉德玲:《樂府古辭之原型與流變——以漢至唐為斷限》,臺灣師範大學2003年博士論文。

蕭滌非:《漢魏六朝樂府文學史》,臺北:長安出版社,1981年。

大衛・洛吉:《小說的五十堂課》,臺北:木馬文化事業公司,2006年12月。

蒂費納・薩莫瓦約著,邵煒譯:《互文性研究》,天津:天津人民出版社,2003年。

熱奈特著,史忠義譯:《熱奈特論文選,批評譯文選》,開封:河南大學出版社,2009年。

Jonathan Culler, *The Pursuit of Signs: Semiotics, Literature, Deconstruction*, Cornell University Press, 1981.

Julia Kristeva, "Word, Dialogue and Novel," in *Desire in Language: ASemiotic Approach to Literature and Art*, translated by Tom Gora and Alice Jardine, Oxford: Blackwell, 1980.

期刊論文

申順典:〈文本符號與意義的追尋——對互文性理論的再解讀〉,《青海師範大學學報(哲學社會科學版)》2005年第6期(總113期),頁97-100。

沈　卓:〈論宮體詩的形成〉,《太原大學教育學院學報(哲學社會科學版)》第30卷2期,2012年7月,頁61-63。

杜　薇:〈論魏晉南北朝緣情文學的發展之路〉,《甘肅高師學報》第6卷4期,2001年,頁95-97。

成　林:〈從《世說新語》看魏晉時代家庭倫理觀念〉,《南京審計學院學報》第4卷2期,2007年6月,頁77-80。

宋亞莉：〈樂府詩歌〈相逢行〉東晉南朝演變考〉，《東方論壇》2011
　　　年第2期，頁78-84。

李玉平：〈互文性新論〉，《南開學報（哲學社會科學版）》2006年第3
　　　期，頁116-117。

周云倩、李冀宏：〈互文理論觀照下結構隱喻在文本中的運用〉，《鄭
　　　州航空工業管理學院學報（社會科學版）》第26卷6期，2007
　　　年12月，頁74-76。

吳大順：〈從《長安有狹斜行》到《三婦豔》看清商三調在南朝的演
　　　變〉，《中國詩歌研究》（第六輯），頁83-95。

吳品蓄：〈由空間移動的視點探討漢魏六朝〈長安有狹斜行〉之類詩
　　　歌〉，《中國文學研究》第27期，2009年1月，頁1-36。

郭建勛：〈從《長安有狹斜行》到《三婦豔》的演變〉，《文學遺產》
　　　2007年第5期，頁21-26。

秦鐵柱：〈論漢人義利觀與漢代家庭關係〉，《管子學刊》2009年第4
　　　期，頁66-69。

焦亞東：〈當代西方互文性理論的基本內涵及批評學意義〉，《重慶社
　　　會科學》2006年第10期（總第142期），頁70-73。

歐陽東峰：〈作品的記憶，學識的遊戲——互文性理論略論〉，《湖南
　　　科技學院學報》第27卷12期，2006年12月，頁100-102。

劉容箏：〈從魏晉詩文看時人的女性審美觀〉，《中華女子學院學報》
　　　第1期，2010年2月，頁86-88。

蘇　珊：〈互文性在文學中的意義網絡及價值〉，《中州學刊》第3期
　　　（總165期），2008年5月，頁221-223。

附錄

三婦豔詩（〔宋〕劉鑠）
大婦裁霧縠，中婦牒冰練。小婦端清景，
含歌登玉殿。丈人且徘徊，臨風傷流霰。

三婦豔詩（〔齊〕王融）
大婦織綺羅，中婦織流黃。小婦獨無事，
挾瑟上高堂。丈夫且安坐，調絃詎未央。

三婦豔詩（〔梁〕昭明太子）
大婦舞輕巾，中婦拂華茵。小婦獨無事，
紅黛潤芳津。良人且高臥，方欲薦梁塵。

三婦豔詩（〔梁〕沈約）
大婦拂玉匣，中婦結珠帷。小婦獨無事，
對鏡理蛾眉。良人且安臥，夜長方自私。

三婦豔詩（〔梁〕王筠）
大婦留芳褥，中婦對華燭。小婦獨無事，
當軒理清曲。丈人且安臥，豔歌方斷續。

三婦豔詩（〔梁〕吳均）
大婦弦初切，中婦管方吹。小婦多姿態，
含笑逼清巵。佳人勿餘及，慇懃妾自知。

三婦豔詩（〔梁〕劉孝綽）

大婦縫羅裙，中婦料繡文。唯餘最小婦，
窈窕舞昭君。丈人慎勿去，聽我駐浮雲。

三婦豔詩（〔陳〕後主）

大婦避秋風，中婦夜床空。小婦初兩髻，
含嬌新臉紅。得意非霞日，可憐那可同。
大婦西北樓，中婦南陌頭。小婦初妝點，
回眉對月鈎。可憐還自覺，人看反更羞。
大婦主縑機，中婦裁春衣。小婦新妝冶，
拂匣動琴徽。長夜理清曲，餘嬌且未歸。
大婦妬蛾眉，中婦逐春時。小婦最年少，
相望卷羅帷。羅帷夜寒卷，相望人來遲。
大婦上高樓，中婦蕩蓮舟。小婦獨無事，
撥帳掩嬌羞。丈夫應自解，更深難道留。
大婦初調箏，中婦斂歌聲。小婦春妝罷，
弄月當宵楹。季子時將意，相看不用爭。
大婦愛恆偏，中婦意長堅。小婦獨嬌笑，
新來華燭前。新來誠可惑，為許得新憐。
大婦酌金杯，中婦照妝臺。小婦偏妖冶，
下砌折新梅。眾中何假問，人今最後來。
大婦怨空閨，中婦夜偷啼。小婦獨含笑，
正柱作烏棲。河低帳未掩，夜夜畫眉齊。
大婦正當壚，中婦裁羅襦。小婦獨無事，
淇上待吳姝。鳥歸花復落，欲去卻跼蹐。
大婦年十五，中婦當春戶。小婦正橫陳，
含嬌情未吐。所愁曉漏促，不恨燈銷炷。

三婦豔詩（〔陳〕張正見）

大婦織殘絲，中婦妬蛾眉。小婦獨無事，
歌罷詠新詩。上客何須起，為待絕纓時。

論續修四庫全書總目提要的編纂與出版

——兼論橋川時雄與張壽林的參與

張晏瑞

臺北市立大學中國語文學系博士候選人

摘要

《續修四庫全書總目提要》的編纂，是二十世紀以來，中日學者間最大規模的古籍文獻整理工作。是清初《四庫全書總目提要》出版以後，對於中華的古籍文獻，重新再做了一次的整理。但《續修提要》編纂過程中，由於日方學者主其事，後來又逢日本侵華，以及太平洋戰爭，造成「提要」稿件編纂完成後，並未正式出版，便移交給國民政府。此後，又經國共內戰，造成這批「提要」稿件，一直未能以最好的版本面世。目前已出版的《續修提要》版本，多有缺陷，編纂過程中的人與事，多無人知。本文即針對編纂過程，以及目前出版的版本，做一釐清和整理，並針對負責此事的日本學者橋川時雄，以及撰寫提要最多的中國學者張壽林，他們參與的狀況，進行討論。

關鍵字：四庫學、續修四庫全書總目提要、東方文化事業總委員會、橋川時雄、張壽林

　　《續修四庫全書總目提要》的編纂，是二十世紀以來，中日學者間最大規模的古籍文獻整理工作；是清初《四庫全書總目提要》出版以後，對於中華的古籍文獻，重新再做了一次的整理。當時由於日本侵華，以及太平洋戰爭的關係，造成「提要」稿件編纂完成後，還未正式付梓出版，便移交給國民政府。此後，又經國共內戰，造成這批「提要」稿件，一直未能以最好的版本面世。目前已出版的版本多有缺陷，十分可惜。加上抗戰勝利後，參與編纂者多避談此事；國共戰爭後，編纂紀錄散佚多方；今日參與編纂的學人相繼辭世。對於編纂的過程記錄，以及稿件內容的正確性，則成為後人考據整理的一項重要工作。本文茲就「續修四庫全書總目提要」的編纂過程，以及目前出版的版本，做一釐清和整理，並針對負責此事的日本學者橋川時雄，以及撰寫提要最多的中國學者張壽林，他們參與的狀況，進行討論。

一　東方文化事業總委員會的成立背景

　　清末由於義和團事件，造成庚子拳亂，清政府被迫與列強簽下「辛丑合約」，須賠償列強鉅額款項，賠款總計為四點五億兩白銀，史稱「庚子賠款」。這是列強在《辛丑條約》中所獲得的不當利益，因為金額太大，遭致國際社會的輿論壓力，為了緩和批判，列強分別同意緩付或歸還部分費用。

　　對於庚子賠款的處理，日本從一九二三年便制訂《對華文化事業特別法》，由日本外務省的「對華文化事業部」負責庚子賠款的退回。擬退回的款項，稱之為「對華文化事業費」。這筆款項，除了資助中國留學生前往日本留學外，也撥付作為日本對華教育文化事業之用。也就是東方文化事業總委員會成立的經費來源。

　　東方文化事業總委員會（以下簡稱「總委員會」）在一九二五年
（大正十四年，民國十四年）五月成立。由中日雙方，分別推派委員
參加。中方的委員有柯劭忞、江庸、湯中、鄧萃英等人；日方的委員
有服部宇之吉、狩野直喜、大河內正敏、瀨川淺之進等人。在成立當
時，便提出續修《四庫全書》的計畫。並計畫在北京建立人文科學研
究所和圖書館，購置收集清乾隆以後問世的學術著作，並開始著手編
纂收書目錄。[1]

　　一九二七年（昭和二年，民國十六年）十月二十八日，「總委員
會」成立第三次會議，制定了《北京研究所暫定章程》，開始「續修
《四庫全書》」的編纂工作。會址定於「東廠胡同一、二號。」

　　一九二八年（昭和三年）五月，中日發生了「濟南事件」（五三
慘案），日軍殺害中國外交官蔡公時及百姓六千餘人。在群情激憤
下，中方委員全體退出總委員會，總委員會的工作，一時停頓。

　　後來委員會改由日方獨立經營，此後相關中方撰稿人員，皆以個
人身份，加入委員會參與運作。

1　有關日本剝用庚子賠款，協助整理中國文獻，部分學者認為，日本提出編纂「續修
　　四庫」的想法，目的是為了掠奪中國古籍。其實，續修《四庫全書》的想法，自清
　　末民初以來，已經有多位學者先後提出呼籲，但工程太過龐大，當時中國內部處於
　　世亂，未能落實。王雲五先生在〈續修四庫全書提要序〉中便曾提到：「然實現是
　　舉者，既非清末皇室，亦非民初政府。前者積弱既深，救亡之不暇；後者軍閥互爭
　　不以，豈能顧及右文。他如個人與社團，更無此魄力。於是發動之者乃為日本之東
　　方文化事業委員會，而利用日本退還我國之庚子賠款為經費。該委員會從事此舉之
　　動機為何，吾人姑置勿論；惟至少有一點與永樂及乾隆纂修鉅籍時之事實相似，即
　　謀安撫我國文人是也。」從王雲五先生的說法中可知，在當時不論是清皇室或是
　　國民政府，都不具備推動「續修四庫全書提要」工程的條件。只有日本人挾著庚子
　　賠款的資金條件，以及安撫文人的用心底下，才有進行這項工作的能力。王雲五先
　　生的序文，請參見王雲五：〈序〉，《續修四庫全書提要》（臺北：臺灣商務印書館，
　　1972年），頁3。

二　續修四庫全書總目提要的編纂經過

　　有關總委員會開始進行「續修四庫全書總目提要」修纂工作的時間為何？普遍的說法都是在一九二八年之後開始。李慶在〈關於修撰《續修四庫全書總目提要稿》的人和事──以《橋川時雄的詩文和回憶》為中心〉一文中，引述《東方文化事業總委員會並北京人文科學研究所便覽》中的記載：

　　　　本所的《四庫全書提要》續修事業，從大正十四年五月開始。[2]

按照記載，李慶認為：

　　　　確立要編纂《續修提要》這一項目的時間而言，並非是1928年，而當在1925年。[3]

大正十四年，是一九二五年（民國十四年），比一九二八年（民國十七年）提早了三年。可見在一九二五年「總委員會」成立，提出要「續修《四庫全書》」計畫之時，就已經確定要進行編纂「續修四庫全書總目提要」（以下簡稱：「續修提要」）這項工作了。

　　為了要推進「續修提要」的編纂工作，在一九三一年（昭和六年，民國二十年），橋川時雄與江瀚、胡玉縉訪問日本，分別到京都和東京拜會狩野直喜和服部宇之吉，商議「續修提要」的編纂事宜。

2　轉引自：李慶：〈關於修撰《續修四庫全書總目提要稿》的人和事──以《橋川時雄的詩文和回憶》為中心〉，北京大學國際漢學家研究基地主編：《國際漢學研究通訊》第六期（北京：北京大學出版社，2013年1月），頁181。

3　李慶：〈關於修撰《續修四庫全書總目提要稿》的人和事──以《橋川時雄的詩文和回憶》為中心〉，《國際漢學研究通訊》第六期，頁181。

為此，回到北京後，橋川時雄還前往江蘇、浙江、安徽、湖北、湖南各地考察，尋訪大儒及相關的專家學者，以便徵求參與「續修提要」的編纂工作。此行的紀錄，發表在〈天津、濟南及長江地方學事視察報告書〉中。[4]

（一）編纂過程

一九二八年開始，總委員會開始進行擬定書目的工作，一直到一九三一年六月結束，初步擬定書目二萬七千餘種，後來又再有增補。從一九三一年開始，才開始進行提要的撰寫工作。[5]但相關工作的進行，進度一直未臻理想。

一九三二年（昭和七年，民國二十一年）橋川時雄接任「總委員會」署理，實際負責「總委員會」、北京人文科學研究所、圖書館工作的進行。他協助服部宇之吉、狩野直喜、瀨川淺之進等人，改革「總委員會」的制度與人事，繼續推動「續修提要」工作的進行。

一九三七年（昭和十二年，民國二十六年）中日戰爭爆發，一九三八（昭和十三年，民國二十七年），日本近衛內閣成立興亞院，北京人文科學研究所移由興亞院主管。

一九三八年底，已撰成「提要」二○三一九篇，原本預計一九四○年即可初步完成「續修提要」的撰寫工作。到了一九四二年底，統計後共完成提要三萬二千九百六十餘篇。但依照交稿紀錄來看，一九四五年七月，仍有作者還在提交稿件。[6]

4　參見：吳格：〈橋川時雄與《續修四庫全書總目提要》編纂〉，張伯偉主編：《域外漢籍研究集刊》第四輯（北京：中華書局，2008年5月），頁377-378。

5　羅琳：〈整理說明〉，《續修四庫全書總目提要·經部》（北京：中華書局，1993年7月），頁2。

6　羅琳：〈整理說明〉，《續修四庫全書總目提要·經部》，頁2。

一九四〇年時（昭和十五年，民國二十九年），橋川時雄在一月出版《東方文化事業總委員會及北京人文科學研究所便覽‧四庫全書提要續修》，並於同年制定「總委員會」《本會關於四庫全書提要續修完成期之計畫書》。

《計畫書》主要內容包含：一、總委員會之工作在中國學術、文化兩方面之影響與地位；二、對於續修事業之規模；三、有關完成「續修提要」編纂整理之計畫；四、續修事業之完成及印刷所需要之經費；五、「續修提要」之編纂者小傳及其擔任之工作。[7]

一九四一年（昭和十六年，民國三十年）太平洋戰爭爆發後，為了解決日本占領區版圖擴張，並化解軍部與內閣的對立，達到「政策一元化」的目的，在日相東條英機的提議下，一九四二年（昭和十七年，民國三十一年）設立大東亞省，北京人文科學研究所又改隸於大東亞省的管轄。

由於戰爭的擴大，提撥給北京人文科學研究所的經費，就少了許多。而原先安排支應「總委員會」的「對華文化事業費」，也被挪作他用。編纂「續修提要」的資金，一時困窘。後來由橋川時雄變賣研究所資產，並投入個人資金，同時在參與撰稿者的協助下，才完成「續修提要」的撰寫工作。在橋川時雄女婿今村與志雄的紀錄中提到：

> 「續修提要」的撰稿者都是相當傑出的目錄學家，幫忙編纂事業的每個人也因為知道缺乏資金，反而更加努力幫忙，橋川在晚年回想起時，相當的感動。[8]

7　參見：吳格：〈橋川時雄與《續修四庫全書總目提要》編纂〉，《域外漢籍研究集刊》第四輯，頁378。

8　今村與志雄著、林愷葳譯：〈橋川時雄（1894-1982）〉，《國際漢學論叢》第五輯（2016年1月），頁247。

傅增湘也提到：

> 近歲以來，續修四庫全書提要，汲汲以徵文考獻為務，交遊益
> 廣，聞見亦博，凡故都耆宿、新學英流，靡不傾身延接，氣誼
> 殷拳，而吾國人士亦多樂與定交，而爭為之盡力。[9]

可見橋川時雄在當時中國學人社群中的高人氣，以及中日兩國的學者，
對於中華傳統文化的保存，與學術研究的熱愛，有著一致的目標。

一九四五年（昭和二十年，民國三十四年）「續修提要」編纂完
成，橋川時雄急於出版，最終因轟炸時，出版用紙遭焚而未果。太平
洋戰爭結束後，由沈兼士先生擔任中國教育部代表，接收了「總委員
會」及北京人文科學研究所。其中包含「續修提要」的原稿（約三萬
五千篇），以及研究所圖書館藏書，一併接收。相關檔案中，亦有橋
川時雄紀錄「續修提要」編纂經過的紀錄及計畫說明等。相關史料文
獻，移交後暫存於中央研究院歷史語言研究所，一九四九年後，轉至
中國科學院典藏。

（二）參與人員

有關曾經參與「續修提要」編寫的工作人員，過去多以提要撰稿
者名單為依據。但李慶在〈關於修撰《續修四庫全書總目提要稿》的
人和事──以《橋川時雄的詩文和回憶》〉一文中，比對了中、日、
臺各方的名單，發現每份名單中，人員多少都有一點出入。

他綜合了：一、臺灣商務印書館版《續修四庫全書提要》王雲五
〈序〉中，依據橋川時雄所述，及其所列的名單；二、齊魯書社《續

9　傅增湘：〈序〉，橋川時雄著：《中國文化界人物總鑑》（北京：中華法令編印館，昭
　和十五年〔民國二十九年、1940年〕10月），頁1。

修四庫全書總目提要（稿本）》〈前言〉中，依照中國科學院所藏原稿所列的名單；三、橋川時雄女婿今村與志雄在〈《續修四庫全書提要》和影印本《文字同盟》第三卷〈解題〉補遺〉中，根據日本文部省檔案資料中的《計畫書》，所列出的參與編修者名單，考訂後認為：

> 綜上所述，根據中日雙方的紀錄，參與編纂《續修提要》的，共有95人。[10]

這九十五人的具體名單如下：

早期確定「續修提要」收書目錄的人員

中方人員：王式通、王照、王樹枏、江瀚、何振岱、劉培極、湯中、胡玉縉、胡敦復、楊策、鄭貞文、徐審義、賈恩紱、姜忠奎、梁鴻志、章華、戴錫章，共十七人。日方人員：安井小太郎、狩野直喜、內藤虎次郎，共三人。中日雙方名單，合計共二十人，其中：王世通、江瀚、胡玉縉、姜忠奎四人，也參與了後序「提要」的撰寫。

實際參與「提要」撰寫和編修的人員

中方人員：王式通、王孝魚、王重民、江瀚、向達、沈兆奎、吳廷燮、吳燕紹、吳承仕、何小葛、何登一、余紹宋、余寶齡、奉寬、尚秉和、周叔迦、柯紹忞、柯昌泗、柯昌濟、胡玉縉、茅乃文、高潤生、高觀如、班書閣、夏仁虎、夏孫桐、孫光沂、孫作雲、孫海波、孫雄、孫楷第、孫人和、孫曜、倫明、徐世章、商鴻逵、許道齡、鹿輝世、黃壽祺、張伯英、張海若、張壽林、陸會因、陳鎏、馮汝玠、

---

10 李慶：〈關於修撰《續修四庫全書總目提要稿》的人和事——以《橋川時雄的詩文和回憶》為中心〉，《國際漢學研究通訊》第六期，頁186。

馮承鈞、馮家昇、傅振倫、傅惜華、傅增湘、楊樹達、楊忠羲、葉啟勳、董康、趙萬里、趙錄綽、劉白村、劉思生、劉啟瑞、劉節、謝國楨、謝興堯、韓承鐸、瞿漢、瞿宣穎、譚其驤、羅振玉、羅福頤、羅繼祖、蕭璋、鐵錚，共七十一名學者。日方紀錄：邢端、徐鴻寶、李盛鐸、姜忠奎、吳豐培，邵瑞彭，共六人。是紀錄曾經參與，但未繳交，或未收錄到「續修提要」稿本中的。中日雙方名單，合計共七十七人，其中有四人也參與過目錄擬定。

負責主其事者

橋川時雄和服部宇之吉，這二位日方主其事的人，也應該計入人數當中。

依照李慶的比對與考訂，這九十五人，包含中國學者九十人，日本學者五人，就是實際參與「續修提要」編纂的人員。[11]他所考定的這份名單，也是目前唯一結合統計原稿、排印稿，以及中日臺雙方所提供的名單，所得到的資料，是可信度較高的文件。

（三）選錄圖書

有關「總委員會」成員，在擬定書目的過程當中，哪些書應收，哪些書不收的原則與方法，在王雲五先生所作〈續修四庫全書提要序〉中，可以得知「總委員會」對於選撰提要之圖書，訂有三項原則：

1　四庫全書編纂以前的書籍，而為四庫全書未收者。其中包含：佛教經典、道教書籍、明人著述、禁燬書、小說戲曲、有關技能與現實政治類的書籍。

11　參見：李慶：〈關於修撰《續修四庫全書總目提要稿》的人和事——以《橋川時雄的詩文和回憶》為中心〉，《國際漢學研究通訊》第六期，頁187。

2　四庫全書編纂以後的書籍。其中包含：（1）纂修四庫全書時，生
　　存之人著作概不收入，續修提要收錄時，生存之人著作盡量收
　　入。（2）纂修四庫全書時，原已印成未及發現之書籍。（3）纂修
　　四庫全書以後，迄於民國新撰之書籍。（4）後出之方志，為數頗
　　多，皆盡量撰著提要。

3　雖有四庫全書原收之書，但以後發見更好、更完整版本時，續修
　　提要皆就原有提要改作。[12]

在此原則之下，有關「總委員會」所據以撰寫提要的圖書，包含以下
幾種：

1　該會自行訪購之圖書，自一九二五年至一九三四年間，該會購書
　　費用為四十萬銀元。此批圖書當時存放在東方文化學院，後來在
　　一二八戰役中，全數遭到火焚。目前僅存其目錄於日本京都大學
　　中。

2　北平圖書館藏書。

3　北平故宮藏書。

4　北平各公私立學校藏書及遼寧奉天圖書館藏書。

5　私家如北平傅增湘、天津李盛鐸、長沙葉德輝、大連羅振玉、上
　　海劉氏嘉業堂、及常熟瞿氏鐵琴同劍樓等之藏書。

6　日韓兩國藏書，如日本內閣文庫，及朝鮮李王奎章閣所藏書。

7　英法各著名博物館及圖書館藏書，特指有關敦煌或流傳海外之其
　　他珍本，係由該會委託留居英法之中國學者就近撰寫提要。[13]

12　王雲五：〈序〉，《續修四庫全書提要》，頁4-5。
13　王雲五：〈序〉《續修四庫全書提要》，頁6。

從王雲五先生的紀錄來說，與其他各版本的文獻一致。這是「總委員會」採集書目的大方向。

但是在實際的操作上，落實的情況如何？吳格從日本東洋文庫所藏的「續修提要」的「書目紀錄」（殘本）中，考訂出，實際在編制書目記錄，以及交付各撰稿人實際撰寫的過程中。會針對各種實際狀況，調整編輯體例的情形，他總結有：一、相關著述提要分併例；二、覆核版本以定去取例；三、《四庫提要》已收而取消例；四、《四庫提要》已收仍著錄例；五、相同著述提要互相避讓例；六、已初步約稿而退還取消例；七、已收成稿通知撰者止撰例；八、生存人著述不予著錄例。[14]這八條實際的狀況，是吳格從日本東洋文庫所藏「『續修提要』的『書目記錄』（殘卷）」中所考訂出來的。

這份「書目記錄」，只紀錄了三十六位撰稿人及其所擬撰稿之基本書目一萬九千多種，只占稿本一半的數量，另外一半的「書目記錄」，目前尚缺。但有關「續修提要」的「書目記錄」這類型文獻，在大陸部分圖書館中，也有收藏，例如：遼寧省圖書館、博物館等。隨著相關文獻史料的不斷發現，可以逐步考察出「續修提要」在編纂過程中的細節。

（四）文獻紀綠

有關「續修提要」的編纂，是二十世紀中日兩國學者共同合作的大型文獻整理工程。紀錄其編纂過程的相關資料，由於戰亂的影響，多半散佚，甚者無存。目前所能考見者，除了各公藏機構的文獻之外，端賴主事者橋川時雄在當時所做的編輯紀錄，以及後來所做的「口述歷史」文獻。

---

14 吳格：〈日本東洋文庫藏「《續修四庫全書總目提要》編纂資料」〉，《域外漢籍研究集刊》第三輯（北京：中華書局，2007年5月），頁398-402。

　　橋川時雄當時所做的編輯紀錄，在日本戰敗後，便移交給國民政府，並典藏於北京人文科學研究所內，隨後中國陷入國共內戰，無暇顧及此批文獻；而橋川時雄，也未再來華。因此，當時他所留下的編纂資料，在大時代的背景下，能夠留存庋藏於中國科學院圖書館者，十分有限。

　　此外，當時參與「續修提要」編纂的人員，多半為親日文人，在日本戰敗後，往往避談其事。因此，橋川時雄後來的口述記錄，便成為相當重要的資料。有關橋川時雄與「續修提要」的編纂紀錄，目前可以考見的資料有：

1　橋川時雄：《天津、濟南及長江地方學事視察報告書》，日本外務省對華文化事業部，1931年出版。後收入：橋川時雄：《民國時期の學術界》，高田時雄主編「映日叢書，第三種」，京都：臨川書店，2016年出版。

2　橋川時雄：《東方文化事業總委員會並北平人文科學研究所的概況》，北平人文科學研究所，1935年出版。

3　橋川時雄：《中國文化界人物總鑑》，北平中華法令編印館，1940年出版。

4　橋川時雄主編：《文字同盟》三卷，東京都：汲古書院，1991年景印出版。

5　今村與志雄主編：《橋川時雄の詩文と追憶》，東京都：汲古書院，2006年出版。

6　橋川時雄：《民國時期の學術界》，收入高田時雄主編「映日叢書，第三種」，京都：臨川書店，2016年出版。本書收錄的文章有：
天津、濟南及長江地方學事視察報告書
『書香』への寄稿

　　　　北京の著作界

　　　　支那文學愛好者の必讀書

　　　　北京の出版界

　　　　北京著述界の近況

　　　　北平書訊

　　北京史蹟雜話

　　支那學界の趨勢と北平文化の崩壞

　　北京文化の再建設

　　日支文化工作の觀點

　　北京文學界の現狀

　　北京の學藝界

　　江叔海學行記

　　章太炎謁見紀語

　　京山李維楨傳考

　　雜抄二則

　　支那典籍から見た朝鮮典籍

　　南社と汪兆銘

　　昭和九（民國二十三）年度支那文化大事記

　　昭和十（民國二十四）年一月至八月支那學界大事記

　　編集後記

單篇論文有：

1　橋川時雄：〈宦官備忘錄〉《文藝春秋》37卷12號（1959年12月）

2　池島信平主持，三田村泰助、橋川時雄與談：〈宦官座談會紀
　　錄〉，收入池島信平主編：《歷史雜談・東洋篇》（東京：文藝春

秋株式會社，1966年）

3　橋川時雄、小野忍、目加田誠：〈學問の思い出——橋川時雄先
　　生を圍んで〉，《東方學》35輯（1968年1月）

4　橋川時雄口述，阿部洋紀錄：《中日文化摩擦——橋川時雄氏訪
　　問紀錄：東方文化事業總委員會／北京人文科學研究所》（東
　　京：東京大學教養學部國際關係研究室，1981年）

5　今村與志雄編：〈續修四庫全書提要和影印本文字同盟「解題」
　　補遺〉《汲古》23號（1993年7月）

6　今村與志雄編：〈橋川時雄年譜〉，收入今村與志雄主編：《橋川
　　時雄の詩文と追憶》（東京：汲古書院，2006年）

7　今村與志雄編：〈橋川時雄著訳年表〉，收入橋川時雄主編：《文
　　字同盟》第三冊（東京：汲古書院，1991年景印本）

除此之外，陸續亦有相關的史料發見，重要的有：

　　一、中國國家圖書館於二〇〇五年，從民間採訪入藏的「橋川時
雄友朋札函百件」。這批信札，紀錄了橋川時雄在編纂「續修提要」
期間，與中日學者往來的信札。包含有：信函、收據、便箋、書單等
等。信函內容多關於「續修提要」選目、交稿、編纂進度、交往情形
等事宜。

　　二、日本東洋文庫於二〇〇五年入藏的「續修提要」編纂資料，
共六函八十八冊。這批資料分為兩部分，一是三函四十八冊的「研究
所」資料；一是三函四十冊的「書目」資料。係為北京人文科學研究
所在編纂「續修提要」所遺存的「交稿記錄」與「書目紀錄」。這兩
種資料，分別以人立冊，每人獨立一冊或兩冊，雖非全秩，但可據此
考見許多編纂過程中的線索。吳格提到：

鑒於《續修提要》編纂史研究尚屬起步，有關檔案及資料尚未公開或已流失，《編纂資料》之發現與利用，對於瞭解《續修提要》編輯原委及相關人事，具有重要參考作用。[15]

「交稿紀錄」（「研究所」資料），即撰稿者繳交提要給研究院的時間與篇目紀錄。「書目紀錄」（「書目」資料），即撰稿者與研究院商定的提要撰寫書目。著錄「續修提要」篇目一萬三千餘種，書目一萬九千餘種。[16]

三　續修四庫全書總目提要的版本與出版狀況

橋川時雄在編輯「續修提要」時，每完成一部分，就會用活字印刷成三份副本，將副本轉送至日本外務省對華文化事業部，其中兩份副本，由對華文化事業部轉送至服部宇之吉、狩野直喜手上。因此，在橋川時雄完成「續修提要」的編纂後，「續修提要」的稿件，就分成二種版本：一、橋川時雄與提要撰稿者所抄寫的原稿稿本（以下簡稱「抄寫本」）；二、活字印刷排版後轉送日本外務省對華文化事業部的副本（以下簡稱「排印本」）。

（一）抄寫本

一九四六年，沈兼士代表國民政府教育部所接收的抄寫本「續修提要」，原藏於北京人文科學研究所，由中央研究院歷史語言研究所

---

15 吳格：〈日本東洋文庫藏「《續修四庫全書總目提要》編纂資料」〉，《域外漢籍研究集刊》第三輯，頁373。

16 參見：吳格：〈橋川時雄與《續修四庫全書總目提要》編纂〉，《域外漢籍研究集刊》第四輯，頁383-384。

管轄，一九四九年後轉藏於中國科學院圖書館。抄寫本，收錄每位撰寫者所撰提要原稿，共計三萬四千餘篇，是「稿本」中所收「提要」最全的一個版本。

1　齊魯書社版《續修四庫全書總目提要（稿本）》

一九九八年，由中國科學院圖書館整理，齊魯書社出版，《續修四庫全書總目提要（稿本）》，共三十八冊，是首次完整公開的全部稿本。

該版本的特色是：一、收錄完整的「提要」稿本，篇數最全。二、依照撰稿人次序編排，同一位撰稿人所撰「提要」集中。三、保留撰稿者墨跡手稿，無標點、整理。四、手稿內容，保留作者手跡，及塗改痕跡。五、為後來研究者提供了基礎文獻。

由於原稿未做分類，因此齊魯書社出版前，增加一冊「索引」，依據北京人文科學研究所的圖書分類表，略作整理，將「提要」依照分類、書名、作者進行索引編目，以利檢索。由於手稿字跡難辨，閱讀困難，使用不便，是其缺點。

但這也是其價值：首先，保留了當年撰稿者撰稿提要的一手文獻，可從其中考見撰稿者的思路和撰稿修改痕跡；此外，眉批斟酌之處，亦可作為進一步思想進一步探究的依據；其三，名家墨跡手札，在此稿中，有了完整的保存，可供後人欣賞。

2　天津古籍出版社版《續修四庫全書總目提要〔分類本〕》

二〇一九年，天津古籍出版社，出版了羅琳主編《續修四庫全書總目提要〔分類本〕》，全套六十冊，正文五十九冊，索引一冊。以中國科學院所藏稿本為底本，依據：經、史、子、集、叢方式排序出版。

此版本的特色如下：一、保留了原稿中的眉批、浮簽等正文之外的相關資料。將齊魯書社版「續修提要」中撰稿者在撰稿過程中，修

改的墨跡資料，保留下來，以便讀者考訂撰稿者撰寫提要時的思路。
二、糾正原稿中的錯裝、倒頁的部分，使之便於閱讀。三、有關本書
的索引部分，仍然保留分類目錄、書名、作者索引。分類目錄方面，
則採經、史、子、集、叢書、方志六部分類法分類。

　　此版本，與齊魯書社《續修四庫全書總目提要（稿本）》是據同
一份底稿景印，但重新分類排序整理，並糾正部份錯裝倒頁部分。整
體而言，與齊魯書社版，並無太大的差別。

（二）排印本

　　排印本，是橋川時雄在「續修提要」撰稿過程中，按期將每位撰
稿者的稿件，以鉛字排版油印後，送回日本外務省對華文化事業部保
存的副本。

　　排印本，從一九三五年開始寄送，後來因為經費問題而中斷。全
部只寄了一萬〇七十種，只占全部提要稿的三分之一。[17]停止寄送的
原因，筆者認為，應該是在一九三八年，總委員會業務移由興亞院主
管後，一方面非外務省主管工作，另方面經費受到限制，在經費短絀
的情況下，甚至由橋川時雄自行補貼編纂所需經費，因此已經無法再
鉛字排印，寄送副本了。

　　當時送的排印本，分為「刻印稿」一份，「打印稿」四份。刻印
稿、打印稿均留存一份在中國科學院圖書館。其他三份打印稿，全部
寄至外務省，由外務省保留一份，另外兩份，分別轉交狩野直喜、服

---

17 有關橋川時雄當時排印後，寄送回日本外務省對華文化事業部備存的數量，從王雲
　五《續修四庫全書提要》〈序文〉中所提為一萬零零七十部；於羅琳《續修四庫全
　書總目提要・經部》〈整理說明〉中所提為一萬零八十餘種；於羅琳《續修四庫全
　書總目提要（稿本）》〈前言〉中所提亦為一萬零八十餘種。何者為是？有待實際考
　訂，今僅作註腳備查。

部宇之吉。[18]目前這三份副本，一份保留在日本外務省，一份典藏於日本京都大學人文科學研究所（原日本東方文化學院京都研究所），一份典藏於日本東方文化學院（原日本東方文化學院東京研究所）。[19]依照此排印本出版的版本有兩種：

1　臺灣商務版《續修四庫全書提要》

　　一九七二年，由臺灣商務印書館出版《續修四庫全書提要》（以下簡稱「商務版《續修提要》」）十二冊附索引一冊。此版本是由臺灣政治大學王夢鷗教授牽線，安排時任京都大學人文科學研究所教授平岡武夫與王雲五商談後，依照日本京都大學人文科學研究所藏的排印本，重新董理，鉛字排版出版。對於董理的過程，王雲五提到：

> 首先發見不能逕照原稿印行，蓋原稿係按成稿之年份排比，每年成稿，再按四部分類，故非將各年成稿彙總重編不可。在從事於彙總重編之時，又發見油印文字，尚有模糊不清者，於是不得不委託專家詳為校正。[20]

可知，「商務版《續修提要》」是將原稿重新打散，分類整理後才出版。此外，對於原稿模糊不清者，則委由專家校正。因此，對於「商

18　參見：今村與志雄著，林愷蔵譯：〈橋川時雄（1894-1982）〉，《國際漢學論叢》第五輯，頁248。

19　參見：吳格：〈橋川時雄與《續修四庫全書總目提要》編纂〉，《域外漢籍研究集刊》第四輯，頁382。有關日本東方文化學院京都研究所，以及日本東方文化學院東京研究所在中國古籍典藏的相關歷程與流變，可參見：蘇枕書：〈近代中日兩國漢籍複製交流史（1928-1937）〉，《歲華一枝：京都讀書散記》（北京：中華書局，2019年8月）。

20　王雲五：〈序〉，《續修四庫全書提要》，頁12。

務版《續修提要》」是已經經過董理後的版本。此外，在排印方式上，王雲五提到：

> 然以油印本行格太疏，每面僅容二百餘字，且全稿或打字，或抄寫，體例不一。如照原式景印不僅有欠整齊，且多至四萬面，成本重且售價昂：不得已改為鉛字排版，約得八千面，分訂十二冊，較之原式景印，須訂為六十冊者，方便多矣。[21]

「商務版《續修提要》」是依據排印本，再重新經過整理、鉛字排印的版本。無論校對再如何精審，句讀整理上總有粗疏之處。加上所採用的底本，並非全本，再次重新排印、圈點過程較為倉促，亦無參酌「抄寫本」校對，疏漏難免。錯字、錯簡、句讀、分類等，頗多錯誤，對於「商務版《續修提要》」的學術價值，就大為降低。惟在出版當時，已經專家整理，仍具參考價值；此外，佔得機先，使學界及早一睹清末民初以來，中日學者共同參與之大規模文獻整理的工作。

2　北京中華書局版《續修四庫全書提要‧經部》

　　一九九二年，由中國科學院圖書館整理，點校了「排印本」的「經部」、「史部」、部分「集部」。北京中華書局在一九九三年出版《續修四庫全書提要‧經部》二冊。

　　有關此版本的出版，是以中國科學院圖書館所藏的「排印本」作為底本，進行整理，收錄「續修提要（經部）」四千四百篇。由於底本與「商務版《續修提要》」的底本相同，亦非全本，後來在「經

21　王雲五：〈序〉，《續修四庫全書提要》，頁12。

部」出版後，便無再出版，並暫停了相關工作。[22]

（三）整理本

由於底本的關係，在二〇〇二年以前，所出版的「續修提要」都有存在著缺陷。依照「抄寫本」刊印者，不便於使用；「排印本」整理者，內容不全。這些都是「續修提要」在學術研究上的重大遺憾。

國家圖書館出版社、北京中華書局版《續修四庫全書總目提要》

在二〇〇二年，吳格先生獲得大陸教育部人文社會科學研究「十五」規劃項目的支持，承擔「續修提要」整理的工作。費時十年，據悉已經完成大部分「續修提要」的整理，並進入校核審稿階段。計畫於二〇一〇年起，陸續將已完成整理的「續修提要」，交由國家圖書館出版社、北京中華書局，分部逐年出版。

由吳格主編的「續修提要」，可以說是「新整理本『續修提要』」。是學術界總合原有「續修提要」出版的缺憾，並彙整各版本優點，重新整理點校後，所出版的最佳的版本。

此版本在編纂的作法上，依照齊魯書社的景印稿本為依據，並佐以臺灣商務印書館（1972）、北京中華書局（1993）的排印本參考校對。若有歧出之處，輒另加以「校記」說明。兼收「續修提要」原稿本、排印本中的提要，總計三萬四千餘篇，分叢書部、方志部、經部陸續出版，還在進行最後整理的有史、子、集部。但截至目前為止，市面上僅見到由國家圖書館出版社，出版吳格、眭駿的《續修四庫全書總目提要・叢書部》，其他各部尚未看見。

---

22 參見：羅琳：〈前言〉，《續修四庫全書總目提要（稿本）》（濟南：齊魯書社，1998年），第一冊，頁11。

　　依照出版說明的規劃，此版本的特色為：一、以全本的抄寫本為底本，解決了排印本的殘本問題。二、重新打字整理，並加以新式標點符號，方便閱讀理解。三、參校臺灣商務本與北京中華本，針對改動增減處做「校記」說明，考訂精審詳實。四、針對「續修提要」稿件，重新編排。按：經、史、子、集、方志、叢書六部，分類綱舉目張。五、針對「續修提要」重新編次目錄、書名、作者索引，便於查找。[23]

　　以目前的版本來說，此版本的規劃，若能夠全套出版，對目前出版的《續修四庫全書總目提要》來說，可稱為最佳之版本。

四　關於橋川時雄的參與

　　橋川時雄（1894-1982），字子雍，號醉軒。一八九四年（明治二十七年，光緒二十年）生，福井縣足羽郡酒生村人。一九一三年（大正二年，民國二年）畢業於福井師範學校，一九一四年（大正三年，民國三年）由福井師範學校校長本多忠綱推薦，師從日本漢學家勝屋馬三男（字子駿，號明賓）學習漢學。

　　一九一八年（大正七年，民國七年）前往中國大連，投奔父親好友，也是《泰東日報》社長、「振東學社」主持、大陸青年團發起人的金子雪齋。在金子雪齋的引薦下，前往北京拜會《順天時報》社長渡邊哲信。透過渡邊哲信的安排，擔任共同通信社翻譯記者，並在日本華語同學會（大日本支那語同學會）學習中文。後來在福井同鄉的土屋禎二的介紹下，到大和俱樂部擔任書記，並潛心研究陶淵明，尤

---

23 吳格、眭駿：〈整理前言〉，《續修四庫全書總目提要・叢書部》（北京：國家圖書館出版社，2010年），頁4。

其重視《陶淵明集》的目錄學研究。是中日兩國間，較早重視陶淵明研究的漢學者。

　　一九二二年（大正十一年，民國十一年），在土屋禎二的介紹下，進入邦文日刊社的《新支那》任職。同年進入《順天日報》社擔任「學藝」部門的記者。《順天時報》社是由日本外交部駐外機關所資助的單位，橋川時雄藉由工作之便，進一步擴展與中國學人的交流，並翻譯梁啟超的《清代學術概論》、胡適的《晚近的支那文學》[24]。

　　一九二七年（昭和二年，民國二十六年）橋川時雄離開了《順天時報》社，自己創立「文字同盟社」，社址位於：北京西城西長安街二十一號，並出版《文字同盟》月刊。

　　《文字同盟》月刊於一九二七年四月創刊號出刊，一九三一年八月停刊，共出刊三十七期。其中，總十八～二十期、二四～二五期、三三～三四期、三五～三七期為合刊出版，所以共計出刊三十一冊。該刊的創刊宗旨為：

> 以中日兩國士大夫握手交歡乎學問吟咏之間，闡揚同文之大誼，其定交之堅，比之攻守同盟，有過之無不及也。此吾曹所以有文字同盟社之發起而每月刊此文字同盟雜誌之大旨趣、真面目也。[25]

可知當時橋川時雄創立「文字同盟社」的主要目的，是進行中日兩國知識份子之間，學問上的交流，並締結深刻的友誼為主。出版《文字

24　原名《五十年來的中國文學》。

25　橋川時雄：〈宣言〉，《文字同盟》創刊號（1927年4月），卷首。轉引自：石祥：〈學問吟咏之間——《文字同盟》與中日學術交流（1927-1931）〉，《山東社會科學》2011年5期（總189期），頁109。

同盟》月刊的目的，橋川在《文字同盟》創刊號中提到：

> 以此雜誌而成為兩國士大夫詩文應酬之俱樂部，為往代鴻儒遺
> 文之紹介者，為現在學藝兩界之新聞報，為學中日話文者之參
> 考書，則吾曹之寸願豈不已酬乎？[26]

可知該刊的目的，一方面作為兩國讀書人詩文應酬的園地、刊登歷代
鴻文研究的論學文章，報導學術界、藝文界的新訊息，作為學習中日
兩國語文者的參考書。在《文字同盟》上所刊載的文章內容，包含：
金石、考古、藝術，中國文學史研究，版本目錄學，經學、小學、子
學，歷史，稀見古籍，詩文集、雜著，期刊報導，日本與歐美的學術
報導等相關文章[27]。作者群體，主要以中國學者為主，多為北平學術
文化界與日本相交好的學術名流為主，多半都參與過中日雙方的合
作。且普遍以研究國學、文化思想上比較保守的舊派文人、晚清遺老
文人為主。較為年輕的學者則是以樸學研究的學者為主。[28]

　　橋川時雄透過《文字同盟》的途徑，以溝通中日學人文化交流為
己任，使得他在中國學界，有很高的聲譽。藏園老人傅增湘在《中國
文化界人物總鑑》〈序〉中，提到：

---

26 橋川時雄：〈宣言〉，《文字同盟》創刊號（1927年4月），頁4。轉引自：石祥：〈學
　　問吟詠之間——《文字同盟》與中日學術交流（1927-1931）〉，《山東社會科學》
　　2011年5期（總189期），頁110。

27 參見：石祥：〈學問吟詠之間——《文字同盟》與中日學術交流（1927-1931）〉，
　　《山東社會科學》2011年5期（總189期），頁113。

28 依照石祥統計，如不計詩作者，《文字同盟》作者大約百人，中國學者佔九成。參
　　見：石祥：〈學問吟詠之間——《文字同盟》與中日學術交流（1927-1931）〉，《山
　　東社會科學》2011年5期（總189期），頁111。

> 子雍橋川君自東瀛來，久居燕京，相知十餘年矣，肆以從事東
> 方文化總會，與余過從尤數。其為學也勤，其治事也勇，其接
> 人也和以摯，概智力強果而才識開敏之士也。[29]

可見中國學者對他有很高的評價。這對於他在日後進入「總委員會」
擔任署理，總覽「續修提要」工作的任務，起了很大的幫助。

　　一九二八年（昭和三年），橋川時雄在瀨川淺之進與柯劭忞的協
助下，進入位於北京東廠胡同一號、二號的「總委員會」任職。一九
三二年（昭和七年），擔任「總委員會」總務委員，負責業務推動。
由於一九三七年（昭和十二年）中日戰爭爆發，加上一九四一年（昭
和十六年）太平洋戰爭爆發，原先預定支付委員會業務推動的資金不
足。為了順利完成「續修提要」的編纂，橋川時雄將自己的纂積多年
的薪資投入進去，以維持經營。在今村與志雄的紀錄中提到：

> 橋川為了要籌到編纂《續修四庫全書總目提要》的資金，把研
> 究所內的日常用具變賣，還把自己一部分的藏書售出，連新民
> 學院教授的薪資都投入進去，才得以完成。[30]

由此可見，橋川時雄對於「續修提要」的編纂，可以說是作為個人畢
生的志業在進行。一九四六年（昭和二十一年），橋川時雄返回日本
後，陸續在京都女子大學、大阪市立大學、東京二松學舍擔任教席。
　　一九八二年（昭和五十七年）因病辭世。其畢生的遺憾，便是未

---

29 傅增湘：〈序〉，《中國文化界人物總鑑》，（橋川時雄著，北京：中華法令編印館，
　　昭和十五年〔民國二十九年、1940年〕10月），頁1。
30 今村與志雄著，林愷葳譯〈橋川時雄（1894-1982）〉，《國際漢學論叢》第五輯
　　（2016年1月），頁247。

再見到他花了畢生心血投入的「續修提要」原稿。而這種未竟之功的遺憾，也是當時日本來華參與「續修提要」編纂的漢學家，共同的遺憾。[31]

五　關於張壽林的參與

有關張壽林在「續修提要」工作上的參與資料，相當罕見，泰半只能從與橋川時雄相關的文獻資料中，考見一二。但其文獻，除分散各處之外，信息亦十分破碎，難以考見全豹，有待新出土的文獻資料產生。本文撰稿時，礙於時空環境限制，僅能就現有文獻，進行敘述。

有關張壽林加入「總委員會」擔任研究員參與「續修提要」撰寫工作的時間。從王雲五在〈續修四庫全書提要序〉中的一段紀錄可以考見：

> 東方文化事業委員會成立於一九二五年，即民國十四年。創設伊始，即決定續修四庫全書之工作，然觀其初期所聘我國人士為研究員者，僅限於前清遺老，其初意固不難推測。及至一九三四年，即民國二十三年，改由橋川時雄氏主持，對人事方面，積極調整，增聘當時在平津一代的若干學者為研究員，同時並與住在華中華南以及海外若干學者取得聯繫。除專任研究員多為各類圖書提要的主編或整理人外，至各書提要的撰稿

---

31 服部宇之吉於一九三九年（昭和十四年）過世，橋川時雄返回日本後，曾探訪其妻子服部繁子，安慰其妻時，曾說：「服部宇之吉在北京未完成的事業，也都由中國學者來完成了。」此語見於一九四七年（昭和二十二年）八月二十六日橋川時雄的文章，轉錄自：今村與志雄著，林愷葳譯：〈橋川時雄（1894-1982）〉，《國際漢學論叢》第五輯（2016年1月），頁248。由此可見當時來華的日本學者，其畢生的志業早已投入在華的文化事業工作。

人，則按撰稿之篇數或字數送酬。[32]

此外，羅琳在《續修四庫全書總目提要（稿本）》的〈前言〉中也提到：

> 一九三一年七月開始撰寫提要時，只有柯劭忞、江瀚、胡玉縉、
> 王式通以及另外增聘的倫明、楊忠義等六人。一九三三年底至
> 一九三四年初，又增聘了孫人和等三十多人撰寫提要。一九三
> 八年春再增聘了二十多名較年輕的學者參加了撰寫工作。[33]

從王雲五、羅琳的紀錄中，可知張壽林開始參與「續修提要」撰稿工作，並非在一九二五年「總委員會」甫成立之時。最早，應該是在橋川時雄主持「總委員會」之後的事情，時間大概是在一九三四年（民國二十三年）左右。

這個時間，從吳格翻閱日本東洋文庫藏「《續修四庫全書總目提要》編纂資料」中所遺存的「書目記錄」與「交稿紀錄」可以得到驗證。吳格先生對「交稿紀錄」第二函第十四冊（張壽林冊）的描述如下：

> 書根及書背以黑色鉛字鈐印「張壽林」題名。封底白紙籤題編
> 號：22。著錄：《廣德州志》起，至《靈寶玉鑑目錄》只，凡
> 五百八十餘種。收稿日期：自民國二十三年十一月至二十六年
> 八月。[34]

---

32 王雲五：〈序〉，《續修四庫全書提要》（臺北：臺灣商務印書館，1972年），頁3。

33 羅琳：〈前言〉，《續修四庫全書總目提要（稿本）》，第一冊，頁11。

34 吳格：〈日本東洋文庫藏「《續修四庫全書總目提要》編纂資料」〉，《域外漢籍研究集刊》第三輯，頁382。

及對「書目記錄」第二函第九冊（張壽林冊）的描述：

> 著錄：《赤山湖志》起，《柏巖感舊詩話》止，約六百二十種
> （末有鉛筆記缺數：380）[35]

吳先生的紀錄，未說明「書目記錄」的時間，但應該早於「交稿紀錄」之前。交稿紀錄上註明：「收稿日期：自民國二十三年十一月至二十六年八月」，這與王雲五的紀錄相符合。由此可知，張壽林是在一九三四年由橋川時雄引入「總委員會」擔任研究員，參與「續修提要」編纂工作。

張壽林與橋川時雄的關係，目前並未見到書信、文件的紀錄。但在今村與志雄所著的〈橋川時雄（1894-1982）〉一文中，提到一九四〇年時，橋川時雄曾與張壽林、謝國楨、班書閣、孫海波等四人，到韓國首爾調查朝鮮李王奎章閣所藏的漢籍。[36]可見，張壽林對於域外漢籍，應有一定程度的瞭解，同時也是橋川時雄所重視的學者，不然不會帶他到朝鮮考察。此外，從吳格對張壽林在「交稿紀錄」按語中說道：

> 檢《續修提要》原稿，張壽林所撰提要存一千六百五十八篇，
> 較此增經部各類，史部傳記、地理，子部儒家、雜家、道家、
> 類書，集部清別集、小說、詩評等類著述，為《續修提要》撰

---

35 吳格：〈日本東洋文庫藏「《續修四庫全書總目提要》編纂資料」〉，《域外漢籍研究集刊》第三輯，頁395。

36 參見：今村與志雄著，林愷葳譯〈橋川時雄（1894-1982）〉，《國際漢學論叢》第五輯，頁247。

稿最多者之一。[37]

可見張壽林對橋川時雄工作的支持。若加上其妻陸會因所撰稿的提要一百六十八篇來算，[38]張壽林夫婦可以說是橋川時雄在主持「續修提要」編纂工作上，最大的支持者。

此外，李慶在考定「續修提要」撰寫稿酬的問題上，也發現依照橋川時雄回覆給日本外務省的報告書中，提到撰寫每篇「續修提要」的稿酬是十五圓。但實際上，隨著經費來源的不同，稿酬支付的狀況，也有所不同。

早期參與者，如柯劭忞、胡玉縉、江瀚等人，每個月可以支領月薪一百圓，每篇提要外加稿費三十圓。金額高到胡玉縉心有不安，甚至提出取消月薪，單純將稿費與稿件掛鉤，採「按件計酬」的方式進行。[39]

從橋川時雄接手工作後，費用降低為：最低二圓五角，最高三十圓。與早期相比，費用降低很多。但依照當時的薪資水平，打雜工一個月的薪水，是九～二十五元，一篇「續修提要」的稿酬，等同於一個工人一個月的薪水，還是相當高的。[40]如果單從稿費的角度來看，或許也是張壽林夫婦，大量參與「續修提要」撰寫的可能原因之一。

---

37 吳格：〈日本東洋文庫藏「《續修四庫全書總目提要》編纂資料」〉，《域外漢籍研究集刊》第三輯，頁382。

38 「格按：……《續修提要》載陸會因所撰提要一百六十八篇……」參見：吳格：〈日本東洋文庫藏「《續修四庫全書總目提要》編纂資料」〉，《域外漢籍研究集刊》第三輯，頁395，「第十冊　陸會因先生／書目」條。

39 李慶：〈關於修撰《續修四庫全書總目提要稿》的人和事——以《橋川時雄的詩文和回憶》為中心〉，《國際漢學研究通訊》第六期，頁187-188。

40 李慶：〈關於修撰《續修四庫全書總目提要稿》的人和事——以《橋川時雄的詩文和回憶》為中心〉，《國際漢學研究通訊》第六期，頁187-188。

六　結語

　　有關「續修提要」的編纂過程，由於大時代的變動，造成資料散逸，仍有許多有待考察地方。當時參與提要撰稿的中方學者，許多都是當代大儒，或是學有專精的文獻學家，或目錄、版本學家。所撰的提要，十分具有學術價值。本文從「續修提要」編纂單位的成立背景，以及發展歷程，進行梳理。並整理「續修提要」的編纂歷程、收書原則，以及整理出目前紀錄編纂歷程中的相關文獻資料，以備後來學者進一步查考。由於這批「續修提要」稿件的複雜因素，造成現在出版的「續修四庫全書總目提要」，雖有特色與價值，但都存在著缺憾，有待經過專家學者精審精校的「整理版」續修提要出版。編纂過程當中，扮演相當重要角色的橋川時雄與張壽林，是在大時代的洪流下，被學術界遺忘的學者，他們的生平和經歷，值得後進者進一步的探討與研究。

參考文獻

今村與志雄著、林愷葳譯：〈橋川時雄（1894-1982）〉，《國際漢學論
　　叢》第五輯，臺北：華藝數位有限公司，2016年1月。

王雲五：〈序〉《續修四庫全書提要》，臺北：臺灣商務印書館，1972年。

石　祥：〈學問吟詠之間──《文字同盟》與中日學術交流（1927-
　　1931）〉，《山東社會科學》2011年5期（總189期），頁109。

吳　格：〈日本東洋文庫藏「《續修四庫全書總目提要》編纂資料」〉，
　　《域外漢籍研究集刊》第三輯，張伯偉主編，北京：中華書
　　局，2007年5月。

＿＿＿＿：〈橋川時雄與《續修四庫全書總目提要》編纂〉，《域外漢籍
　　研究集刊》第四輯，張伯偉主編，北京：中華書局，2008年
　　5月。

吳　格、眭駿：〈整理前言〉，《續修四庫全書總目提要・叢書部》，北
　　京：國家圖書館出版社，2010年。

李　慶：〈關於修撰《續修四庫全書總目提要稿》的人和事──以
　　《橋川時雄的詩文和回憶》為中心〉，《國際漢學研究通訊》
　　第六期，北京：北京大學出版社，2013年1月。

傅增湘：〈序〉，《中國文化界人物總鑑》，橋川時雄著，北京：中華法
　　令編印館，1940年10月。

橋川時雄：〈宣言〉，《文字同盟》創刊號，1927年4月。

羅　琳：〈整理說明〉，《續修四庫全書總目提要・經部》，北京：中華
　　書局，1993年7月。

＿＿＿＿：〈前言〉，《續修四庫全書總目提要（稿本）》，濟南：齊魯書
　　社，1998年。

蘇枕書：〈近代中日兩國漢籍複製交流史（1928-1937）〉，《歲華一
　　枝：京都讀書散記》，北京：中華書局，2019年8月。

儲欣評點之意象批評研究
——以朱熹《論語集注》為例[*]

楊雅貴

臺灣師範大學國文學系博士候選人

摘要

本文嘗試探究儲欣評點朱熹《論語集注》之意象批評之創作觀、審美觀以及其特色與價值。主要透過文本細讀與歸納、分析、比較方式,進行考察。

研究發現,儲欣的意象批評,重視追想、省察以及「悟」的工夫,能融會《經》、《注》義理,並結合古文評點方式,以揭示出作文方法。就其意象批評的創作觀方面,儲欣能將意象批評與古文的字法、句法、章法等創作方法相結合;在意象批評的審美風貌方面,常見的意象批評風格有五:含蓄、幽遠、自然、真切、簡峭。其意象批評特色,在於能兼重義理精讀、作文要訣、審美風貌三者,可說是知感兼具。

關鍵詞:儲欣、評點、《論語集注》、意象批評

---

[*] 本文初稿宣讀於第十三屆辭章章法學暨文創設計學術研討會,感謝主持人沈惠如先生及與談人仇小屏先生、顏智英先生惠賜意見,提供論文在訂題、章節安排以及意象分析等之建議。感謝兩位匿名審查人針對例證解說、義理與意境關聯、風格論述等之補述建議。論文撰寫與修訂過程,謹承臺灣師大國文系王基倫教授給予古文與經學評點治學方法之提點,敬申謝忱。

一　前言

儲欣（1631-1706），字同人，宜興人，少孤，率兩弟讀書，嘗至夜分，博通經史，康熙二十八年庚午（1690），始領鄉薦，年已六十，一試禮闈不利，遂絕意仕進，杜門著書，栽培家族子弟，子執輩多以能文名於時。[1]《四庫全書總目提要》稱儲欣「以制藝名於時，而古文亦謹潔明暢，有唐宋家法」[2]，肯定其制藝、古文成就；《四庫全書存目》並收錄其相關著作，分別為《在陸草堂文集》，[3] 以及評點類之《唐宋十大家全集錄》[4]、《春秋指掌》。[5]

就儲欣評點書籍之性質來看，主要包括經義類與古文類兩者。

1　參見闕名撰：《嘉慶重修一統志》，《四部叢刊・續編・史部》，卷八十六至八十九，頁133。儲欣注重栽培家族子弟，儲欣有子執大文、在文、郁文、雄文，並以能文名於時，在文為康熙四十八年己丑（1709）進士，官編修，大文、郁文、雄文皆康熙六十年辛丑（1721）進士，大文官庶吉士。參見同書，頁133。

2　《四庫全書總目提要》稱儲欣古文風格「大致於蘇軾為近」。〔清〕永瑢、紀昀等撰：《四庫全書總目・別集類存目・在陸草堂文集》（臺北：臺灣商務印書館，1986年），頁4073。

3　〔清〕儲欣：《在陸草堂文集》六卷，《四庫全書存目叢書・集部》（濟南：齊魯書社，1997年，清雍正元年儲掌文刻本），第259冊。按：因《存目》版本為影刻本，部分文字之清晰度不佳，故本論文主要依據版本為哈佛燕京圖書館所藏之光緒十七年（1891）本祠藏板重刻本，而以《存目》版本為輔。

4　〔清〕儲欣：《唐宋十大家全集錄》五十二卷，《四庫全書存目叢書・集部》（清康熙刻本，濟南：齊魯書社，1997年），第404-405冊。按：因《存目》版本為影刻本，部分文字之清晰度不佳，故本論文主要依據版本為臺灣師大圖書館所藏之康熙四十四年（1705）居易堂刻本善本以及哈佛燕京圖書館所藏之康熙四十四年（1705）刻本，而以《存目》版本為輔，三版本皆為同版式，有利於互參校補之。

5　〔清〕儲欣、蔣景祁：《春秋指掌》三十卷，《四庫全書存目叢書・經部》（濟南：齊魯書社，1997年，清康熙天藜閣刻本），第136-137冊。按：因《存目》版本為影刻本，部分文字之清晰度不佳，故本論文主要依據版本為哈佛燕京圖書館所藏之清康熙二十七年（1688）天藜閣刻本，而以《存目》版本為輔。

　　古文類評點方面，儲欣著作甚豐，以《唐宋十大家全集錄》最具代表性。此書仿明・茅坤《唐宋八大家文鈔》之編纂與評點體例，另增入李翱、孫樵兩家，意在使學子在攻時文、取科第同時，亦能「成學治古文」，進而成為崇揚儒家道統、化成天下之士；[6]《四庫全書總目提要》稱此書「其持論仍不離乎經義之計」、「用意良美」、「睿鑒高深，物無遁狀，斯誠萬古之定論」[7]，給予極高評價，乾隆御選《唐宋文醇》即以此書為取材依據，並參酌採錄其評點文字。[8]從御選參採的角度來看，儲欣在古文選評的影響力，是從民間擴及官方，可說具有指標性、指導性地位。此外，儲欣尚有《唐宋八大家類選》及《古文選七種》等古文評點刻本行世。[9]

　　經義類評點，如《春秋指掌》一書，為儲欣與同邑蔣景祁（字京

6　〔清〕儲欣《唐宋十大家全集錄・總序》:「特是天下有攻時文，志在決科之人；亦有成學治古文之人；有攻時文、取科第，足了一生之世；有攻時文、取科第，而非成學治古文，亦無以自立之世。……今日聖天子在上，欽明文思，日月光華，自非成學治古文之士，雖取高第，官近臣，將何以備顧問、承明試稱，上崇儒重道，化成天下意哉！」參見〔清〕儲欣:《唐宋十大家全集錄・總序》（康熙四十四年（1705）居易堂刻本），頁2-3。

7　三引文皆見於〔清〕永瑢、紀昀等撰:《四庫全書總目・總集類存目・唐宋十大家全集錄》，頁4337。

8　清高宗〈序〉:「偶取儲欣所選十家之文，錄其言之尤雅者若干首，合而編之，以便觀覽。」參見〔清〕清高宗:《御選唐宋文醇》（武英殿清乾隆3年〔1738〕刊本年），頁5a。又清高宗《御選唐宋文醇・凡例》:「是編始雖取材於儲欣選本，復有欣本所遺，而不可不採者，亦並錄入，通計十之二。」〔清〕清高宗:《御選唐宋文醇》（武英殿清乾隆3年〔1738〕刊本年），頁5a。

9　《古文選七種》名稱，又名《古文選》、《古文七種》、《七種古文選》、《重訂七種古文選》等，指《左傳選》、《國語選》、《公羊傳選》、《穀梁傳選》、《戰國策》、《史記選》、《西漢文選》，而《唐宋八家類選》一種，有些版本將其作為以上七種古文選合刊之附冊，有些版本則併入七種選合刊（將《公羊傳選》、《穀梁傳選》合為一種）。關於《唐宋八大家類選》及《古文選》等版本的流傳與合勘情形，參見付琼:〈儲欣《唐宋八大家類選》〉，《清代唐宋八大家散文選本考錄》（北京:商務印書館，2016年），頁86-129。

少，1646-1699）[10]同撰，即屬「科舉之學」[11]，又有《詩經》手批本[12]與《儲批《四書集註》十九卷》[13]等傳世。

近年學界對儲欣評點之研究，已有《春秋指掌》或《唐宋八大家類選》、《唐宋十大家全集錄》、《詩經》手批本等，相較之下，對儲欣對朱熹《四書集注》之評點，則關注極少。

儲欣評點，可說與其長年參與舉業的讀書經驗以及教學經驗有著密切相關。明清科舉鄉試、會試以三場為定式，第一場專取四書及五經命題試士，體用排偶，謂之八股，通謂之制義，第二場試論一道、判五道及詔誥表內科一道，第三場試經史時務策五道。儲欣有《四書集注》、《春秋指掌》評點，以助學子準備鄉試、會試首場之制義，有《古文選》、《唐宋八大家類選》、《唐宋十大家全集錄》等古文評點選本，以助鄉會試二三場，那麼，儲欣在指導學子經義與古文時，其評點觀，有否異同呢？

就《四書》而言，明清科舉以朱熹《四書集注》為宗，舉業必由

---

10 蔣景祁生卒年，依據趙秀紅：〈清初詞人蔣景祁行年簡譜〉，《南洋師範學院學報（社會科學版）》第7卷第5期（2008年5月年），頁40、43。

11 〔清〕永瑢、紀昀等撰：《四庫全書總目‧春秋類存目‧春秋指掌》，頁630。

12 儲欣的《詩經》評點為手批本，現藏復旦大學圖書館，。此本以崇禎十四年毛氏汲古閣所刻《詩集傳》為底本，加朱筆手批圈點。筆者未能親見原書，本論文關於儲欣《詩經》評點之論述，皆轉引自張洪海：〈清代儲欣、姚鼐《詩經》評點二種述略〉，《文獻季刊》第3期（2011年7月年），頁99-104及張洪海：《《詩經》評點史》，第七章第一節一〈儲欣《詩經》評點〉（上海：上海社會科學院出版社，2018年），頁233-241。

13 筆者以國立臺灣大學圖書館典藏版本為參考依據。參見〔宋〕朱熹注，〔清〕儲欣批：《儲批《四書集註》十九卷》，清初光緒十七年臨桂毓蘭書屋謝氏家塾石印本。版式為雙欄，二十八公分（20.9X14.9），6冊（1函），索書號：(B) 1246 p.33 v.1~v.6。原書扉葉題右上題「儲同人先生批本」，左下題「臨桂毓蘭書屋謝氏家塾藏板」，書名大字題「四書集註」。筆者按：後文提及此書，則以一般通行習慣，以《四書集註》稱之。

此入。從《四書集注》的教與學來說，儲欣認為「凡《四書》之有講章說數，取足為制舉業資而已……然則講章說數之學，道與文兩無當也」[14]，說明只重視講章說數，在學道與學文兩者，皆無所獲。儲欣進一步說，若能從「先聖之遺經、諸子之創著、良史氏之紀傳，以暨先秦兩漢晚唐北宋魁偉奇傑之文章……馳騁上下，及少壯而治之，日知所亡，漸之以歲月，文與道必將有得焉。」[15]可知，儲欣認為學者學習《四書》，必須能達到「文道兩得」成果；然則如何能做到「文道兩得」呢？即是能博學諸子、史傳與先秦兩漢唐宋古文。儲欣對文與道關係的觀點，事實上，是與朱熹一致的，朱熹云：「道德文章之尤不可使出於二也。夫古之聖賢，其文可謂盛矣，然初豈有意學為如是之文哉？有是實於中，則必有是文於外。」[16]說明道德與文章之關係，乃是內外一體。朱熹〈與汪尚書〉云：「蓋道無適而不存者也，故即文以講道，則文與道兩得而一以貫之，否則亦將兩失之矣。」[17]又云：「道者文之根本，文者道之枝葉。惟其根本乎道，所以發之於文，皆道也。三代聖賢文章皆從此心寫出，文便是道。」[18]朱熹認為文道一貫，道流為文，文亦含道，求學當「即文以講道」，作文當「從道中流出」。[19]由此，亦可看出儲欣對朱熹的道德文章，可說是深

---

14 〔清〕儲欣：《在陸草堂文集‧《四書鏡》序》，光緒十七年（1891）本祠藏板重刻本，卷五，頁6。按：儲欣此文，乃受修葺《四書鏡》者所求之序，然儲欣認為《四書鏡》為講章說數之書，故於文末直言「是書雖不葺，可也。」

15 同前注，卷五，頁6。

16 〔宋〕朱熹撰；朱傑人、嚴佐之、劉永翔主編：《朱子全書》（上海：上海古籍出版社，2002年），第21冊，《晦庵先生朱文公文集》，卷70，頁3373-3374。

17 同前注，第21冊，卷三十，頁1305。

18 同前注，第18冊，《朱子語類》，卷139，頁4314。

19 羅根澤：「朱熹視道與文為統一的（他的名詞叫一貫），道流為文，文亦含道，所以就求學而言，應當『即文以進道』，就作文而言，應當『從道中流出』。」見羅根澤：《中國文學批評史‧兩宋文學批評史》（臺北：學海出版社，1980）頁216。

契於心。

那麼，基於「文道兩得」觀點，儲欣《四書集注》之評點，其表達方式如何？又是否在有資於舉業的前提下，能兼顧了經義理解與作文指導？是故，筆者以儲欣評點朱熹《四書集注》[20]，進行了初步考察。

首先，在評點形式方面，儲欣評點朱熹《四書集注》，皆為有評語、無圈點之方式，評語位置則有眉批與旁批兩種方式；比較儲欣《唐宋十大家全集錄》[21]之評點形式，則採用有評語、有圈點之形式，其評語位置除了眉批與旁批之外，有時還有題下批語、文前總批、文末總批等。

其次，在評點向度方面，儲欣不僅重視義理闡發，也揭示作文要訣，又常輔以意象批評，如：

> 子貢曰：「如有博施於民而能濟眾，何如？可謂仁乎？」子曰：「何事於仁，必也聖乎！堯舜其猶病諸！夫仁者，己欲立而立人；己欲達而達人。能近取譬，可謂仁之方也已。」
>
> （《論語・雍也》卷三，頁21-22）[22]

儲欣於「如有博施於民而能濟眾」旁批「語近顓孫；有狂者

---

20 參見注13。

21 此書為儲欣於康熙四十四年親自刊行之書，可說使理解儲欣古文評點觀的第一手材料。《唐宋八大家類選》及其他古文選等書之付梓，則是在儲欣去世後，由子孫、門人、時人後輩等所刊行。不過，無論儲欣生前所刊訂，或是其身後才付梓之古文評點書，其評點形式皆是相似的，皆重視圈點的採用，而在評語位置方面，能視文章評點需要，彈性採用眉批、旁批、題下批語、文前總批、文末總批等形式。

22 參見注13。以下所舉儲欣《論語集注》評點之章節，則隨文標示篇名、卷次、頁碼，不再另標注書名出處。

氣」[23]，於「可謂仁乎」旁批「語矜而約」，於「必也聖乎！堯舜其猶病諸！」旁批「語婉而遲」，於「夫仁者」旁批「接法」，於「己欲立而立人，己欲達而達人」旁批「通融無礙，水月盡徹」，於「能近取譬」旁批「切實」，於「仁之方也」旁批「還本分」，並有眉批「大道不務；苟難接引學者金針，亦論列古文要訣」。

　　儲欣眉批，直接指出此篇論及多項「古文要訣」。細察儲欣於此章「論列古文要訣」的批語，可以發現幾項特點：首先是評點細密，深入到字、句、章的文法與文義；再者，能運用互文性材料（比較同書所學之顓孫師），提點學者熟讀並統整全書，能夠進行文本內之類推比較；其次，注意到文句之間的文氣變化，有狂放、矜重、委婉紆徐等不同；其次，重視行文用字的簡約精鍊；其次，能揭示章法脈絡銜接（「接法」）；另外，必須熟讀朱《注》，融會貫通《經》《注》義理，如以「通融無礙」來概括「己立立人，己達達人」的人格境界；[24]更重要的是，在學習古文要訣時，須對全章義理有統整性理解，其眉批即是。[25]值得注意的是，儲欣不僅以直陳明述方式提點古文要訣，更以「水月盡徹」之意象批評，概括「通融無礙」意境，使

---

23 按：原儲欣《四書集注》評語，並無圈點標記。本論文在儲欣《論語集注》意象評語及其對應之《經》文上方，所標示之黑點標記，乃筆者為便於行文對照所加，以下皆同，不再另行說明。

24 朱《注》云：「於此觀之，可以見天理之周流而無間矣。狀仁之體，莫切於此。」〔宋〕朱熹注，〔清〕儲欣批：《儲批《四書集註》十九卷》，〈雍也〉，卷三，頁22。

25 按：在此前提之下，古文家與道學家的寫作目標可說是一致的，王基倫云：「古文家與道學家有其共同的文論主張，有其共同的寫作標準，那就是視道德與文章為一以貫之之事，不追求名利，不以科舉考試為手段，而以實踐儒家內聖外王的理想為寫作的終極目標，這就構成了朱熹的文學意圖，追求一個符合儒家理想的人間秩序。」參見王基倫：〈朱熹的文學意圖初探〉，《宋代文學論集》（臺北：台灣學生書局，2016），頁127。

得評點融入想像力與審美感受。可知儲欣解經之評點方式，不僅結合了文學（古文）創作觀的評點面向，也運用了意象批評。這樣的意象批評用法，引起了筆者進一步探究的興趣。

儲欣《四書集注》的意象批評，是否也能表達其「文道兩得」的理念？又有哪些表現與特色呢？其如何與古文要訣的創作觀結合？所呈現出的審美風貌如何？是故，本文擬以儲欣對朱熹《論語集注》之意象批評為主要考察範圍，並參採古文評點的分析方式，嘗試探究其意象批評之創作觀與審美觀及其特色。

二 意象批評與儲欣評點

為文運思，注重想像力，《文心雕龍‧神思》：「思理為妙，神與物游」、「獨照之匠，窺意象而運斤」[26]說明作品的產生，是作者內在心神與外在物境交通融會而成。就審美經驗與創造經驗的關係而言，劉若愚認為：「審美經驗是一種創造經驗的取代」[27]、「就讀者追隨著構成字句結構的文字而言，讀是寫的一個近似的再演。」[28]這是說明讀寫過程，是審美與創作經驗的交融。陳滿銘《意象學廣論》亦指出，意象是形塑審美風貌的關鍵，因為「辭章是離不開意象的，就是主旨與風格，也是如此。因為『主旨』是核心之『意』，而『風格』是以主旨統合各『意象』之形成、表現與組織所產生一種整體之『審美風貌』。」[29]是故，意象與創作、審美息息相關。

---

26 〔南朝梁〕劉勰著：《文心雕龍》，《四部叢刊》景明嘉靖刊本，卷六，〈神思〉第二十六。

27 劉若愚著，杜國清譯：《中國文學理論》（臺北：聯經出版公司，2010年），頁321。

28 同前注，頁316。

29 陳滿銘：〈辭章意象論〉，《意象學廣論》（臺北：萬卷樓圖書公司，2006年），頁26。

　　就中國古代的文學批評方法而言，張伯偉指出主要有以意逆志論、推源溯流論及意象批評論三種。[30]意象批評法，「就是指以具體的意象，表達抽象的理念，以揭示作者的風格所在。其思維方式上的特點是直觀，其外在表現上的特點則是意象。」[31]意象批評的名稱，學者命名或有差異，或有羅根澤的「比喻的品題」、郭紹虞的「象徵的批評」、或葉嘉瑩的「意象的喻示」、羅宗強的「形象性概念」、廖棟樑的「形象批評」、[32]「象喻式批評」[33]等等，本論文則沿用張伯偉先生的「意象批評」名稱。

　　傳統文學的詩文評，也常作意象批評，以表現出對「意境」的領悟。儲欣的評點，即常採用意象批評。試舉儲欣古文評點之意象批評為例，儲欣在孫樵〈書何易于〉文末總評：

> 史才史才。文字按其首可測其尾者，如走黃埃；千里一目，及遊名山大川，高廣邃深，既探其奇，既挹其秀矣。前途若窮；忽又無際，斯為鉅觀。此篇書何易于治益昌，美哉！觀止矣！[34]

30　張伯偉：《中國古代文學批評方法研究》（北京：中華書局，2006年），頁3-274。

31　同前注，頁198。

32　以上名稱參見前注，頁196。

33　張永昊、賈岸就「象喻式批評」的意涵，指出：「中國古代的文學批評家對文學作品內在風神的領悟，常常採用以形象作比喻的方式，把抽象的精神特徵和幽微的情感體驗物化為可以直觀的感官形象通過形象的喻示，即象喻式的物化方式，於形、聲、色、味俱美的窮形盡相中，傳達自己的藝術見解，給人以具體形象的審美感受，從而形成了我國古代文學批評的一個顯著特點。」張永昊、賈岸：〈中國古代象喻式批評的演變軌跡及其功能〉，《文史哲出版社》（1995年第4期年），頁81。

34　參見〔清〕儲欣：《唐宋十大家全集錄‧孫可之先生全集錄》（康熙四十四年（1705）居易堂刻本），卷一，頁17b。按：儲欣此文評語上方之黑點標記，乃筆者為便於行文對照所加，以下皆同。

　　儲欣以「如走黃埃，千里一目」、「遊名山大川」等意象批評，盛
讚孫樵此文具有首尾呼應、文意連貫暢達、文勢變化有致的特色。其
意象批評之運用，既結合文法，又以靈活生動的想像力，增加鑑賞
趣味。

　　孫琴安也指出儲欣評點「注意到文采和比喻」[35]，並認為「自明
人評點以來，特別是金聖歎、毛宗崗評小說之美妙文字，不能不影響
到詩、文方面的評點，故儲欣評點，也時有放縱爛漫之筆者」[36]，孫
琴安觀察到儲欣評點之用詞、修辭以風格，有文采、並能運用比喻，
至於其「放縱爛漫」的評點風格，則是受到了金聖歎、毛宗崗小說評
點的影響。關於儲欣評點與小說評點的關係，因不在本論文討論主題
之列，故暫擱置之，然孫琴安所謂「放縱爛漫」風格，若從儲欣運用
「比喻」等意象批評作考察，似乎亦可窺得一二。

　　孫琴安舉出儲欣在《唐宋八大家類選》的蘇洵〈樂論〉文末總評：

　　　離奇夭矯，風雨變化，神龍戲海之文。以告語之所不及，逼入
　　　樂之陰驅潛率，雲霞萬變，丘壑千重，吾終日遊玩忘憂，而莫
　　　能名其狀。[37]

以及韓愈〈孟東野序〉文末總評：

35　孫琴安並未舉例說明之。孫琴安：《中國評點文學史》（上海：上海社會科學院出版
　　社，1999年），頁239。

36　同前注，頁239。

37　參見孫琴安：《中國評點文學史》，頁239-240。又見〔清〕儲欣：《唐宋八大家類
　　選》（光緒二十一年〔1895〕湖北官書處重刊本），卷四論著類，頁21b。按：儲欣
　　此段評語，末尾尚有「通篇只是善逼，行文解得逼法，自然有奇勢，有全局矣」四
　　句。

通篇數十「鳴」，如迴風舞雪，後人仿之，輒纖俗可憎，其靈
蠢異也。[38]

孫琴安以兩文評語為例，說明儲欣評點古文有「他的放縱瀟灑處」。[39]
孫琴安雖未進一步說明「放縱瀟灑處」，然筆者以為，可從意象批評
的角度來推得之：儲欣在前文以「神龍戲海」、「雲霞萬變」、「丘壑千
重」形容蘇洵文氣變化之巧妙，以「吾終日遊玩忘憂」形容自己讀後
之樂；在後文以「迴風舞雪」形容韓愈運用數十「鳴」字的反覆靈
動、益見臻妙。兩文評點皆在文法分析時，加入生動的意象批評，使
知性理解加上了豐富想像。孫琴安顯然已注意到，儲欣時有採用意象
批評之評點特色。

再從創作觀與審美觀來看，意象批評與詩，可說具有某些相通
性，彭玉平認為：「從古代文學批評的表現形態來說，詩話和詞話中
大量的批點評論大多是片段式的，隨筆作染，點到為止，常常用感覺
意象來印證理論，如象喻批評等，幾乎是重建詩的意境，美國華裔學
者葉維廉稱之為『近詩的表現形態』。」[40]、「這樣的表達形態也要求
讀者有詩的慧眼，也就是說，有相應的創作感受，才能對這種批評型
態產生獨特的領悟，這是一種雙向的制約——當然是一種詩意的制
約。」[41]這是說明，文學批評者採用意象批評，是因為有著與寫詩、
讀詩相似的表達力與感受力，進而將所體悟的「意境」亦即是審美風
貌反映出來。

---

38 參見孫琴安：《中國評點文學史》，頁239-240。又見〔清〕儲欣：《唐宋八大家類
　選》（光緒二十一年〔1895〕湖北官書處重刊本），卷十序記類，頁15b。按：儲欣
　此段評語，開頭尚有「直是論說古今詩文，寫得如許靈變」二句。

39 孫琴安：《中國評點文學史》，頁240。

40 彭玉平：《詩文評的體性》（北京：北京大學出版社，2012年），頁15。

41 同前注，頁15-16。

　　以儲欣的創作成就來看，除了古文之外，其詩詞亦善。其後人曾編有儲欣詩二卷，並讚其詩「沉雄新闢，兼有杜韓」，[42]原計畫於《在陸草堂文集》刊刻之後，「俟續刻以公同好」[43]，惜今日未得見其詩集傳世。然或可再從儲欣之交遊，嘗試了解儲欣的詩詞創作觀。

　　儲欣未冠，即與邑人成立文社秋水社，與陳維崧（字其年，號迦陵，1626-1682）、王士禎（字貽上，號阮亭、漁洋山人，1634-1711）等游，而陳維崧為陽羨詞派宗主，王士禎則「國初詩家推漁洋為大宗」[44]；儲欣曾為蔣景祁（字京少）詩集《東社集》，作〈蔣京少《東社集》序〉[45]，提及與蔣景祁定交後，「予間有吟詠，薄為餘事，京少亦不索觀，惟是一藝脫稿伻馳示予，偶有指摘，迅速改竄，虛懷精進」[46]，說到蔣景祁常在詩稿一完成，即速以詩就教於儲欣，儲欣若「偶有指摘」，蔣氏亦即「迅速改竄，虛懷精進」。可見蔣氏視儲欣為學詩的良師益友，也可見出儲欣之詩才詩藝，備受時人敬重與崇仰；而儲欣對後輩詩人，則能不吝指導或獎掖之。[47]

　　另外，儲欣文集有多篇詩序，[48]又有〈詩偶存自序〉云：

　　　　予於詩未嘗學問，蓄心出口，韻其句讀，嘐嘐然號之曰詩，信
　　　　宿自疑，棄擲弗顧，其有存諸篋笥，誇觀於人，而欲人之知其

42　〔清〕儲欣：〈凡例〉，《在陸草堂文集》，頁1。

43　同前注。

44　〔清〕李元度纂：《國朝先正事略六十卷》（清同治年間刊本年），頁4a。

45　〔清〕儲欣：〈蔣京少《東社集》序〉，《在陸草堂文集》（光緒十七年〔1891〕本祠藏板重刻本），卷五，頁27-29。

46　同前注，卷五，頁27。

47　〔清〕儲欣：〈氾雲詩序〉，《在陸草堂文集》，卷五，頁30。儲欣盛讚從侄孫氾雲之詩，稱其所為詩「讓席于輩流，賞奇于老宿，予亦樂得而瀏覽之。」可見儲欣樂讀後輩之詩，能以獎掖後進為心。

48　〔清〕儲欣：《在陸草堂文集》卷五，有十餘篇詩序。

為之者，蓋未嘗也。詩人俞又申，每怪予不力為詩，又怪予不自存其詩，曰：「子詩五七古天才健朗。五律雅澹，誠力為之，可追唐風。」又曰：「子所自棄擲，僕往往收拾綴輯於後，約二百餘章，繼今誠肆力焉，當反錦於子。」[49]

儲欣自言，作詩發乎自然，「蓄心出口，韻其句讀」，並提及自己並不保存詩作，往往棄擲不顧惜，然其詩友俞又申則盛讚其詩才、詩作，稱其詩風「五七古天才健朗」、「五律雅澹」、「可追唐風」，可與前文提及之「沉雄新闢，兼有杜韓」之儲欣詩評相參。俞又申並且用心收藏整理了儲欣所棄擲的兩百多首詩，惜俞又申死後，所存儲欣詩「十失八九」。[50]

如此，儲欣之詩才、詩情，與其《論語集注》之意象批評，是否有所關連呢？筆者發現，儲欣也會直接引詩句，作為評點用語，如：

> 曾子曰：「吾日三省吾身：為人謀而不忠乎？與朋友交而不信乎？傳不習乎？」
>
> （〈學而〉卷一，頁2）

儲欣於「傳不習乎？」旁批「風靜花猶落」。[51]

儲欣直接以「風靜花猶落」意象，概括其對「傳不習乎？」的體

---

49 儲欣〈詩偶存自序〉云：「其子捧一帙授予，……則曩時所收拾綴輯余詩也。……今此僅十數首，頗稱余五言律，今十數首中，五律猶寥寥然，則又申死，而予詩又十失八九矣。」〔清〕儲欣：《在陸草堂文集》卷五，頁36。

50 同前注，頁36-37。

51 儲欣此章評點全錄於此：儲欣於「吾日三省吾身」旁批「鞭辟著裏」，於「不忠乎」旁批「三『乎』字妙」，於「而不恥者，其由也與」旁批「顧不能不恥矣」，於「傳不習乎？」旁批「風靜花猶落」。

悟。「風靜花猶落」，見於北宋釋惠洪（1071-1128）《冷齋夜話》「詩置動靜意」條：

> 荊公曰：「前輩詩云『風靜花猶落』，靜中見動意；『鳥鳴山更幽』，動中見靜意。」[52]

對於「傳不習乎？」之意，朱《注》曰：「傳，謂受之於師。習，謂熟之於己」（〈學而〉，卷一，頁2）儲欣以「風靜花猶落」解「傳不習乎？」，可知儲欣融會《經》《注》，將寫景句的「靜中見動意」，巧妙轉化至「傳」（「受之於師」：靜）與「習」（「熟之於己」：動）的關係，儲欣運用意象批評，在《經》、《注》之外，又有所發明，使經義思考與詩意相呼應。可見儲欣《論語集注》之意象批評，與其詩情、詩才，可說是有所相通的。

再從儲欣深究《論語集注》經義之工夫，亦即其所持之態度與方法等層面，進行考察。

儲欣未冠，教讀力學，以坐館為生，於康熙二十九年（1690）中舉，年已六十，翌年春闈失利，遂絕意仕進，以塾師終老，就其《四書集注》評點目的與經驗而言，實可說是從自己的學習心得，進於教學指導，故其評點（包括意象批評）既重視對字句章等細部義理的理解工夫，也注意到義理的整體審美風貌。

在意象批評形諸文字之前，儲欣認為必須重視追想、省察工夫，如：

52　（北宋）釋惠洪：《冷齋夜話》，《叢書集成初編》（北京：中華書局，1985），卷五，「詩置動靜意」條，頁22。

　　子曰：「興於詩，立於禮，成於樂。」

（〈泰伯〉卷四，頁15）

儲欣於「興於詩」旁批「是詩中味」，於「立於禮」旁批「是禮中骨」，於「成於樂」旁批「是樂中神」，眉批「妙從追想出來；是已經過來人語，今人不講此，紛紛經學心學都不濟事」。

　　儲欣是透過「追想」，以「味」、「骨」、「神」來比喻「詩」、「禮」、「樂」的作用，這是呼應朱《注》所云：「詩本性情，有邪有正，其為言既易知，而吟詠之間，抑揚反覆，其感人又易入」、「禮以恭敬辭遜為本，而有節文度數之詳，可以固人肌膚之會，筋骸之束」、「樂……可以養人之性情……故學者之終，所以至於義精仁熟，而自和順於道德者，必於此而得之，是學之成也」（〈泰伯〉，卷四，頁15）儲欣在領會《經》、《注》意涵之後，以精鍊之「味」、「骨」、「神」意象為評，並在眉批道出，之所以能有此體會，是因為體察到聖人義理不是虛造空談，是得自聖人親身實踐之後的體悟與省察（「追想」、「過來人」）而來。由評點可知，儲欣希望學子在學習聖賢義理時，也能重視追想、省察與實踐工夫。

　　顏淵喟然歎曰：「仰之彌高，鑽之彌堅；瞻之在前，忽焉在後。夫子循循然善誘人，博我以文，約我以禮。欲罷不能，既竭吾才，如有所立卓爾。雖欲從之，末由也已。」

（〈子罕〉卷五，頁4）

儲欣於「仰之彌高，……，忽焉在後」旁批「高明、博厚、中庸，三面寫盡」，眉批「是聖道境界；是追溯神情」；於「夫子循循然善誘人」旁批「教亦是學」，於「博我以文，約我以禮」旁批「善誘妙在

簡易」且加眉批「人皆有文禮,獨自顏見得」;於「欲罷不能」旁批
「工夫曲折」,於「既竭吾才……,末由也已」旁批「非身入此中;
安能如此細密刻摯」,並在「欲罷不能……,末由也已」有眉批「竟
是一幅小遊歷;足盡武夷九曲」。

儲欣此章提出「教亦是學」觀念,實則呼應了儲欣評點時的兩種
身分與評點觀:讀者鑑賞觀與作者創作觀。在闡發義理方面,儲欣指
出《經》文:「仰之彌高,鑽之彌堅;瞻之在前,忽焉在後」,即是顏
淵「追溯」孔子「神情」的意象語,從而領悟出孔子學問道德境界
(「聖道境界」)即是「高明、博厚、中庸」。這是儲欣能從《經》文
敘事寫物意象,闡發深意。這樣的「追溯神情」工夫,其實包含兩層
面,第一層是說明顏淵能追想孔子聖道境界,第二層是儲欣能透過追
想來了解顏淵追想之意象,故儲欣評:「工夫曲折」、「非身入此中,
安能如此細密刻摯」,說明透過切身(「身入此中」)體悟,才能「細
密刻摯」地理解到孔子之道,領略到彷如「足盡武夷九曲」之「小遊
歷」的意境。由此可知,儲欣透過「追溯神情」、省察工夫,使
《經》文敘事意象,轉譯為知性理解,並且再經過整體理解,提出自
己的統整性意象批評。

此外,儲欣尤其重視對《經》、《注》義理的「悟」的工夫,而此
「悟」的工夫,可說與禪宗不無相關,舉例如下:

> 子夏問曰:「『巧笑倩兮,美目盼兮,素以為絢兮。』何謂
> 也?」子曰:「繪事後素。」曰:「禮後乎?」子曰:「起予者
> 商也!始可與言詩已矣。」
>
> (〈八佾〉卷二,頁3-4)

儲欣於「曰：『禮後乎？』」旁批「頓悟」。[53]

儲欣認為子夏向孔子提出關於逸詩的提問，在孔子答以《考工記》：「繪畫之事後素功」之後，能以「禮後乎？」回應孔子，這是了然洞澈，有所融會貫通的表現，故讚其「頓悟」。而此「悟」，實際上也與《注》文「得之言意之表者」相呼應。[54]

> 子曰：「參乎！吾道一以貫之。」曾子曰：「唯。」子出。門人問曰：「何謂也？」曾子曰：「夫子之道，忠恕而已矣。」
>
> （〈里仁〉卷二，頁15）

儲欣於「參乎！吾道一以貫之」旁批「真正衣缽」，於「曾子曰：『唯。』」旁批「好悟頭」，於「夫子之道，忠恕」旁批「亦是切實指點」。

儲欣認為曾參以「忠恕」理解孔子「一以貫之」所指，可說是深契孔子學問，故盛讚其悟性高（好悟頭），而以佛教師徒相傳的衣缽法器為喻，肯定其為孔子之道之傳人，並呼應《注》文「曾子果能默契其指」[55]之意。

---

53 儲欣此章評點全錄於此：儲欣於「素以為絢兮」旁批「著眼『為』字」，於「繪事後素」旁批「分明」，於「禮後乎」旁批「頓悟」，於「起予者商也！始可與言詩已矣。」旁批「講禮的又會談詩」。

54 朱《注》引楊氏曰：「孔子曰『繪事後素』，而子夏曰『禮後乎』，可謂能繼其志矣。非得之言意之表者能之乎？商賜可與言詩者以此。若夫玩心於章句之末，則其為詩也固而已矣。所謂起予，則亦相長之義也。」參見〔宋〕朱熹注，〔清〕儲欣批：〈八佾〉，《儲批《四書集註》十九卷》，卷二，頁4。

55 朱《注》曰：「曾子於其用處，蓋已隨事精察而力行之，但未知其體之一爾。夫子知其真積力久，將有所得，是以呼而告之。曾子果能默契其指，即應之速而無疑也。」參見〔宋〕朱熹注，〔清〕儲欣批：〈里仁〉，《儲批《四書集註》十九卷》，卷二，頁15。

子曰：「賜也，女以予為多學而識之者與？」對曰：「然；非與？」曰：「非也，予一以貫之。」

（〈衛靈公〉卷八，頁1）

儲欣於「女以予為多學而識之者與」旁批「一喝三日耳聾」、並眉批「此是端木平日藏身處，一語驚霆未歇，妙妙」；於「對曰：『然，非與？』」旁批「是入路頭光景」、並眉批「較之『唯』者，有頓漸之別」，於「非也，予一以貫之」旁批「明白指示」、並眉批「同一接引，曾子以實，子貢以虛，正是各各有法」。

　　儲欣認為，從孔子對子貢的提問，乃是來自孔子已察覺子貢之疑惑，故而主動對子貢提出如禪宗棒喝般的問句，當子貢答：「然，非與？」時，則可視為子貢尋求正解的開始，故儲欣以「入路頭」（聽聞佛法，建立整個修學的正見，在禪宗叫作認清路頭）為評，儲欣並將子貢與曾參對孔子「一以貫之」之道的理解兩相比較，以為子貢是漸悟，曾參是頓悟，並說明孔子對子貢、曾參的指導方法一實一虛，眉批則以佛教用語「接引」與旁批「明白指示」相應。

子曰：「衣敝縕袍，與衣狐貉者立，而不恥者，其由也與？『不忮不求，何用不臧？』」子路終身誦之。子曰：「是道也，何足以臧？」

（〈子罕〉卷五，頁8-9）

儲欣於「子路終身誦之」旁批「是勇者自喜本相」，於「是道也，何足以臧？」眉批「楞嚴妙諦」。[56]

---

56 儲欣全章評點錄於此：儲欣於「衣敝縕袍」旁批「極形容」，於「衣狐貉者立」旁批「入於他事」，於「而不恥者，其由也與」旁批「頗不能不恥矣」，於「衣敝縕

　　孔子對子路能貧富不動其心，而「可以進於道」[57]是肯定的，並以《衛風・雄雉》之詩「不忮不求，何用不臧？」讚美子路；[58]然而對「子路終身誦之」的「自喜其能」[59]，則表示不可。故儲欣以「楞嚴妙諦」呼應孔子之道，並點出子路尚未能明白孔子之道的迷惑（佛教以為凡所有相，皆是虛妄）。

　　以上四例是孔子與子夏、曾參、子貢、子路的對話，儲欣評語運用了「頓悟」、「衣缽」、「好悟頭」、「一喝三日耳聾」、「入路頭」、「頓漸之別」、「接引」及「本相」、「楞嚴妙諦」等禪宗、佛教用語，可知儲欣是將孔門師生對話類比為佛門說法，這或可能是從兩者皆重視「悟」的工夫而來。

　　此「悟」的工夫，實際上，也與中國傳統文學批評有所相承，南宋・嚴羽《滄浪詩話・詩辯》即重視「以禪喻詩」之「妙悟」：

　　　　大抵禪道惟在妙悟，詩道亦在妙悟……。惟悟乃為當行，乃為本色。然悟有淺深、有分限、有透徹之悟，有但得一知半解之悟。[60]

袍……其由也與？」眉批「正是豪曠，不是謹守」。儲欣於「不忮不求，何用不臧？」旁批「正對恥字」，並有眉批「引詩戛然而止，神韻泠泠」。儲欣於「子路終身誦之」旁批「是勇者自喜本相」，於「何足以臧？」旁批「好轉語」，於「是道也，何足以臧？」眉批「楞嚴妙諦」。

57　朱《注》曰：「……子路之志如此，則能不以貧富動其心，而可以進於道矣，故夫子稱之。」參見〔宋〕朱熹注，〔清〕儲欣批：〈子罕〉，《儲批《四書集註》十九卷》，卷五，頁8-9。

58　朱《注》曰：「……言能不忮不求，則何為不善乎？此《衛風・雄雉》之詩，孔子引之，以美子路也。呂氏曰：『貧與富交，彊者必忮，弱者必求。』」同上注，卷五，頁9。

59　朱《注》曰：「終身誦之，則自喜其能，而不復求進於道矣，故夫子復言此以警之。」同上注，卷五，頁9。

60　〔宋〕嚴羽：《滄浪詩話》，《四庫全書・集部・詩文評類》，頁1。

嚴羽認為詩道與禪道同樣重視妙悟，只是「悟」有深淺、遲速、多寡之別。儲欣評點《論語集注》時，往往對孔門弟子的「悟」有所評點，然而，儲欣的意象批評，卻不落於禪宗不立文字式的感受性、玄虛性，而是以細部批評方法，不厭其煩地進行旁批與眉批，並使旁批與眉批有交互參照功能，亦即全章之評點文字往往具有互文性，俾使評點旨意，更加顯豁明白。故儲欣意象批評的「悟」，能從整體觀照，進而領悟風格、境界。[61]

儲欣《論語集注》的意象批評，在「追想」、「妙悟」等工夫之下，如何與古文要訣結合，其意象批評之創作觀與審美觀為何？接下來將分兩節，進一步考察與探究之。

三　儲欣評點《論語集注》之意象批評的創作觀

儲欣評點《論語集注》時，往往在細究內容義理之外，也會揭示文法技巧，其評點行文方式，除了直述說明之外，有時也會以意象批評來表達，故此節分別從字法、句法、章法三方面，來探究其意象批評之創作觀。

（一）字法

儲欣評點《論語集注》時，常常直接指出字法，如前文提及之例：

曾子曰：「吾日三省吾身：為人謀而不忠乎？與朋友交而不信

61　參見張永昊、賈岸：「喻以意象→喻以意境→喻以禪境→喻以虛境，這是中國古代象喻批評發展嬗變的大致輪廓和脈相，這是一個由外向轉到內向，由『擬物主義』』轉為『擬境主義』的發展歷程。」張永昊、賈岸：〈中國古代象喻式批評的演變軌跡及其功能〉，頁83。

　　乎？傳不習乎？」

（〈學而〉卷一，頁2）

　　儲欣於「不忠乎」旁批「三『乎』字妙」，於「傳不習乎？」旁批
「風靜花猶落」。[62]

　　儲欣注意到三句問句皆以「乎」字作結之妙，細繹其妙，一則可
從修辭的類字與語尾助詞效果來看，一則可以「風靜花猶落」意象相
參看；三「乎」字，使文氣紆徐，正好扣合了「三省」所需的省思時
間感，而使全章更加耐人尋味，文理亦因之更加凸顯出來。可見儲欣
在字法評點方面，重視虛詞，以及字法之形式、文氣等效果。

　　儲欣也會直接以意象批評來說明字法，茲列舉說明如下：

　　定公問：「君使臣，臣事君，如之何？」孔子對曰：「君使臣以
　　禮，臣事君以忠。」

（〈八佾〉卷二，頁7）

儲欣於「君使臣以禮，臣事君以忠」旁批「千古準繩」、且眉批：「下
一字如銅墻鐵壁，嶄然卓然」。

　　儲欣旁批「千古準繩」，表示對義理的認同；眉批則以「銅墻鐵
壁」意象，強調用「禮」、「忠」字之「嶄然卓然」，亦即用字高明特
出，能點出了「君使臣」、「臣事君」兩者所需具備的關鍵態度。

　　子曰：「知者樂水，仁者樂山；知者動，仁者靜；知者樂，仁
　　者壽。」

（〈雍也〉卷三，頁19）

---

62 此章完整評點，參見注51。

儲欣於「知者樂水，仁者樂山」旁批「畫圓畫方；左右皆宜」，於「知者動，仁者靜；知者樂，仁者壽」旁批「一字刊動不得」，全章之眉批為「刻酷疊類；筆有畫工」。

儲欣以畫工為喻，以「畫圓畫方」比喻以「水」、「山」形容知者、仁者心性，乃「左右皆宜」，十分適切。又以「一字刊動不得」，來肯定以「動」、「樂」詮解知者，以「靜」、「壽」詮解仁者，用字精確。儲欣眉批則以「刻酷疊類」點明「筆有畫工」之意，說明此章用字如畫，其字義深刻謹嚴（刻酷），並運用了類疊、排比修辭（疊類）。

可見儲欣在字法方面，讚賞用字高明超拔（「銅墻鐵壁」）者，或深刻嚴謹（「刻酷」如畫）者，以及能善用「疊類」形式者。儲欣意象批評說明字法，則使評點更加生動而具體。

（二）句法

儲欣評點《論語集注》時，也重視句法，常常直接分析句型、句數與文意之呼應效果，以及敘事、說理之句法技巧。例如：

> 子曰：「我未見好仁者，惡不仁者。好仁者；無以尚之；惡不仁者；其為仁矣；不使不仁者加乎其身。有能一日用其力於仁矣乎？我未見力不足者。蓋有之矣，我未之見也。」

> （〈里仁〉卷二，頁12-13）

儲欣於「好仁者，無以尚之」旁批「纔叫做好」，於「惡不仁者，其為仁矣，不使不仁者加乎其身」旁批「纔叫做惡」、「句法錯落」二句，於「有能一日用其力於仁矣乎？」旁批「著緊為人處」，於「我未見力不足者」旁批「辣於薑桂」，於「蓋有之矣，我未之見也」旁批「無限低徊」。

　　儲欣注意到「好仁者，無以尚之」、「惡不仁者，其為仁矣，不使不仁者加乎其身」的「句法錯落」，造成文氣變化，造成文意焦點自然落在「惡不仁者」，使得後文之「我未見力不足者」，更具警醒效果，故儲欣以「辣於薑桂」的味覺意象為評，並與結尾的「無限低徊」相呼應。[63]

　　有時，儲欣也會直接用意象批評來說明句法之妙，如儲欣會以「頰上添毫」來形容句法，強調出此句在敘事形象性或說理關鍵處之技巧。

　　「頰上添毫」，是指能運用簡練句子表達敘事細節或說理關鍵處。「頰上添毫」出自《世說新語》：「顧長康畫裴叔，則頰上益三毛。人問其故，顧曰：裴楷儁朗有識具，正此是其識具。看畫者尋之，定覺益三毛如有神明，殊勝未安時。」[64]本指繪畫寫生之法，與點睛相較，更重視敘事技巧在細節方面的補述描寫。茲舉儲欣所評「頰上添毫」之例如下：

> 衛靈公問陳於孔子。孔子對曰：「俎豆之事，則嘗聞之矣；軍旅之事，未之學也。」明日遂行。在陳絕糧，從者病，莫能興。子路慍見曰：「君子亦有窮乎？」子曰：「君子固窮，小人窮斯濫矣。」
>
> 　　　　　　　　　　　　　　　　　　　（〈衛靈公〉卷八，頁1）

儲欣於「在陳絕糧」旁批「寫出困境」，於「從者病，莫能興」旁批

63　與朱《注》所云：「歎人之莫肯用力於仁也」、「此夫子所以反覆而歎惜之也」（卷二，頁13）之言，亦有相互呼應效果。

64　〔南朝梁〕劉義慶：《世說新語・巧藝第二十一》，《四庫全書・子部・小說家類》，卷下之上，頁40。

「頰上添毫」[65]。

儲欣注意到「從者病，莫能興」以門弟子「絕糧」後之羸弱不起狀態，使絕糧之「困境」，顯得形象化。可知儲欣的「頰上添毫」是指，能以簡要句法敘寫細節，使文意更加深刻。

> 子在齊聞韶，三月不知肉味。曰：「不圖為樂之至於斯也！」
>
> （〈述而〉卷四，頁4）

儲欣於「聞韶」旁批「耳觀」，於「三月不知肉味」旁批「靈妙」、「頰上添毫」二句，於「為樂之至於斯也」旁批「傳不傳之神」；眉批「讀此覺盡美盡善，語尚少，刻酷」。

此章主旨在說明孔子聽韶樂之樂；儲欣看出「三月不知肉味」比喻之「靈妙」，這是以移覺手法，以味覺形容聽韶樂的快樂，因為加了味覺意象，更能「傳不傳之神（樂）」，故以「頰上添毫」評之。眉批「語尚少，刻酷」，與「頰上添毫」相應，意即「三月不知肉味」一句，用字簡約而深刻嚴謹（「刻酷」）。

> 子路、曾晳、冉有、公西華侍坐。子曰：「以吾一日長乎爾，毋吾以也。居則曰：『不吾知也！』如或知爾，則何以哉？」
>
> 子路率爾而對曰：「千乘之國，攝乎大國之間，加之以師旅，因之以饑饉；由也為之，比及三年，可使有勇，且知方也。」
>
> 夫子哂之。
>
> （〈先進〉卷六，頁9）

---

65 儲欣於此章尚有其他旁批與眉批，此略。

儲欣於「率爾」旁批「頰上添毫法」。[66]「率爾」形象，從朱《注》：
「率爾，輕遽之貌」（卷六，頁9）可知，兩相呼應，使子路的性情更
加生動，故儲欣特別評出，使學子留心於敘事形象等細節的技巧。

　　儲欣評點「頰上添毫」時，重視從句法提煉敘寫細節形象之技
巧，故筆者暫將此法歸類於句法。

　　由上可知，儲欣在句法方面，除了重視句型，也強調敘寫細節的
技巧。

（三）章法

　　儲欣重視章法，常直接指出章法脈絡與作用之處，如前文第一節
曾提及〈雍也〉：「夫仁者，己欲立而立人，己欲達而達人。能近取
譬，可謂仁之方也已。」儲欣於「夫仁者」旁批「接法」，即是指點
學子注意文意銜接的關鍵句。

　　儲欣也會以意象批評來提示章法，如前文所舉：

> 子路、曾皙、冉有、公西華侍坐。子曰：「以吾一日長乎爾，
> 毋吾以也。居則曰：『不吾知也！』如或知爾，則何以哉？」
> 子路率爾而對曰：「千乘之國，攝乎大國之間，加之以師旅，
> 因之以饑饉；由也為之，比及三年，可使有勇，且知方也。」
> 夫子哂之。……曰：「夫子何哂由也？」曰：「為國以禮，其言
> 不讓，是故哂之。」……
>
> 　　　　　　　　　　　　　　　　　　（〈先進〉卷六，頁9-11）

儲欣在章法上，即細加作評，於「攝乎大國之間」旁批「一層」，於

66　儲欣於此章尚有其他旁批與眉批，此略。

「加之以師旅」旁批「二層」，於「因之以饑饉」旁批「三層」，於「由也為之，比及三年」旁批「是治賦規模」，再於「可使有勇」旁批「一層」，於「且知方也」旁批「二層」，末於「夫子哂之」旁批「妙用」：並有眉批「摹繪難為、能為，悉作數層，聲情如現。」

儲欣分析子路所言，乃是從「難為」、「能為」兩方面來說，而由反（「難為」）而正（「能為」）切入，則巧妙呼應了子路勇於任事的形象與強烈的自信；再者，說明「難為」（反面）作三層與「能為」（正面）作二層的層次（凡目法），將治賦之「難為」與「能為」，以短語之次第，帶出輕快節奏，而與子路「其言不讓」的「率爾」形象相呼應，故而使子路形象更加鮮明起來，故眉批「摹繪」（繪畫意象）。在此章中，儲欣還注意到全篇章法的呼應，看出「夫子哂之」有其「妙用」，就因為這個動作，才能提起後文曾子之問：「夫子何哂由也」，因而使夫子自道「哂由」之因。此章可見出儲欣對章法安排與文意脈絡之重視。

儲欣也會以山脈等意象評語，形容文意脈絡與銜接，如：

> 子曰：「聖人，吾不得而見之矣；得見君子者，斯可矣。」子曰：「善人，吾不得而見之矣；得見有恆者，斯可矣。亡而為有，虛而為盈，約而為泰，難乎有恆矣。」
>
> （〈述而〉卷四，頁8）

儲欣於「得見君子者」旁批「過峽」，於「善人，吾不得而見之矣」旁批「近脈」，於「得見有恆者」旁批「結穴」，於「亡而為有，虛而為盈，約而為泰」旁批「列敘正有多少悲憫在」，於「難乎有恆矣」旁批「迴峰」。

儲欣以「過峽」、「近脈」意象，形容文意脈絡連貫與銜接之妙。

《經》文先說「聖人不得見」，接著轉換文意到「君子可見」，儲欣形容從「不得見」到「得見」，彷如「過峽」般，從驚心動魄到豁然暢達；接著《經》文從「得見君子」角度來說，先說「不得見善人」，使文意產生未能「得見君子」的頓挫，然而，此句緊接著「得見有恆者」一句，儲欣則評以「結穴」。舊時堪輿家謂地脈頓停處，地形窪突，為地氣所藏結，故稱為「結穴」，在文辭上，則指文旨歸結之處。儲欣評此句為「結穴」，亦即文旨所在，說明章旨在揭示「有恆」對進德修業的重要性，故儲欣稱此前一句的「善人，吾不得而見之矣」為「近脈」。文末轉而從反面切入，以「亡而為有，虛而為盈，約而為泰」三者，扣出「難乎有恆矣」收結。朱《注》云：「三者皆虛夸之事，凡若此者，必不能守其常也。」（卷四，頁8）故儲欣以「迴峰」形容反面文意的轉圜相對，這是運用正反法的章法，使文意更加周全。另外，儲欣則體會到孔子對難於有恆者，是懷著悲憫仁心的，這可說是儲欣在深達義理後的同理體悟。在此章中，儲欣以山脈等意象批評，將章法與文意脈絡形象化，又能重視情感的引發，而使意象批評有情景相生之效果。

綜合以上分析可知，儲欣以意象批評來解釋字法、句法、章法，皆能在掌握義理的前提下，運用適切而生動的意象，強調出對字質、修辭、文氣、文意脈絡與呼應等等創作技巧的重視，而深化學者對創作技巧的理解與感受。

四　儲欣評點《論語集注》之意象批評的審美觀

儲欣評點《論語集注》之意象批評之審美風貌，因義理側重面向，大致呈現以下幾種風格。

（一）含蓄

儲欣關注義理之意在言外，也常以意象批評點出，如：

> 子曰：「吾與回言終日，不違如愚。退而省其私，亦足以發。
> 回也不愚。」

（〈為政〉卷一，頁12）

儲欣於「吾與回言終日」旁批「如真如戲」，於「不違如愚。」旁批
「鏡花水月文字」，於「退而省其私，亦足以發。回也不愚。」旁批
「觀照妙絕」。

朱《注》云：「顏子深潛純粹，其於聖人體段已具。其聞夫子之
言，默識心融，觸處洞然，自有條理。」（卷一，頁13）。「水月鏡
花」重在「言外之言」的韻味。[67]是以，儲欣以「如真」道出遙想孔
子與顏回終日交談情景之真切自然，而後以「鏡花水月」與「如戲」
相呼應，凸顯出「默識心融」的境界，最後以「觀照妙絕」，提點
「如愚」、「不愚」首尾呼應之巧妙。

又如前文提及〈學而〉之「風靜花猶落」詩句評語，亦重在言外
之意的意境。

再者，儲欣評點也常以「神韻」為評，用以形容「意在言外」，
如前文提及的〈子罕〉：「不忮不求，何用不臧？」眉批「引詩戛然而
止，神韻泠泠」[68]，說明在闡述義理之後，引《詩》作結，而有了意

---

67 李夢陽〈論學〉云：「古詩妙在形容之耳，所謂水月鏡花，所謂人外之人，言外之
   言。宋以後，則直陳之矣。於是求工於字句，所謂心勞日拙者也。形容之妙，心了了
   而口不能解，卓如躍如，有而無，無而有。」〔明〕李夢陽：〈論學下篇第六〉，《空同
   集》，《四庫全書‧集部‧別集類》，卷六十六，頁7。
68 論語原文及儲欣評點，見注56。

在言外之韻味。

那麼，儲欣以「神韻」為評，是否與王士禎論詩之「神韻說」有所關聯呢？

論詩之「神韻說」，可見於趙執信（字伸符，號秋谷，1662-1744）《談龍錄》。趙執信提及與洪昇（字昉思，號稗畦，1645-1704）、王士禎（字貽上，號阮亭、漁洋山人，1634-1711）論詩之事：

> 昉思嫉時俗之無章也，曰：「詩如龍，然首尾爪角鱗鬣一不具，非龍也。」司寇（王士禎）哂之曰：「詩如神龍，見其首不見其尾；或雲中露一爪一鱗而已，安得全體？是雕塑繪畫者耳。」余曰：「神龍者，屈信變化，固無定體。恍忽望見者，第指其一鱗一爪，而龍之首尾完好，故宛然在也。若拘於所見，以為龍在是雕繪者，反有辭矣。」昉思乃服。[69]

王士禎以「神龍見首不見尾」、「雲中鱗爪」喻詩之意境，重視「虛」、「言外之意」，趙執信雖批評洪昇全然寫實的方法是雕塑繪畫，而不是寫詩，但也主張以實求詩，與王士禎力主神韻，判然分別。王士禎「神韻」說，所重在意境，故《漁洋詩話》即有「神韻，天然不可湊泊者」[70]之說。劉若愚指出，王士禎主張神韻，「不僅包含對現實的妙悟，且含有個人的韻調」[71]。

試從儲欣《論語集注》評點，進一步考察其所提及「神韻說」相關意象，如：

---

69 〔清〕趙執信：《談龍錄》，《四庫全書・集部・詩文評類》，頁1。
70 〔清〕王士禎：《漁洋詩話》，《四庫全書・集部・詩文評類》，卷中，頁5。
71 劉若愚著，杜國清譯：《中國文學理論》，頁313。

　　　　子釣而不綱，弋不射宿。

　　　　　　　　　　　　　　　　　　（〈述而〉卷四，頁8）

儲欣旁批「二『不』字，天然一部〈西銘〉」，眉批「龍見麟爪，自具
全身，百物光怪，至此俱廢」。

　　　　齊景公有馬千駟，死之日，民無德而稱焉。伯夷叔齊餓於首陽
　　　　之下，民到于今稱之。其斯之謂與？

　　　　　　　　　　　　　　　　　　（〈季氏〉卷八，頁16）

儲欣於「死之日，民無德而稱焉」旁批「冷然」，於「民到于今稱
之」旁批「卓然」，於「其斯之謂與」旁批「一語喚醒」；並有兩眉
批，一則是在「齊景公有馬千駟，死之日，民無德而稱焉」眉批：
「字字鐵對，可作古鑑」，一則是在「伯夷叔齊餓於首陽之下，民到
于今稱之。其斯之謂與？」眉批：「此亦雲間龍爪也，借事警醒喚人
多少」。

　　從以上兩例的「龍見麟爪，自具全身」、「雲間龍爪」意象，顯然
與王士禎論詩的「神韻說」意象相關。

　　就第一例來看，儲欣從「二『不』字」的愛物心，體悟到與〈西
銘〉：「民，吾同胞；物，吾與也」相同的「仁」的精神，故全章雖只
有「釣而不綱」、「弋不射宿」兩事，但兩者同樣都流露仁心，體現了
孔子的道德涵養，因為這是言外之意的境界，故儲欣眉批「龍見麟
爪，自具全身」，表達只以兩事為「麟爪」，已足以隱含仁心之「神龍
全身」境界。

　　就第二例來看，儲欣看出伯夷叔齊對後世人民的影響力，故於
「民到于今稱之」旁批「卓然」，又從「其斯之謂與」讀出的言外之

意（旁批「一語喚醒」）。儲欣認為此章對伯夷叔齊之德的敘寫，意在言外，故以「雲間龍爪」意象為評。

因此儲欣評點之「神韻」，可說與王士禛「神韻說」觀點相近或相契。前文亦述及儲欣與王士禛有交游，儲欣將論詩的「神韻」，應用在評點《四書集注》，或許亦可視為儲欣對神韻說的接受與開展。

儲欣此類意象批評，重視言外之意的領會，可說其風格偏於含蓄。

（二）幽遠

儲欣的意象批評，有時表現出對義理的低迴思考，故而呈現出幽遠意境。如：

> 子曰：「弟子入則孝，出則弟，謹而信，汎愛眾而親仁。行有餘力，則以學文。」
>
> 　　　　　　　　　　　　　　　　　　　（〈學而〉卷一，頁3）

儲欣此章有眉批「層巒聳翠，煙霞間出」之外，於「弟子」旁批「喚醒」，於「入則孝，出則弟」旁批「一句一事」，於「汎愛眾而親仁」旁批「二句一事」，於「行有餘力，則以學文」旁批「拖句神味自遠」。

儲欣的旁批，能細繹句義，注意「一句一事」、「二句一事」之敘事句數，提點敘事精練與句法變化的重要。「行有餘力，則以學文」所指「拖句」，則是注意因句數增加所形成結尾的餘韻「神味」，並與眉批「層巒聳翠，煙霞間出」意象（指「入則孝，出則弟，謹而信，汎愛眾而親仁」四事）相呼應，呈現出「幽遠」意境。又如：

> 子路、曾晳、冉有、公西華侍坐……「點！爾何如？」鼓瑟
> 希；鏗爾；舍瑟而作。……「吾與點也！」
>
> （〈先進〉卷六，頁9-10）

儲欣於「鼓瑟希，鏗爾，舍瑟而作」旁批「筆端幽遠，恍如風來松
際；草薰日邊」[72]。

　　儲欣重視文氣與韻味，先從曾晳琴音漸稀、鏗爾作結的聽覺敘
寫，體會「筆端幽遠」之境界，再從琴聲聽覺，轉化為「風來松際，
草薰日邊」之聽覺、視覺兼具之意象，而呈現出幽遠而有餘韻之意
境。再如：

> 子曰：「父母之年，不可不知也。一則以喜；一則以懼。」
>
> （〈里仁〉卷二，頁16）

儲欣於「一則以喜，一則以懼」旁批「夜半鐘聲；沁入心脾」。

　　儲欣運用「移覺」，先通過聽覺感官所及之鐘聲，警醒學子須知
道父母之年，又將鐘聲轉為水之觸覺，強調體會之深入，進而引發內
省體悟之心覺，以感懷親恩，及時孝養。這是透過鐘聲之幽遠意象，
深化義理，發人深省。

（三）自然

　　儲欣的意象批評，有時表現出對義理的豁然開朗，而呈現出清淨
自然意境。如：

---

72 儲欣於此章尚有其他旁批與眉批，此略。

子絕四：毋意，毋必，毋固，毋我。

（〈子罕〉卷五，頁1）

儲欣旁批「皎月澄潭，翳滓盡去」並有眉批「劈開情障，純得天機」。
　　朱《注》云：「四者相為終始，則物欲牽引，循環不窮矣。」又
引張子曰：「四者有一焉，則與天地不相似。」（卷五，頁2）可知，儲
欣的「皎月澄潭」意象，與朱《注》相應，去此四者，方能不為欲所
役使，而得天機，呈現出自然清新的境界。再如前文所舉之：

子貢曰：「如有博施於民而能濟眾，何如？可謂仁乎？」子
曰：「何事於仁，必也聖乎！堯舜其猶病諸！夫仁者，己欲立
而立人，己欲達而達人。能近取譬，可謂仁之方也已。」

（〈雍也〉卷三，頁21-22）

儲欣於「己欲立而立人，己欲達而達人」旁批「通融無礙，水月盡
徹」。朱《注》云：「以己及人，仁者之心也。於此觀之，可以見天理
之周流而無閒矣。狀仁之體，莫切於此。」（〈雍也〉卷三，頁22）儲
欣除了以「通融無礙」直接呼應「天理之周流而無閒」，又巧妙賦予
自然清淨之「水月盡徹」意象，將義理與意境並陳相應，使意象批評
更有助於對義理的理解。

（四）真切

　　儲欣認為敘寫出人事、義理的真切處，能對全章起「點睛得神」
的作用，如：

有子曰：「其為人也孝弟，而好犯上者，鮮矣；不好犯上，而

好作亂者，未之有也。君子務本，本立而道生。孝弟也者，其
為仁之本與！」

（〈學而〉卷一，頁1）

儲欣於「其為人也」旁批「劈空一喝」，於「而好犯上者，鮮矣；不
好犯上，而好作亂者，未之有也」旁批「數句得唱嘆之神」。於「君
子務本」旁批「較『實』字深」，於「本立而道生。孝弟也者，其為
仁之本與！」旁批「僧繇點晴，憑空欲飛」。

〔南宋〕祝穆《古今事文類聚》「點睛龍飛」條，引《後山談
叢》云：「張僧繇於金陵安樂寺畫四龍，不點睛，每云：點之，即飛
去。人以為誕妄。因點其一，須臾，雷霆破壁，一龍乘雲上天，一龍
不點眼者見在。」[73]儲欣此章即以「僧繇點睛」為喻，說明孝悌為道
之本，以孝悌為「晴」，重視整體審美之「神」；又點出「本」字用的
好，若換成「實」字，則義理較淺，唯有掌握義理的核心概念（孝悌
為仁之本），才能使論述真切而生動。此章表現出儲欣結合義理闡釋
與文法、風格分析之綜合評點方式，又如：

或曰：「雍也仁而不佞。」子曰：「焉用佞？禦人以口給，屢憎
於人。不知其仁，焉用佞？」

（〈公冶長〉卷三，頁2）

儲欣於「焉用佞」旁批「撇得快」，於「禦人以口給，屢憎於人」旁
批「小人情態；傳神阿堵」，於「不知其仁，焉用佞？」旁批「斷得
快」。

---

73 〔南宋〕祝穆：《古今事文類聚‧前集》，《四庫全書‧子部‧類書類》，卷四十，頁
3。

　　「傳神阿堵」出自《世說新語》：「顧長康畫人，或數年不點目精，人問其故，顧曰：「四體妍蚩，本無關於妙處，傳神寫照正在阿堵中。」[74]儲欣所批「小人情態，傳神阿堵」，乃贊其以「禦人以口給，屢憎於人」寫小人形象，十分貼切生動，又與朱《注》所云：「佞人所以應答人者，但以口取辨而無情實，徒多為人所憎惡爾」（卷三，頁2）相應。

　　儲欣在評價人品風姿時，也會以物我交融的意象，透過傳神的類比，將人物之神采或人品表現出來，如：

　　　　子使漆雕開仕。對曰：「吾斯之未能信。」子說。[75]

　　　　　　　　　　　　　　　　　　（〈公冶長〉卷三，頁2）

儲欣於「子使漆雕開仕」旁批「朗朗玉山」，於「吾斯之未能信」旁批「望見廬山真面目」。

　　儲欣以「朗朗玉山」形容漆雕開之人才卓特，實與朱《注》引謝氏曰：「聖人使之仕，必其材可以仕矣」（卷三，頁3）相呼應；儲欣以「廬山真面目」評漆雕開之自謙從政能力尚不足之人品，則可說深契孔子識才愛才之意。並與朱《注》引程子曰：「漆雕開已見大意，故夫子說之。」（卷三，頁3）相應。

　　另外，儲欣也運用以物擬人的方式，使評點人物更生動，如：

74　〔南朝梁〕劉義慶：《世說新語‧巧藝第二十一》，《四庫全書‧子部‧小說家類》，卷下之上，頁41。

75　朱注：「說，音悅。漆雕開，孔子弟子，字子若。斯，指此理而言。信，謂真知其如此，而無毫髮之疑也。開自言未能如此，未可以治人，故夫子說其篤志。」

子謂公冶長，「可妻也。雖在縲絏之中，非其罪也」。以其子妻
之。[76]

（〈公冶長〉卷三，頁1）

儲欣眉批「孔雀屏中上節一條黑索，下節一首古詩」，於「雖在縲絏
之中，非其罪也」旁批「擇婿之奇；一句斷語」。

儲欣以「孔雀」喻公冶長之賢，以「黑索」比喻其在縲絏之中，
又以「古詩」盛讚孔子擇婿之奇，不僅將聖賢經典與文學之美作連
結，又透過擬物意象，將公冶長人品之形象，真切傳神的形容出來。

（五）簡峭

儲欣重視能運用簡鍊文字點出警醒或關鍵意涵之行文技巧，如
〈為政〉：「孟懿子問孝。子曰：『無違。』……」（卷一，頁11）儲欣
於「無違」旁批「簡峭」。[77]儲欣即明白指出「無違」二字，具用字簡
峭之特色。儲欣意象批評，反應在鍊字、鍊句的方面，有時即呈現出
簡淨健峭的風格，如前文所舉：

子曰：「興於詩，立於禮，成於樂。」

（〈泰伯〉卷四，頁15）

---

76 朱注：「妻，去聲，下同。縲，力追反。絏，息列反。公冶長，孔子弟子。妻，為
之妻也。縲，黑索也。絏，攣也。古者獄中以黑索拘攣罪人。長之為人無所考，而
夫子稱其可妻，其必有以取之矣。又言其人雖嘗陷於縲絏之中，而非其罪，則固無
害於可妻也。夫有罪無罪，在我而已，豈以自外至者為榮辱哉？」。

77 全章評點，錄於此：「〈為政〉：孟懿子問孝。子曰：『無違。』樊遲御，子告之曰：
『孟孫問孝於我，我對曰「無違」』樊遲曰：『何謂也？』子曰：『生，事之以禮；
死，葬之以禮，祭之以禮。』」（卷一，頁11）儲欣於「無違」旁批「簡峭」，於「子
告之曰：『孟孫問孝於我，我對曰「無違」』」旁批「無心遭際，變成妙趣」，於「生，
事之以禮；死，葬之以禮，祭之以禮」旁批「一部小《孝經》，數語說盡」。

儲欣於「興於詩」旁批「是詩中味」，於「立於禮」旁批「是禮中
骨」，於「成於樂」旁批「是樂中神」，其以「味」、「骨」、「神」來比
喻「詩」、「禮」、「樂」，意象明白簡鍊，尤其以「味」、「骨」之象，能
近取譬，切身直接，與朱《注》相應，[78]從字句形式與義理內容來
看，其意象批評可說具有簡峭風格。又如前文所舉：

> 定公問：「君使臣，臣事君，如之何？」孔子對曰：「君使臣以
> 禮，臣事君以忠。」
>
> （〈八佾〉卷二，頁7）

儲欣眉批：「下一字如銅墻鐵壁，嶄然卓然」。儲欣以「銅墻鐵壁」意
象，說明「禮」字、「忠」字的「嶄然卓然」，亦顯出簡峭風格。

此外，儲欣對《經》文義理，也會運用直接顯明的意象批評審病
投劑之類，舉例如下：

> 林放問禮之本。子曰：「大哉問！禮，與其奢也，寧儉；喪，
> 與其易也，寧戚。」
>
> （〈八佾〉卷二，頁2）

儲欣眉批「當與〈棘子成章〉參看」，於「禮之本」旁批「難得」，於

---

[78] 朱《注》引程子曰：「天下之英才不為少矣，特以道學不明，故不得有所成就。夫
古人之詩，如今之歌曲，雖閭里童稚，皆習聞之而知其說，故能興起。今雖老師宿
儒，尚不能曉其義，況學者乎？是不得興於詩也。古人自洒埽應對，以至冠、昏、
喪、祭，莫不有禮。今皆廢壞，是以人倫不明，治家無法，是不得立於禮也。古人
之樂：聲音所以養其耳，采色所以養其目，歌詠所以養其性情，舞蹈所以養其血
脈。今皆無之，是不得成於樂也。是以古之成材也易，今之成材也難。」（卷四，
頁15-16）

「禮,與其奢也,寧儉;喪,與其易也,寧戚。」旁批「還他本去,自是今日救時病藥」。又如:

> 子曰:「齊一變,至於魯;魯一變,至於道。」
>
> (〈雍也〉卷三,頁19)

儲欣眉批「絕妙審病投劑手」,於「齊一變,至於魯」旁批「巨眼」,於「魯一變,至於道」旁批「此則易見矣」。

　　兩例皆以「審病投劑」為喻。前例出偏重禮文之病,儲欣並提點學子此章要與《顏淵‧棘子成章》[79]相參看,使學子了解「文質兼重」的意涵,也見出儲欣對讀書反覆推求、融會貫通的重視;後例以「絕妙審病投劑手」為喻,其喻解就在朱《注》[80]中,以先王之道作為修治齊魯政俗的良藥。儲欣「審病投劑」之意象批評,義理分明直接,可說具簡峭風格。

五　結論

　　本文試圖從儲欣評點朱熹《論語集注》之意象批評,以了解其意

79　棘子成曰:「君子質而已矣,何以文為?」子貢曰:「惜乎!夫子之說,君子也。駟不及舌。文猶質也,質猶文也。虎豹之鞟猶犬羊之鞟。」(〈顏淵〉,卷六,頁16-17)

80　朱《注》:「孔子之時,齊俗急功利,喜夸詐,乃霸政之餘習。魯則重禮教,崇信義,猶有先王之遺風焉,但人亡政息,不能無廢墜爾。道,則先王之道也。言二國之政俗有美惡,故其變而之道有難易。程子曰:『夫子之時,齊強魯弱,孰不以為齊勝魯也,然魯猶存周公之法制。齊由桓公之霸,為從簡尚功之治,太公之遺法變易盡矣,故一變乃能至魯。魯則修舉廢墜而已,一變則至於先王之道也。』愚謂二國之俗,惟夫子為能變之而不得試。然因其言以考之,則其施為緩急之序,亦略可見矣。」(〈雍也〉,卷三,頁19)

象批評之評點形式、內容、目的、功能，以及其創作觀與審美觀。

藉由儲欣評點材料的歸納與分析，可以發現，儲欣評點《論語集注》，常使用意象批評，而這也是其古文評點常用的批評類型。就其結合批評之意象類型來看，則涵蓋自然、人事等層面，多元而豐富。

就評點形式來看，儲欣採取細部批評方式，重視字、句、章之旁批，故即使儲欣評點朱熹《四書集注》不採用圈點，也能使學者精確理解其評語所指涉文句與文義。

就意象批評的功能來看，儲欣的意象批評能兼顧讀寫兩方面，不僅融會了《經》、《注》義理，亦兼顧微觀的字、句、章節意涵，以及宏觀的章旨闡發，並結合古文評點方式，揭示作文方法。

儲欣評點《論語集注》經義時，重視追想、省察工夫。透過意象批評，更可使學者熟讀義理的同時，體悟追想、省察工夫的重要，融合知性理悟與感性想像。而追想工夫，對「代聖人立言」的制藝，尤其重要。儲欣的意象批評，的確能讓學子學習運用想像力來理解聖賢義理。

另外，儲欣尤其重視對《經》、《注》義理的「悟」的工夫，而此「悟」的工夫，則與禪宗相關，而上承了嚴羽「以禪喻詩」之「妙悟」；儲欣古文詩詞兼擅，故其意象批評，也會引前人詩句或以詩歌般文字為評，並將論詩的「神韻」意境，運用在意象批評中。

在意象批評的創作觀方面，儲欣將意象批評與古文的字法、句法、章法等創作技法相結合：字法方面，能以生動意象強調出對精簡鍊字法的重視，以及類疊字的文氣效果；句法方面，則以意象批評說明句型長短、句數多寡、句法錯落與文意之呼應效果，重視「頰上添毫」法在敘事及說理的生色、警醒效果；章法方面，並重視文章脈絡銜接與呼應，以及行文布局等章法效果，並能以山脈意象或摹繪等意象為喻。這些結合創作觀的意象批評與其古文評點觀是相通的。

在意象批評的審美風貌方面，儲欣善於運用意象批評，其審美觀隨義理表達側重面向的差異，而呈現出五種常見的意象批評風格，分別是：含蓄、幽遠、自然、真切、簡峭等。

儲欣評點的意象批評，並不只呈現印象式的朦朧含糊性文字，而是常在同章中，加入其他關於文法或義理之評點說明，使全章評點相輔相成，使其意象批評具有虛實相生之美感與令人心領神會的閱讀愉悅。

總的來說，儲欣《四書集注》之意象批評特色，在於能兼顧了《經》、《注》閱讀理解與舉業寫作指導，可說是其「文道兩得」理念的教學實踐，即令學子在熟習聖賢義理的同時，亦習得行文要訣；尤其能兼重義理精讀、作文要訣、審美風貌三者，可說是知感兼具，呈現出融會經學與文學的跨界評點風格。

參考文獻

一　古籍

〔南朝梁〕劉　勰：《文心雕龍》，《四部叢刊》景明嘉靖刊本。

〔南朝梁〕劉義慶：《世說新語》，《四庫全書》，臺北：臺灣商務印書
　　　　館，1986年。

〔北宋〕釋惠洪：《冷齋夜話》，《叢書集成初編》，北京：中華書局，
　　　　1985年。

〔南宋〕朱　熹注，〔清〕儲欣批：《儲批《四書集註》》，清初光續十
　　　　七年臨桂毓蘭書屋謝氏家塾石印本，臺灣大學圖書館典藏。

〔南宋〕朱　熹撰，朱傑人、嚴佐之、劉永翔主編：《朱子全書》，上
　　　　海：上海古籍出版社，2002年。

〔南宋〕祝　穆：《古今事文類聚》，《四庫全書》，臺北：臺灣商務印
　　　　書館，1986年。

〔南宋〕嚴　羽：《滄浪詩話》，《四庫全書》，臺北：臺灣商務印書
　　　　館，1986年。

〔明〕李夢陽：《空同集》，《四庫全書》，臺北：臺灣商務印書館，
　　　　1986年。

〔清〕永　瑢、紀昀等撰：《四庫全書總目》，臺北：臺灣商務印書
　　　　館，1986年，文淵閣四庫全書本。

〔清〕王士禎：《漁洋詩話》，《四庫全書》，臺北：臺灣商務印書館，
　　　　1986年。

〔清〕趙執信：《談龍錄》，《四庫全書》，臺北：臺灣商務印書館，
　　　　1986年。

〔清〕儲　欣、蔣景祁合撰：《春秋指掌》三十卷，收入《四庫全書

存目叢書‧經部》第136-137冊，清康熙天藜閣刻本，濟南：齊魯書社，1997年。

〔清〕儲　欣、蔣景祁合撰：《春秋指掌》，清康熙二十七年〔1688〕天藜閣刻本，哈佛燕京圖書館藏。

〔清〕儲　欣：《唐宋十大家全集錄》，康熙四十四年〔1705〕居易堂刻本，臺灣師大圖書館藏善本。

＿＿＿＿：《唐宋十大家全集錄》，康熙四十四年〔1705〕刻本，哈佛燕京圖書館藏。

＿＿＿＿：《唐宋十大家全集錄》五十二卷，收入《四庫全書存目叢書‧集部》第404-405冊，清康熙刻本〔河東可之老泉三家集配光緒八年江蘇書局覆刻康熙本〕，濟南：齊魯書社，1997年。

〔清〕儲　欣：《在陸草堂文集》六卷，收入《四庫全書存目叢書‧集部》第259冊，濟南：齊魯書社，1997年，清雍正元年儲掌文刻本。

＿＿＿＿：《在陸草堂文集》，光緒十七年〔1891〕本祠藏板重刻本，哈佛燕京圖書館藏。

＿＿＿＿：《唐宋八大家類選》，光緒二十一年〔1895〕湖北官書處重刊本，臺灣故宮藏。

〔清〕清高宗：《御選唐宋文醇》，武英殿清乾隆3年〔1738〕刊本，哈佛燕京圖書館藏。

〔清〕闕　名：《嘉慶重修一統志》，《四部叢刊‧續編》上海：商務印書館，1934年。

〔清〕李元度：《國朝先正事略六十卷》，清同治年間刊本。

二　近人著作

王基倫：《宋代文學論集》，臺北：台灣學生書局，2016年。

宜興市政協文史資料委員會：《宜興人物志〔上〕》，南京：《江蘇文史資料》編輯部出版，1995年。

陳滿銘：《意象學廣論》，臺北：萬卷樓圖書公司，2006年。

孫琴安：《中國評點文學史》，上海：上海社會科學院出版社，1999年。

張伯偉：《中國古代文學批評方法研究》，北京：中華書局，2006年。

張洪海：〈清代儲欣、姚鼐《詩經》評點二種述略〉，《文獻季刊》，2011年7月第3期，頁99-104。

_____：《《詩經》評點史》，上海：上海社會科學院出版社·2018年。

張永昊、賈岸：〈中國古代象喻式批評的演變軌跡及其功能〉，《文史哲出版社》1995年第4期，頁81-86。

彭玉平：《詩文評的體性》，北京：北京大學出版社，2012年。

趙秀紅：〈清初詞人蔣景祁行年簡譜〉，《南洋師範學院學報〔社會科學版〕》第7卷第5期，2008年5月，頁40-43。

劉若愚著，杜國清譯：《中國文學理論》，臺北：聯經出版公司，2010年。

羅根澤：《中國文學批評史》，臺北：學海出版社，1980。

若隱若現的情
——論薛寶釵人物形象

卜慧文

臺灣師範大學國文學系碩士生

摘要

在古典小說的研究領域中，「紅學」實為顯學，曹雪芹的《紅樓夢》實有一批忠實讀者。而在眾金釵中，又以林黛玉與薛寶釵為兩大主角，歷來各有其支持者。「左釵右黛」的擁護者，便對薛寶釵此人物帶有敵意。本文論者將回歸文本及脂硯齋評語，並參酌當代學者論點，重新論述薛寶釵之人物形象，探究薛寶釵此人物內心所蘊含的情感、想法，及其性格形成的可能因素。本文將先從才子佳人小說論起，定義何謂「佳人」，相對於林黛玉，薛寶釵所呈現的佳人形象為何。再論在小說流變過程中，從追求情節之奇，漸趨於塑造圓形人物之走向，當人物漸趨重要時，作者如何寫人，主論曹雪芹如何透過詩、對話、情節、人物住所等面向，配以脂硯齋的評語，就此探討作者所欲呈現的人物風貌，展現出薛寶釵情感多變的一面。

關鍵詞：紅樓夢、薛寶釵、冷香丸、任是無情也動人、才子佳人。

一　前言

　　生而為人，之所不同於世間萬物，在於擁有七竅，透過感官與外界接觸，在刺激之下對世界產生不同的認識，有了認識便有了情感，有了情感便有了慾望，「情」為世間最難解之事，依情而生，便又有了「七情六慾」等不同的情態。《紅樓夢》為古典小說之代表作，其所刻意留下的空白處，是作者留給後世讀者解讀的空間。不論是新、舊紅學，各自都有其所堅持的論點，在文本中充斥著不確定性以及意義空白，更為閱讀帶來了更多的可能性。因此構成小說最重要的要素：人物，其呈現的形象便有了更多不同解讀的可能性，若只以單一觀點去剖析人物，可能會有失公正。佛斯特在其著作《小說面面觀》中，曾提出「扁平人物」的概念：「在最純粹的形式中，他們依循著一個單純的理念或性質而被創造出來；假使超過一種因素，我們的弧線即趨向圓形。真正的扁平人物十分單純，用一個單純的句子就可使他形貌畢現。」[1]在《紅樓夢》中，此種人物相對較少，大多數的人物都不能用單一形容詞來品評。寶釵身為金釵中的代表人物，屬於佛斯特所提出的「圓形人物」：「變化不斷，繁複多面」[2]便是圓形人物的最大特點。

　　圓形人物也能夠展現其悲劇性，使讀者投射各種情感；圓形人物極具功能性，可以切合小說中各種情節的需求；圓形人物可以使人信服，也可帶給人新奇感。[3]在《小說藝術論》中則提到：「圓形人物沒有超常的性格特徵，更逼似生活中的真人、常人。」[4]圓形人物的存

1　佛斯特著，李文彬譯：《小說面面觀》（臺北：志文出版社，2002年1月），頁92。

2　佛斯特著，李文彬譯：《小說面面觀》，頁94。

3　佛斯特著，李文彬譯：《小說面面觀》，頁99、101、104。

4　馬振方：《小說藝術論》（北京：北京大學出版社，1999年1月），頁39。

在，可以引起讀者共鳴，因之而產生不同的評價，因此在歷來紅學研究中，產生了擁黛及擁釵派，也不令人意外。「圓形人物的生命深不可測──他活在書本的字裡行間。」[5]人物帶動情節發展，因為其人格特質，故有如此選擇，圓形人物由文字賦予其生命，卻跳脫文字的束縛，如同與讀者並存於世。讀者如何認識人物，便呈現了讀者對於小說世界的認識，野鶴在〈讀紅樓夢劄記〉如此說道：

> 讀《紅樓夢》，第一不可有意辨釵、黛二人優劣。或曰：「黛玉憨媚有姿，雅謔不過結習，若寶釵則處處作偽，雖曰渾厚，便非至情，於以知黛高而釵下。」或曰：「黛有小才，未聞君子之大道，一味撚酸潑醋，更是蓬門小家行徑，若寶釵則步履端詳，審情入世，言色言才，均不在黛玉之下，於以知釵高而黛下。」野鶴曰：都是笑話。作是說者，便非能真讀《紅樓夢》。[6]

從以上的評論中可清楚看到，若帶著預設的主觀想法去閱讀文本，將無法客觀地看到人物的多樣性，及深入地去了解人物在行動時的心理狀態，以及造成此行為的外在因素。黛玉的任性率真，可以被解釋為不識大體；寶釵的端莊大方，可以被解釋為虛偽矯情。故如何認識作者「怎麼寫人物？」便是一門大學問。

《紅樓夢》的迷人之處，不同於他類小說，世情小說的不可取代性，便在於其貼近生活的特點，小說中的人物和讀者是沒有距離的，不同於神魔小說中具備特殊能力的主角，也不同於歷史演義小說的英

5　佛斯特著，李文彬譯：《小說面面觀》，頁104。
6　〔清〕野鶴：《讀紅樓夢劄記》，一粟編：《紅樓夢資料彙編》（北京：中華書局，2008年6月），卷三，頁286。

雄人物。而小說中對於細節的描寫，也使人物性格更為突出。魯迅在
《中國小說史略》中將《紅樓夢》分類為「清之人情小說」，他在文
中提到：「全書所寫，雖不外乎悲喜之情，聚散之跡，而人物事故，
則擺脫舊套，與在先之人情小說甚不同。」[7]《紅樓夢》寫人物不同
以往，除了個別的人物特寫外，更有相似人物、相反人物的共構比
對，使其形象更為突出。張其信《紅樓夢偶評》：

> （第八回開首）若寶釵一面，則虛寫暗寫，比黛玉一面，更覺
> 無跡可循。其實美人中以寶、黛二人為主，其組織處皆用雙筆
> 對待之，故寶釵一面，人以為與寶玉無情，而為黛玉扼腕，非
> 知《紅樓》者也。即如此回，便是組織寶玉與寶釵處，借黛玉
> 口內奚落吃醋以點睛，此即所謂正面用縮筆，旁面用伸筆也。
> 深於是書者，當不以予言為河漢。[8]

上文點出了寶釵此人物的複雜性，作者非用明筆，須仔細留意才可詳
查。釵黛兩人實相對應，在歷來評點中曾以「瑜亮情結」稱代兩人關
係。寶玉在情榜中為「情不情」，多情如他，在出家退卻塵世一切煩
擾之前，黛玉為其精神伴侶是不可否認的，但難道面對寶姐姐，無一
絲絲動情？

在《紅樓夢》中，一反以男性為主體，女性占有一席之地，此在
以男性為主體的中國傳統文化中，實為難得。歐麗娟在《大觀紅樓・
母神卷》其中的〈緒言〉中提到：

7　魯迅：《中國小說史略》（合肥：安徽人民出版社，2013年），頁159。
8　〔清〕張其信：《紅樓夢偶評》，一粟編：《紅樓夢資料彙編》（北京：中華書局，
　　2008年6月），卷三，頁217。

其次，《紅樓夢》既致力於「為閨閣昭傳」，自然就會與「女性」息息相關，包括女性意識、女性價值、女性型態、女性生活，其中，女性生活是具體可見的，也是小說中最細膩展演的血肉，而由此所呈現出的女性型態也最是傳神可感；至於女性意識、女性價值觀這類思想層面乃至潛意識層面，就不是那麼容易可以從表面判讀出來的。[9]

由此推論，曹雪芹意圖透過十二金釵，營造出不同的典型人物，而薛寶釵與林黛玉，其中必有其同與不同之處。《紅樓夢》中的女子形象，對於在其之前的「才子佳人小說」類型，有其繼承與超越。何謂才子佳人小說？「他們通常特指理想化了的男女之間的愛情和婚姻故事。」[10]其中有其特定的發展模式與人物形象，如所謂才子是風度翩翩、有才之人，甚或可帶兵打仗者；佳人是楚楚動人的，並且「鍾情於其丈夫或情人的美女……被作為清代才子佳人小說中佳人形象的原形」[11]，至清代佳人更是具備文才的。在情節方面，兩人能相遇，中間必有其牽線者，如《鶯鶯傳》中之丫鬟小紅，而兩人之間必有定情物以示真心，可能為題了詩的扇子，也可能是貼身的汗巾，而在相戀之後必會遭遇阻礙，最後突破困難，得以相伴終生。佳人形象的逐漸成熟，成為《紅樓夢》中眾金釵人物形象發展的基礎。魯迅在《中國小說史略》提及：

二書大旨，皆顯揚女子，頌其異能，又頗薄制藝而尚詞華，重

9　歐麗娟：〈緒言〉，《大觀紅樓・母神卷》（臺北：臺大出版中心，2015年），頁7。

10　周建渝：〈第一章　導論〉，《才子佳人小說研究》（臺北：文史哲出版社，1998年），頁4。

11　周建渝：〈第一章　導論〉，《才子佳人小說研究》，頁13。

俊髦而嗤俗士，然所謂才者，惟在能詩，所舉佳篇，復多鄙
倍，如鄉曲學究之為；又凡求偶必經考試，成婚待於詔旨，則
當時科舉思想之所牢籠，倘作者無不羈之才，固不能沖決而高
翥矣。[12]

紅樓夢中的眾金釵們，雖非各個皆如釵黛兩人具備極高的詩賦，但對
於作詩及古典詩詞的了解，都有一定的程度。且黛玉之所以為寶玉之
理想伴侶，兩者能夠在心靈層次上有深刻的交集，便是因黛玉與寶釵
有不同之處，她不會希望寶玉也踏上科舉的遠征，努力學習，求取功
名，兩人具有相同的價值觀，故在第三十二回，寶玉道：「林姑娘從
來說過這些混帳話不曾？若他也說過這些混帳話，我早和他生分
了。」[13]但寶釵所代表的，是具備大家閨秀風範，在傳統儒家思維下
所培養出來的佳人形象，王希廉《紅樓夢總評》：「福、壽、才、德四
字，人生最難完全。……寶釵卻是有德有才，雖壽不可知，而福薄已
見……。」[14]身為女性，必須遵守三從四德的規範，體現「婦德、婦
容、婦言、婦功」的精神。此論點將在本文中再加以論述。以下本文
將承「佳人」形象的完成，從不同角度探討薛寶釵此一人物。

二　從「佳人」形象看寶釵

自古中國便有明確的男女分工界線，女子遵循三從四德，每日相

12　魯迅：《中國小說史略》，頁128。

13　〔清〕曹雪芹、高鶚原著，馮其庸校注：《紅樓夢校注》（臺北：里仁書局，2003
　　年），頁500。

14　〔清〕王希廉：《紅樓夢總評》，一粟編，《紅樓夢資料彙編》（北京：中華書局，
　　2008年6月），卷三，頁149-150。

夫教子，做做女工。接受教育與入學堂學習，是男子的權利。第四
回：「至李守中繼承以來，便說『女子無才便有德』，故生李氏時，便
不十分令其讀書」[15]談及李紈背景，與學習無緣。第四十二回：「所以
咱們女孩兒家不認得字的倒好。男人們讀書不明理，尚且不如不讀書
的好，何況你我……你我只該做些針黹紡織的事才是。」[16]可見寶釵
雖具備「才」，但仍不以此為其生活重心，仍謹守女性本分。而可被
稱為佳人者，除了具備內在的學識涵養，更包含其表現於外的應對進
退是否恰當。脂硯齋為佳人下了定義：「知命知身，識理識性，博學
不雜，庶可稱為佳人。可笑別小說中一首歪詩，幾句淫曲，便自佳人
相許，豈不醜殺。」[17]故可知佳人必須要能夠多方涉獵，能夠知其本
命，而能識理性此點，更反映出宋代理學盛行以來，對於人們思想的
箝制與影響。

　　寶釵的識大體，使其相對於黛玉，更能夠贏得大家的認可，獲得
一致的稱譽。第五回：「不想如今忽然來了一個薛寶釵，年歲雖大不
多，然品格端方，容貌豐美，人多謂黛玉所不及。而且寶釵行為豁
達，隨分從時，不比黛玉孤高自許，目無下塵，故比黛玉大得下人之
心。便是那些小丫頭子們，亦多喜與寶釵去玩笑。因此黛玉心中便有
些悒郁不忿之意，寶釵卻渾然不覺。」[18]脂硯齋在此評為：「這還是天
性」[19]由此可知寶釵性格中的善解人意，有一部分是天生所具備的，
面對黛玉心中的細膩想法，並未查覺，此可作為在第二十七回中所出
現內容的反證。「『嫁禍』可以說是烙印在薛寶釵身上最深的道德疤

15 〔清〕曹雪芹、高鶚原著，馮其庸校注：《紅樓夢校注》，頁65。

16 〔清〕曹雪芹、高鶚原著，馮其庸校注：《紅樓夢校注》，頁651。

17 〔清〕脂硯齋原著，陳慶浩編著：《新編石頭記脂硯齋評語輯校》（臺北：聯經出版
　　事業公司，1979年），頁159。

18 〔清〕曹雪芹、高鶚原著，馮其庸校注：《紅樓夢校注》，頁81。

19 〔清〕脂硯齋原著，陳慶浩編著：《新編石頭記脂硯齋評語輯校》，頁95。

痕，刻蝕在她的人格圖版上，成為一切定罪性審判的出發點。」[20]在此回中，寶釵因忘我的撲蝶，而不小心聽到了紅玉與墜兒的對話，因紅玉是個刁鑽東西，故使出了「金蟬脫殼」之計。在如此緊急的情況下，尋找脫身之法應為人之常情，至於為何提到黛玉，在撞見兩人談話前，出現以下情節：

> 忽然抬頭見寶玉進去了，寶釵便站住低頭想了想：寶玉和林黛玉是從小兒一處長大，他兄妹間多有不避嫌疑之處，嘲笑喜怒無常；況且林黛玉素習猜忌，好弄小性兒的。此刻自己也跟了進去，一則寶玉不便，二則黛玉嫌疑。倒是回來的妙。想畢抽身回來。[21]

在短時間內，必須要解除眼前的危機，在撲蝶前，停留在腦海中的人物，便是寶玉和黛玉，而為了使所說的謊具合理性，若提及寶玉，則破洞百出，一則與寶玉忘情嬉戲，甚至想要嚇寶玉，雖寶玉本和姑娘們關係親暱，但這與寶釵平日的形象相悖。但若解釋為姊妹之間的玩鬧，便相對合理。且從上述內容，可看出寶釵對於大觀園中的人物關係，有深刻的洞見，為了不破壞兩人關係，便選擇離開，由此可推及「嫁禍論」的不合理性。「閨中弱女機變如此之便，如此之急……焉得不拍案叫絕。」[22]，脂批對於寶釵的處理方式給了正面評價，一女子可有如此妥當的處置方式，實為不易。「很顯然，脂硯齋在寶釵身上所看到的，並不是深於城府的心計、機詐、謀略與陷害，而是巧於

---

20 歐麗娟：〈薛寶釵論——對《紅樓夢》人物論述中幾個核心問題的省思〉，《成大中文學報》第13期（2005年12月），頁152。

21 〔清〕曹雪芹、高鶚原著，馮其庸校注：《紅樓夢校注》，頁420。

22 〔清〕脂硯齋原著，陳慶浩編著：《新編石頭記脂硯齋評語輯校》，頁449。

應變的急智、靈活、聰明與慧黠。」[23]釵黛心結實為莫可奈何的處境。擁黛者認為黛玉的淚,是其真性情的展現,並以此作為寶釵狡詐的證明,但在第四十五回中出現:

> 然我最是個多心的人,只當你心裏藏奸。從前日你說看雜書不好,又勸我那些好話,竟大感激你。往日竟是我錯了,實在誤到如今。細細算來,我母親去世得早,又無姊妹兄弟,我長了今年十五歲,竟沒一個人像你前日的話教導我。怨不得雲丫頭說你好,我往日見她讚你,我還不受用,昨兒我親自經過,才知道了。比如若是你說了那個,我再不輕放過你的;你竟不介意,反勸我那些話,可知我竟自誤了。[24]

由黛玉親口所說的話,可證明其也感受到寶釵對人所釋放出的善意,一切的懷疑都來自自己內心的不平衡,因為孤身寄人籬下,見寶釵擁有薛姨媽、薛蟠等家人的支持,且因天性敏感,故常有哀傷之感產生,對於寶玉的心意也使其更為多疑,又因金玉良緣的說法,種種因素造成了兩人之間似乎存在的對立性。話石主人《紅樓夢精義》中提到「寫黛玉處處可憐,何忍厭其小性;寫寶釵處處可愛,何必怪其藏奸。讀書不容著己見也。」[25]故若未能跳脫己身對人物的既定印象,將無法看到人物不同層次的面貌,閱讀文本也少了許多樂趣。寶釵外顯的人格特質,她的體貼、聰慧,都可證其足以被稱為佳人,以及其身為《紅樓夢》核心人物的地位。

---

23 歐麗娟:〈薛寶釵論——對《紅樓夢》人物論述中幾個核心問題的省思〉,頁163。
24 〔清〕曹雪芹、高鶚原著,馮其庸校注:《紅樓夢校注》,頁694。
25 〔清〕話石主人:《紅樓夢精義》,一粟編:《紅樓夢資料彙編》(北京:中華書局,2008年6月),卷三,頁176。

　　佳人的另一項特質，和「女子無才便是德」的傳統想法稍有違背。在大觀園中，金釵們除了編織刺繡外，日常生活的其中一個重心，便是吟詩作詞。在小說中有許多眾人共同創作的場景，如第三十七回〈秋爽齋偶結海棠社　蘅蕪苑夜擬菊花題〉、第七十回〈林黛玉重建桃花社　史湘雲偶填柳絮詞〉等等，而每個人的創作，除了表現其性格與喜好外，實也隱藏著人物命運的暗示，是一種預言表現。在《紅樓夢》中，「提供文字之符號功能的『讖謠』與提供文字之藝術功能的『詩讖』這兩類，則都在書中獲得充分發揮。」[26]，故可以此來探寶釵人物形象的真義。在第六十三回中，寶釵掣出的花籤上，除了牡丹花的圖像外，更有唐代羅隱《牡丹花》詩句：「任是無情也動人」。被稱為百花王的牡丹，透過以花喻人的手法，寫出了寶釵的美麗，如在第二十八回中：「看看寶釵形容，只見臉若銀盆，眼似水杏，唇不點而紅，眉不畫而翠，比林黛玉另具一種嫵媚風流，不覺就呆了，寶釵褪了串子來遞與他也忘了接。」[27]心中鍾愛黛玉的寶玉，也被寶釵的美所震懾了。而再深究此句花籤中所體現出的人物形象，其中的「無情」二字，並不可單純地解為「沒有感情」，而須還原至全詩中加以討論。「若教解語應傾國」，若牡丹能如人一般，能聽懂我們所習用的語言，應為傾國傾城的佳人吧，可見此處的「無情」並非冷血無感，而是點出花卉與人之間的隔閡，「感時花濺淚，恨別鳥驚心」，花的哭泣、鳥的恐懼，都是身為萬物之靈的我們，將情感向外投射，使萬物變得有情，故不可以此作為寶釵無情的例證。「她的『無情』如果解釋為『將感情隱藏起來』可能更恰當一點。」[28]身為

---

26 歐麗娟：〈論《紅樓夢》中的隱讖系譜與主要表述策略〉，《淡江中文學報》第23期（2010年12月），頁62-63。

27 〔清〕曹雪芹、高鶚原著，馮其庸校注：《紅樓夢校注》，頁447。

28 盛孝玲：〈《紅樓夢》裡的雪〉，《紅樓夢研究集刊》第七輯（上海：上海古籍出版社，1981年10月），頁218。

傳統大家庭中的女性，從小接受的訓練，使其直覺性地選擇隱藏自己
真正的感情。

　　寶釵的學識涵養不同於他者，如第十七至十八回：「賈妃看畢，
稱賞一番，又笑道：『終是薛林二妹之作與眾不同，非愚姊妹可同列
者。』」[29]可見釵黛兩人的詩賦皆為他人所認可，且在本回中，寶釵提
醒寶玉，「綠蠟」的典故出處，為唐錢珝咏芭蕉詩的頭一句：「冷燭無
烟綠蠟乾」，其才學更勝男子，更可見其不凡。第三十八回：「到底要
算蘅蕪君沉著，『秋無跡』、『夢有知』，把個憶字竟烘染出來了。」[30]
今日的秋圃已無菊花的蹤跡，回憶只在夢中出現，寶釵能把握詩的創
作特點，委婉曲折地呈現主題，足見其創作功力。而在第三十七回中
寶釵的詩作，更可緊扣作品呈現人物性格的功能。詩作如下：

> 珍重芳姿晝掩門，自攜手甕灌苔盆。
> 胭脂洗出秋階影，冰雪招來露砌魂。
> 淡極始知花更艷，愁多焉得玉無痕。
> 欲償白帝憑清潔，不語婷婷日又昏。[31]

「珍重」句藉白海棠的純潔以自喻，強調寶釵身為大家閨秀，所體現
出來端莊矜持的儀態。脂硯齋評語為：「寶釵詩全是自寫身分，諷刺
時事，只以品行為先，才技為末。」[32]可知寶釵希冀自己所表現的形
象，是合乎大眾期待的，不特立獨行，不炫耀己之才能，是典雅莊重
的，且盼被看為有德之人。「冰雪」句脂批評為：「看他清潔自厲，終

---

29 〔清〕曹雪芹、高鶚原著，馮其庸校注：《紅樓夢校注》，頁276。
30 〔清〕曹雪芹、高鶚原著，馮其庸校注：《紅樓夢校注》，頁588。
31 〔清〕曹雪芹、高鶚原著，馮其庸校注：《紅樓夢校注》，頁563。
32 〔清〕脂硯齋原著，陳慶浩編著：《新編石頭記脂硯齋評語輯校》，頁497。

不肯作一輕浮語。」[33]嚴以律己，寬以待人，寶釵的自我期許，是從一而終的。「淡極」句則難得透顯出寶釵對自己的讚賞，其人格體現在平淡中，隱約散發出一種精彩，那艷麗是低調的，是不欲人知的。透過以上敘述，可以看到「《紅樓夢》寫寶釵，其性格、容貌、言語、舉止、學識、才能無一不佳，合於過去封建家庭中女子的『德、容、言、工』四德兼備的標準。」[34]綜論以上諸點，寶釵此人物，除繼承佳人之女子形象呈現外，更多了對於道德的高標準要求，其形象是多元、飽滿且立體的。

三 從「冷香丸」看薛寶釵的情

黛玉葬花的經典片段，在在都被認為是黛玉多情的例證，因為其多情，故不捨花曝屍在荒郊野外，又聯想到他日當自己魂歸於天時，又不知會有何人來埋葬自己。釵黛合傳的結構筆法，讓相對於黛玉的寶釵，成了無情的代表。歷來談論寶釵的無情，可從她對他人逝去的淡漠著手，如在第三十二回中，當寶釵與襲人聽到金釧兒的死訊時，相對於襲人的落淚，寶釵選擇前往王夫人的家中，陪伴在王夫人身旁。王夫人為寶玉的母親，寶釵的考量耐人尋味，且寶釵將金釧兒的死解釋為失足落下，雖不無可能性，但細究小說前面的情節，金釧兒因寶玉而遭受偌大委屈，但寶釵卻作此解釋。又寶釵極盡所能地要緩解王夫人的懊悔，不論是向王夫人提出多給予金家金錢上的協助的建議，或是將自己的新衣贈與王夫人，作為給予金釧兒的賠禮，雖可見其行動，卻感受不到其有傷心、難過之意，相對於襲人、王夫人的落

---

33 〔清〕脂硯齋原著，陳慶浩編著：《新編石頭記脂硯齋評語輯校》，頁497。

34 俞平伯：〈《紅樓夢》中關於十二釵的描寫〉，《俞平伯論紅樓夢》（上海：上海古籍出版社，1988年），頁995。

淚，更顯出寶釵的無情。又在第六十七回，當薛姨媽聽聞尤三姊的死訊，正在傷感之際，寶釵卻認為人的命運早已注定，尤三姊與柳湘蓮有緣無分，這也是人力無法改變之事，寶釵建議薛姨媽反倒應該提醒哥哥，要好好犒賞那些與薛蟠同去江南經商的夥計們。面對身旁的人的逝去，就算並非至親好友，也應有一絲的感傷，但由文本內容可見，寶釵以過於冷靜的態度來應對，因此被視為無情之人。

　　楊義在《中國敘事學》中提到：「原有相的對比性內涵得到進一步的闡釋：寶釵的『德』使她會做人而處於俗世界；黛玉的『才』使她會做詩而處於詩世界。」[35]在前文論述中已提到，寶釵是具備文才的，故兩者立場是否如此對立，仍有其可探討的空間。而提到寶釵，便不可忽略「蘅蕪苑」及「冷香丸」兩者。蘅蕪苑為寶釵在大觀園中的住所，初給人的感受是冷清的、疏遠的，在第十七至十八回，賈政道：「此處這所房子，無味的很。」[36]，但再細究其內部，充滿了藤蘿薜荔、杜若蘅蕪、茝蘭、清葛、金簦草、玉蕗藤、紫芸、青芷等各式香草。這些香草曾出現在屈原的《離騷》中，香草泛指君子，君子的德行與佳名如同香草的香氣一般，香遠益清，故寄託了居處主人所欲追求的理想美德。有德者能實行仁道，而仁的真義便是愛人，愛人也是情的展現。

　　體弱多病是黛玉的一大特色，寶釵相對身體狀況較佳，但其仍有其需面對的疾患。在第七回中，寶釵笑道：「只因我那種病又發了，所以這兩天沒出屋子。」[37]所謂那種病，是胎裡所帶來的熱毒，因此所引起些微的喘嗽。而「冷香丸」的命名，應非代表服用者的本身特質，相反地，藥物所具有的特點，應是要壓抑病人本身具有的病徵。

35　楊義：《中國敘事學》（北京：人民出版社，2004年），頁87。

36　〔清〕曹雪芹、高鶚原著，馮其庸校注：《紅樓夢校注》，頁260。

37　〔清〕曹雪芹、高鶚原著，馮其庸校注：《紅樓夢校注》，頁123。

「所謂『胎裡帶來的』之說法，意謂這是與生俱來之本能或天性；而
『熱毒』指的是一種本能被刻意壓抑，以致熱情慾望無法自然宣洩或
合理疏導所形成的痛苦。」[38]故可知寶釵心中，有其情感豐沛的一
面。即使寶釵有來自社會、家族、自身的道德規範與約束，但七情六
慾的存在是不容忽視的，故即便嚴謹如寶釵，在小說中仍有其不小心
透露出真性情的部分。如第二十七回中，寶釵見一雙玉色蝴蝶，「寶
釵意欲撲了來玩耍，遂向袖中取出扇子來，向草地下來撲。只見那一
雙蝴蝶忽起忽落，來來往往，穿花度柳，將欲過河。倒引得寶釵躡手
躡腳的，一直跟到池中的滴翠亭上，香汗淋漓，嬌喘細細，寶釵也無
心撲了。」[39]行為舉止總是端莊得體的她，在無人見處竟忘情地與蝶
嬉戲，其實對於正處在花漾年華的少女來說，這本是稀鬆平常的畫
面，若是其他金釵出現此種行為也仍可理解， 但今日體現在寶釵身
上，更可反映出其內心中所蘊含的單純與美好。清代時也出現了相關
評論：

　　紛飛蛺蝶繞樓台，暖逐東風撲幾回。
　　扇影亂搖忙玉腕，粉痕斜溜濕香腮。
　　偶因遊戲閒消遣，豈為迷藏暗捉來。
　　卻怪亭中私語久，防人忽把綺窗開。[40]

撲蝶是隨性為之的遊戲，不料自己卻差點落入險境，聽到了不應知道
的私語。並不是刻意害之，而是在緊急情況下所做出的應對方法。生

---

38 歐麗娟：〈「冷香丸」新解——兼論《紅樓夢》中之女性成長與二元襯補之思考模
　　式〉，《臺大中文學報》第16期（2002年06月），頁184。

39 〔清〕曹雪芹、高鶚原著，馮其庸校注：《紅樓夢校注》，頁420。

40 〔清〕闕名：《大觀園影事十二詠》，一栗編：《紅樓夢資料彙編》（北京：中華書
　　局，2008年6月），卷五，頁541。

命中有太多的意料之外，若以此判定其狡詐偽善，品評人物稍嫌過於嚴厲。

　　寶釵的情，在與寶玉的互動上也可略見一二。兩人之間的情感，並不可解為單純的男女之情，在第八回中寶釵對寶玉的掛心，寶釵以起身含笑，並多謝其記掛來回應；第二十八回寶釵因記著往日母親提過，金鎖等日後有玉的方可結為婚姻，且見元春所賜物品唯獨其與寶玉一樣，心中覺得沒意思；第十九回中更戲稱寶釵為寶兄弟。可見寶釵因為「金玉良緣」的預言，也因觀察到寶黛兩人的互動，故面對寶玉，未有太多男女之間的聯想，故歷來論寶釵覬覦「寶二奶奶」的論點，實須再考量。相對於今日女子擁有自由戀愛的權利，古代女子的婚姻大事皆由長輩定奪：

> 強把紅絲代婿牽，浪傳金玉是姻緣。
> 身如傀儡難為主，詠到鴛皇亦可憐。
> 私祝但祈兒有命，柔情能感母稱賢。
> 那堪回憶登車日，親迎人猶病榻眠。[41]

主題為〈哭薛寶釵〉，點出了寶釵心中的無奈。明知夫婿心中有他人，但因為長輩們的安排，只得含淚下嫁。「身如傀儡難為主」，寶釵知道自己沒有其他選項，也不願讓家人失望。寶釵是薛姨媽最大的支柱，面對未知生死的寶玉，也只能打起精神，盡到寶二奶奶的責任。封建社會婚姻制度的弊病，造就了這一場悲劇：

> 寶玉與寶釵，其初未嘗不相憐相愛，然結婚之後，乃格格不相

---

41 〔清〕周澍：《紅樓新詠》，一粟編，《紅樓夢資料彙編》（北京：中華書局，2008年6月），卷五，頁490。

入，非寶玉之罪，亦非寶釵之罪，乃夫婦制度之罪也。因有夫
婦制度，寶釵所以負傾軋黛玉之冤，而寶玉遂以痛心夫婦制度
者，而不得不移恨於寶釵矣。寶釵冤哉！[42]

寶玉與寶釵，都為制度下的犧牲者，無法衝破的制度鐵網，造就了一
場場的悲劇。

　　論者認為，寶釵面對寶玉的情感，應為因長時間相處在同一個屋
簷下，一起成長，家人之間所產生的緊密聯繫。寶釵的成熟與洞察人
情世故，讓她即使知道寶玉不愛聽，也要說混帳話勸其努力研讀經
典，學習八股文，準備科舉考試（補充力勸寶玉走仕途經濟）；而在
第三十四回中，「寶釵見他睜開眼說話，不像先時，心中也寬慰了好
些，便點頭嘆道：『早聽人一句話，也不至今日。別說老太太、太太
心疼，就是我們看著，心裏也疼……』剛說了半句，又忙咽住，自悔
說的話急了，不覺的就紅了臉，低下頭來。」[43]此處因為自覺流露過
多的真情，非得體的表現，而慌忙打住；又第九十八回中，寶釵不理
他人毀謗，說明黛玉之死，使寶玉得以恢復正常，又在其狀況好轉
後，在其身旁陪伴並以言相勸。以上種種情況皆顯示出，寶釵有情的
一面。

　　「冷香丸」蘊含冷靜、有德的象徵意義，寶釵的天性受到抑制，
欲望的危險性，可與理學中強烈的禁慾主義相互呼應。而透過教化手
段，可以將本性改造，讓寶釵成為賢德的代表，大觀園實為大時代的
縮影，寶釵也因此在其中可以找到安身立命的一隅。如同歐麗娟提到：

---

42 〔清〕海鳴：《古今小說評林》，一粟編：《紅樓夢資料彙編》（北京：中華書局，
　　2008年6月），卷六，頁645-646。

43 〔清〕曹雪芹、高鶚原著，馮其庸校注：《紅樓夢校注》，頁517。

這正印證了寶釵成長中的社會化過程，是建立在『同於眾』而
與黛玉諸人無異的天性上，隨著後天環境所施予的人為化育
（「偽」即人為之意），才塑造出時時以道德自持的聖賢風貌，
就是她「異而過眾」的原因。先天之性一也，後天之發展卻殊
途二致，釵、黛二人的分與合，於此可以初步得見。[44]

在此演變的過程中，寶釵的情也只能隱藏，或是轉變為其他形式來展
現。在第三十二回中，寶釵體諒史湘雲的辛勞，便適時地提醒襲人，
湘雲跟她說，在家裏累的很，又提到湘雲在家裏做活做到三更天，而
為了減輕襲人的工作量，寶釵也願意為她作些。寶釵身為小姐，其大
可擺出不可一世的姿態，但即使是面對地位相對較低的丫鬟，其仍能
以有情的心去體察其困境，並依自己的能力伸出援手。又在第三十六
回，寶釵聽聞寶玉囈語，其不覺怔了，脂批云：「情問此『怔了』是
囈語之故，還是囈語之意不安之故，猜猜。」[45]批語未給出明確答
案，留給讀者更多的空白。論者認為，夢是潛意識的反映，寶玉在夢
中表達對金玉良緣的反抗與不滿，再次表白了他對林黛玉的一往情
深，而在三人關係中位居弱勢的寶釵，「怔」字所表現出的是錯愕，
即使在寶釵心中已有答案，但面對寶玉如此直率的言語，即便知其在
作夢，仍難以完全接受。隱藏在錯愕後面的，是寶釵心中難以言說的
苦。無處宣洩的情感，只好具現為淚，第九十六回中，賈母一句：
「寶丫頭明白」點出了寶釵善解人意，顧全大局的特質，女兒家的婚
姻沒有自主決定的可能性，才子佳人小說中出現的私訂終身，不會是
寶釵最後的決定，所以當面對薛姨媽決定將寶釵許配給寶玉時，「寶

44 歐麗娟：〈「冷香丸」新解——兼論《紅樓夢》中之女性成長與二元視補之思考模
　式〉，《臺大中文學報》第16期（2002年06月），頁190。

45 〔清〕脂硯齋原著，陳慶浩編著：《新編石頭記脂硯齋評語輯校》，頁490。

釵則低頭不語，後來便暗自垂淚。」[46]第九十七回洞房花燭夜，寶玉發覺是寶釵時，「寶釵此時自然是低頭不語。」[47]，淚只能在心中淌，寶釵將其情化為行動，用其聰明才智找出讓寶玉康復的方法。寶釵並非無情，而是透過不同方式展現其對於大觀園中諸等人物的情。

四 結語

人物形象的辯證與營造，其中暗藏了論者的價值觀點：「人憐黛玉一朝奄忽，萬古塵埃，穀則異室，死不同穴，此恨綿綿無絕。予謂寶釵更可憐，纔成連理，便守空房，良人一去，絕無眷顧，反不若齎恨以終，令人憑弔於無窮也。要之，均屬紅顏薄命耳。」[48]死者離世，便是一種解脫，但生者則需追尋，在世上的安頓方法。在品評人物時，應以一顆憐憫的心，多一點慈悲的情懷，更可同理所體現的行為。不論是擁釵抑或擁黛，兩種立場的爭論從《紅樓夢》延伸至其續書。《紅樓復夢》中，「全書人物戲分或強（如寶玉轉生的夢玉）或弱（如黛玉轉生的彩芝），都只是用來襯映寶釵的工具性角色而已。」[49]若論者偏愛特定人物，便會將其提升至一定的高度。《紅樓夢》透過情節營造及細節描寫，使人物更加鮮活明朗，寶釵的住處所呈現出的特點，「這豈不符合寶釵貞靜自持、素樸簡約的性情嗎？」[50]寶釵在大

46　〔清〕曹雪芹、高鶚原著，馮其庸校注：《紅樓夢校注》，頁1502。

47　〔清〕曹雪芹、高鶚原著，馮其庸校注：《紅樓夢校注》，頁1512。

48　〔清〕諸聯，《紅樓評夢》，一粟編：《紅樓夢資料彙編》（北京：中華書局，2008年6月），卷三，頁118。

49　胡衍南：〈論《紅樓夢》早期續書的承衍與改造〉，《國文學報》第51期（2012年6月），頁192。

50　胡衍南：〈「紅樓夢」模式的確立──《紅樓夢》〉，《金瓶梅到紅樓夢──明清長篇世情小說》（臺北：里仁書局，2009年），頁309。

觀園中所體現出的人物形象，是符合禮教規範的婦女典範，或許正因如此，她給人的感受總是像隱藏在屏風後的剪影一般，是有距離感的，是沒有溫度的，但論者今重新梳理文本，並回歸脂硯齋的評語及當代學者的論點，重新詮釋薛寶釵此人物形象。在寶釵的價值觀念中，相對於個人的好惡，更重要的是不悖離社會的主流價值觀，以群體為重，表現出應有的行為舉止，因此不可因其選擇隱藏，而忽略其人性化的一面。「倒不如拋棄在小說中尋找褒貶等價值判斷的主觀意圖，而視薛、林二人不同的形象乃是出於作者的藝術嘗試，所反映的乃是其對於人生的深刻了解，從而致力於就客觀的層面分析作者在創作上所拓展的藝術視野。」[51]，小說中的人物之所以觸動讀者心弦，應是在生命歷程中有了相同的走向，反映出了相近的人生定位。面對文本中的許多人物，理想讀者會重新剖析文本，重新踏進作者及其筆下人物的生命中，重新與人物對話。

51　歐麗娟：〈薛寶釵論——對《紅樓夢》人物論述中幾個核心問題的省思〉，《成大中文學報》第13期（2005年12月），頁190。

參考文獻

一　古籍

〔清〕脂硯齋原著，陳慶浩編著：《新編石頭記脂硯齋評語輯校》，臺
　　　北：聯經出版事業公司，1979年。
〔清〕曹雪芹、高鶚原著，馮其庸校注：《紅樓夢校注》，臺北：里仁
　　　書局，2003年。

二　近人著作

一　粟編：《紅樓夢資料彙編》，北京：中華書局，2008年6月。
周建渝：《才子佳人小說研究》，臺北：文史哲出版社，1998年。
俞平伯：《俞平伯論紅樓夢》，上海：上海古籍出版社，1988年3月。
胡衍南：《金瓶梅到紅樓夢──明清長篇世情小說》，臺北：里仁書
　　　局，2009年2月。
胡衍南：〈論《紅樓夢》早期續書的承衍與改造〉，《國文學報》第51
　　　期，2012年6月，頁179-202。
馬振方：《小說藝術論》，北京：北京大學出版社，1999年。
黃毓茜：《《紅樓復夢》人物研究》，臺北：臺灣師範大學國文學系教
　　　學碩士班碩士論文，2015年。
楊　義：《中國敘事學》，北京：人民出版社，2004年2月。
鄧紹基、劉世德等編：《紅樓夢研究集刊》第7輯，上海：上海古籍出
　　　版社，1981年10月。
魯　迅：《中國小說史略》，合肥：安徽人民出版社，2013年9月。
歐麗娟：〈「冷香丸」新解──兼論《紅樓夢》中之女性成長與二元襯

補之思考模式〉,《臺大中文學報》第16期,2002年6月,頁173-228。

歐麗娟:〈薛寶釵論——對《紅樓夢》人物論述中幾個核心問題的省思〉,《成大中文學報》第13期,2005年12月,頁143-194。

歐麗娟:〈論《紅樓夢》中的隱讖系譜與主要表述策略〉,《淡江中文學報》第23期,2010年12月,頁55-98。

歐麗娟:〈論《紅樓夢》的「佳人觀」——對「才子佳人敘事」之超越及其意義〉,《文與哲》第24期,2014年6月,頁113-152。

歐麗娟:《大觀紅樓‧母神卷》,臺北:臺大出版中心,2015年。

佛斯特著,李文彬譯:《小說面面觀》,臺北:志文出版社,2002年1月。

文學研究叢書·辭章修辭叢刊 0812A09

章法論叢·第十三輯

主　　編	中華民國章法學會
	國立海大文創設計系
責任編輯	林以邠
編輯助理	許雅琇
發 行 人	林慶彰
總 經 理	梁錦興
總 編 輯	張晏瑞
編 輯 所	萬卷樓圖書股份有限公司
排 　 版	林曉敏
印 　 刷	百通科技股份有限公司
封面設計	百通科技股份有限公司

發　　行　萬卷樓圖書股份有限公司
　　臺北市羅斯福路二段 41 號 6 樓之 3
　　電話 (02)23216565
　　傳真 (02)23218698
　　電郵 SERVICE@WANJUAN.COM.TW
香港經銷　香港聯合書刊物流有限公司
　　電話 (852)21502100
　　傳真 (852)23560735

ISBN 978-986-478-430-1

2020年12月初版一刷
定價：新臺幣400元

本書為：國立臺北大學中國文學系
學生產業實習實習成果

如何購買本書：

1. 劃撥購書，請透過以下郵政劃撥帳號：
　　帳號：15624015
　　戶名：萬卷樓圖書股份有限公司

2. 轉帳購書，請透過以下帳戶
　　合作金庫銀行 古亭分行
　　戶名：萬卷樓圖書股份有限公司
　　帳號：0877717092596

3. 網路購書，請透過萬卷樓網站
　　網址 WWW.WANJUAN.COM.TW

大量購書，請直接聯繫我們，將有專人為
您服務。客服：(02)23216565 分機 610

如有缺頁、破損或裝訂錯誤，請寄回更換
版權所有·翻印必究
Copyright©2020 by WanJuanLou Books CO., Ltd.
All Right Reserved　　　　**Printed in Taiwan**

國家圖書館出版品預行編目資料

章法論叢·第十三輯/中華民國章法學會、國
立海大文創設計系主編. -- 初版. -- 臺北市：
萬卷樓圖書股份有限公司, 2020.12
　　面；　公分. -- (文學研究叢書. 辭章修辭叢
刊 ; 812A09)
ISBN 978-986-478-430-1(平裝)
1.漢語 2.作文 3.文集

802.707　　　　　　　　　　　　109020127